清华终身学习丛书
COLLECTION OF TSINGHUA LIFELONG LEARNING

江边春水

经典诵读材料选编

清华大学继续教育学院 / 编

清華大学出版社

北京

图书在版编目（CIP）数据

江边春水：经典诵读材料选编 / 清华大学继续教育学院编. —北京：清华大学出版社，
2020.11

（清华终身学习丛书）

ISBN 978-7-302-56599-4

Ⅰ.①江… Ⅱ.①清… Ⅲ.①中国文学—作品综合集 Ⅳ.①I211

中国版本图书馆CIP数据核字（2020）第188134号

责任编辑：宋丹青
装帧设计：谢元明
责任校对：王荣静
责任印制：杨　艳
出版发行：清华大学出版社
　　　　　网　　址：http：//www.tup.com.cn，http：//www.wqbook.com
　　　　　地　　址：北京清华大学学研大厦A座　　　邮　编：100084
　　　　　社总机：010–62770175　　　　　　　　　邮　购：010–62786544
　　　　　投稿与读者服务：010–62776969，c–service@tup.tsinghua.edu.cn
　　　　　质量反馈：010–62772015，zhiliang@tup.tsinghua.edu.cn
印　装　者：三河市国英印务有限公司
经　　销：全国新华书店
开　　本：170mm×240mm　印　张：19.75　　　字　数：302千字
版　　次：2020年11月第1版　　　　　　　　印　次：2020年11月第1次印刷
定　　价：69.00元

产品编号：085942–01

"清华终身学习丛书"
编委会

编委会主任
　　刘　震

编委会副主任
　　李　越

编　　委
刁庆军　张文雪　郭　钊　李森林　钟　敏
李思源　吴志勇　王爱义　宗　燕　周学敏

本书编委会

主　编

李森林

副主编

周学敏　王晓平

编　委

李　阳　翟英峰　王　丹

"清华终身学习丛书" 总序

我们已进入了终身学习时代！

法国著名教育家保罗·朗格朗（Paul Lengrand）1965年在联合国教科文组织主持召开的第三届促进成人教育国际委员会会议上提交了"终身教育议案"，重新认识和界定教育，不再将教育等同于学校教育，而视教育为贯穿整个人生的、促进个体"学会学习"的全新概念。1970年，保罗·朗格朗首次出版《终身教育引论》，详细阐述其对终身教育的理解，带来了革命性的终身教育和终身学习的思想，使我们进入终身教育、终身学习时代。终身教育、终身学习思想，不仅仅是一种思想体系，更是一种教育改革和教育政策制定设计的基本原则，是构建未来教育体系的指针。

进入21世纪以来，国际组织愈发倾向以终身学习（Life-long Learning）覆盖终身教育（Life-long Education）。2008年，欧洲大学协会制定并发表《欧洲大学终身学习宪章》，明确提出在大学发展战略中应植入终身学习理念，大学的使命和发展战略中应包含构建终身学习体系的规划，为营造终身学习的文化氛围发挥关键作用。2015年11月，联合国教科文组织发布《教育2030行动纲领》，确立了"确保全纳平等优质的教育，促进终身学习"的宏大目标，标志着全球教育进一步迈向了终身学习的新时代，是否践行终身学习理念，成为衡量一个国家教育现代化水准的一面镜子。

终身学习理念也促进人们对工作、学习及人生的深层次思考。2016年，伦敦商学院（LBS）教授琳达·格拉顿（Lynda Gratton）和安德鲁·斯科特（Andrew Scott）在两人合著的新书《百岁人生：长寿时代的生活与工作》（*The 100-Year Life: Living and Working in an Age of*

Longevity）中预言，人类已经进入长寿时代，我们这代人活到100岁将是大概率事件。长寿时代，我们的人生格局将会发生巨大改变。传统的学校学习、单位工作、退休养老的三段式人生终将被更多段式的人生格局所取代。所谓更多段式，就是一辈子被分割成4段、5段，甚至7段、8段，乃至更多小阶段。每一小段都有自己不同的主题，各段之间穿插进行，不会再有明确边界。所以，从个人生命周期来说，学习将成为人的一生的习惯及人生的常态，"学生"将是贯穿一生的唯一职业。而多段式人生的学习应该是连接过去、通往未来的终身学习，这将是未来多段式人生节奏中的一种经常出现的状态。

我国党和政府也十分重视终身教育和终身学习，党的十六大、十七大、十八大、十九大都有相关论述。习近平总书记对于终身学习有着一系列重要表述。2013年9月9日在教师节致全国广大教师慰问信中，他特别要求"牢固树立终身学习理念"。2013年9月25日在"教育第一"全球倡议行动一周年纪念活动贺词中，他指出"努力发展全民教育、终身教育，建设学习型社会"。2019年11月召开的中共十九届四中全会明确把"构建服务全民终身学习的教育体系"作为推进国家治理体系和治理能力现代化的重大战略举措，并提出"完善职业技术教育、高等教育、继续教育统筹协调发展机制"。

继续教育既是终身学习理念的倡导者、传播者，也是终身学习的重要载体。美国教育社会学家马丁·特罗认为：高等教育是学校教育和终身学习两个系统的关键节点，必须担负起不可替代的历史重任。因此，发展继续教育是高校应承担的使命和责任，以终身学习理念引领推动高校本科、研究生教育与继续教育统筹协调发展，构建体系完备的人才培养体系，是高等教育综合改革的一个重要趋势和方向。

清华大学继续教育以终身学习理念引领改革和发展，以"广育祖国和人民需要的各类人才"为使命，努力办出特色办出水平。为了更好地总结清华大学继续教育三十多年的创新实践，清华大学继续教育学院启动了"清华终身学习丛书"编写出版工作，该丛书以习近平新时代中国特色社会主义思想为指导，顺应国内外终身学习发展的大趋势，围绕终身学习 / 继续教育基本理论、创新实践及学科行业新前沿，理论创新与实践应用并重，争取在五年内推出一系列精品图书，助力中国特色、世界一流的继续教育建设。

聚沙成塔、集腋成裘。希望通过这套丛书，倡导终身学习理念，弘扬终身学习文化。

郑 力

清华大学副校长

2019 年 11 月

前　言

　　天行健，君子以自强不息；

　　地势坤，君子以厚德载物。

　　《易经》中的这两句，蕴含着中华民族深厚的文化积淀和中国人民伟大的精神追求。从诗经、楚辞、汉赋，到唐诗、宋词、元曲、明清小说，从"五四"新文化运动、新中国成立到改革开放的今天，每一个历史时期，都产生了灿若星辰的文艺大师，留下了浩如烟海的文艺精品，不仅为中华民族提供了丰厚滋养，而且为世界文明贡献了华彩篇章。习近平总书记说，读书、修身、立德，不仅是立身之本，更是从政之基。多读优秀传统文化书籍，汲取中国人几千年来积累的知识智慧和理性思辨，接受文化熏陶，养浩然之气，塑高尚人格，不断提高人文素养和精神境界。

　　清华校训亦源于此。一百多年以来，清华大学始终与国家民族的命运休戚与共，发展并形成了鲜明的办学特色和优秀的精神传统和大学文化，培养了大批学术大师、兴业英才、治国人才，是中国高等教育的一面旗帜。"君子之德风，小人之德草"，深深扎根中国大地，弘扬民族精神和时代精神，推动文化传承与创新，引领良好的社会风气，一代代清华人孜孜追求学术自立自强，为国家发展、民族复兴和人类文明进步作出了重要贡献，也留下了许多思想深邃、气势磅礴、隽丽秀美的精神财富。

　　编写这本书缘起于清华大学继续教育学院各班每天的晨读环节。在琅琅的读书声中开启每天的学习历程，眼到口到心到，有志有识有恒，已经成为清华继续教育的一抹亮色。读书与做人，其实是一回事。学院一直在思考，究竟读什么样的书，培养什么样的人。为此学院正式成立了编委会，参考历史上的多个经典书单，请教多位专家来推荐篇目，展开严谨认真的研究，最后精选出两千多篇有价值的文学作品，分为清华元素、国学经典、古诗词、现当代诗歌与散文四个部分，以飨读者。

昨夜江边春水生，艨艟巨舰一毛轻。

向来枉费推移力，此日中流自在行。

1196年，宋代理学家朱熹来到新城福山双林寺侧的武夷堂讲学。一日，他在活水亭观书有感，以景喻理，于是写下《活水亭观书有感二首》。本书书名《江边春水》就取自于此。读书要下得真功夫、苦功夫、细功夫，勤于思考，百折不挠，方能领悟真谛，驾驭自如。这与王国维"治学三境界"中的思想精髓异曲同工。

好的文学作品，总是能够历久弥新，直击人的天性，达致内心深处的愉悦和酣畅淋漓的自由，从而唤起人深层次的直觉和智慧。清华大学"价值塑造、能力培养、知识传授"三位一体的教育理念中，价值塑造是第一位的。把价值塑造融入读精品、读经典中去，品读一行行珠玑文字、一篇篇不朽名作，培养阅读者高度的文化自觉，体悟中华民族文化自信的气度，涵养社会主义核心价值观，治心养性，修身慎行，怀德自重，清廉自守，坚定理想信念，提升精神境界，这本身也是一种很好的自我教育。

开卷有益，饮水思源。2021年是清华大学建校110周年，谨以此书作为母校华诞献礼。

刘震

清华大学继续教育学院院长

2019年12月

目　录

第一部分　清华元素

第二部分　国学经典

江
边
春
水
——
经
典
诵
读
材
料
选
编

目
录

第三部分　古诗词

第四部分　现当代诗歌与散文

第一部分　清华十元素

论教育之宗旨[①]

王国维[②]

　　教育之宗旨何在？在使人为完全之人物而已。何谓完全之人物？谓人之能力无不发达且调和是也。人之能力分为内外二者：一曰身体之能力，一曰精神之能力。发达其身体而萎缩其精神，或发达其精神而罢敝其身体，皆非所谓完全者也。完全之人物，精神与身体必不可不为调和之发达。而精神之中又分为三部：知力、感情及意志是也。对此三者而有真美善之理想："真"者知力之理想，"美"者感情之理想，"善"者意志之理想也。完全之人物不可不备真美善之三德，欲达此理想，于是教育之事起。教育之事亦分为三部：知育、德育（即意育）、美育（即情育）是也。如佛教之一派，及希腊罗马之斯多噶派，抑压人之感情而使其能力专发达于意志之方面；又如近世斯宾塞尔之专重智育，虽非不切中一时之利弊，皆非完全之教育也。完全之教育，不可不备此三者，今试言其大略。

　　一、知育　人苟欲为完全之人物，不可无内界及外界之智识，而智识之程度之广狭，应时地不同。古代之智识，至近代而觉其不足，闭关自守时之智识，至万国交通时而觉其不足。故居今之世者，不可无今世之知识。知识又分为理论与实际二种；溯其发达之次序，则实际之知识常先于理论之知识，然理论之知识发达后，又为实际之知识之根本也。一科学，如数学、物理学、化学、博物学等，皆所谓理论之知识。至应用物理、化学于农工学，应用生理学于医学，应用数学于测绘等，谓之实际之知识。理论之知识，乃人之天性上所要求者，实际之知识则所以供社会之要求，而维持一生之生活。故智识之教育，实必不可缺者也。

　　二、道德　然有智识而无道德，则无以得一生之福祉，而保社会之安宁，未得为完全之人物也。夫人之生也，为动作也，非为智识也。古

---

①　原载《教育世界》第56期，1903年6月下。

②　王国维（1877—1927），字静安，亦字伯隅，初号礼堂，号观堂，又号永观，浙江海宁人。著名学者。1925年至1927年任清华国学研究院导师。

今东西之哲人，无不以道德为重于智识者，故古今东西之教育，无不以道德为中心点。盖人之至高之要求，在于福祉，而道德与福祉，实有不可离之关系。爱人者人恒爱之；敬人者人恒敬之。不爱敬人者反是。如影之随形，响之随声，其效不可得而诬也。《书》云："惠迪，吉；从逆，凶。"希腊古贤所唱福德合一论，固无古今中外之公理也。而道德之本原，又由内界出，而非外铄我者。张皇而发挥之，此又教育之任也。

三、**美育** 德育与智育之必要，人人知之，至于美育有不得不一言者。盖人心之动，无不束缚于一己之利害；独美之为物，使人忘一己之利害，而入高尚纯洁之域，此最纯粹之快乐也。孔子言志，独与曾点；又谓"兴于诗""成于乐"。希腊古代之以音乐为普通学之一科，及近世希痕林、希尔列尔等之重美育学，实非偶然也。要之，美育者，一面使人之感情发达，以达完美之域；一面又为德育与智育之手段，此又教育者所不可不留意也。

然人心之智情意三者，非各自独立，而互相交错者。如人为一事时，知其当为者"知"也，欲为之者"意"也，而当其为之前（后），又有苦乐之"情"伴之：此三者，不可分离而论之也。故教育之时，亦不能加以区别。有一科而兼德育智育者，有一科而兼美育德育者，又有一科而兼此三者。三者并行，而得渐达真善美之理想，又加以身体之训练，斯得为完全之人物，而教育之能事毕矣。

治学三境界

王国维

　　古今之成大事业、大学问者，必经过三种之境界："昨夜西风凋碧树。独上高楼，望尽天涯路。"此第一境界也。"衣带渐宽终不悔，为伊消得人憔悴。"此第二境界也。"众里寻他千百度，回头蓦见，那人正在灯火阑珊处。"此第三境界也。此等语皆非大词人不能道。然遽以此意解释诸词，恐为晏、欧诸公所不许也。

君 子①

梁启超②

君子二字其意甚广，欲为之诠注，颇难得其确解。惟英人所称劲德尔门（Gentlemen）包罗众义与我国君子之意差相吻合。证之古史，君子每与小人对待，学善则为君子，学不善则为小人。君子小人之分，似无定衡。顾习尚沿传类以君子为人格之标准。望治者，每以人人有士君子之心相勖。《论语》云：君子人与君子人也，明乎君子品高，未易几及也。

英美教育精神，以养成国民之人格为宗旨。国家犹机器也，国民犹轮轴也。转移盘旋，端在国民，必使人人得发展其本能，人人得勉为劲德尔门，即我国所谓君子者。莽莽神州，需用君子人，于今益极，本英美教育大意而更张之。国民之人格，骎骎日上乎。

君子之义，既鲜确诂，欲得其具体的条件，亦非易言。《鲁论》所述，多圣贤学养之渐，君子立品之方，连篇累牍势难胪举。周易六十四卦，言君子者凡五十三。乾坤二卦所云尤为提要钩元。乾象曰："天行健，君子以自强不息。"坤象言："地势坤，君子以厚德载物。"推本乎此，君子之条件庶几近之矣。

乾象言，君子自励犹天之运行不息，不得有一暴十寒之弊。才智如董子，犹云勉强学问。《中庸》亦曰，或勉强而行之。人非上圣，其求学之道，非勉强不得入于自然。且学者立志，尤须坚忍强毅，虽遇颠沛流离，不屈不挠，若或见利而进，知难而退，非大有为者之事，何足取焉？人之生世，犹舟之航于海。顺风逆风，因时而异，如必风顺而后扬帆，登岸无日矣。

且夫自胜则为强，乍见孺子入水，急欲援手，情之真也。继而思之，往援则己危，趋而避之，私欲之念起，不克自胜故也。孔子曰：

① 原载《清华周刊》第20期，1914年11月10日。

② 梁启超（1873—1929），字卓如，号任公，又号饮冰室主人，广东新会人。清末政治活动家、学者、教育家。1925年至1929年任清华国学研究院导师。

"克己复礼为仁。"王阳明曰:"治山中贼易,治心中贼难。"古来忠臣孝子愤时忧国奋不欲生,然或念及妻儿,辄有难于一死不能自克者。若能摈私欲尚果毅,自强不息,则自励之功与天同德,犹英之劲德尔门,见义勇为,不避艰险,非吾辈所谓君子其人哉?!

坤象言,君子接物,度量宽厚,犹大地之博,无所不载。君子责己甚厚,责人甚轻。孔子曰:"躬自厚而薄责于人。"盖惟有容人之量,处世接物坦焉无所芥蒂,然后得以膺重任,非如小有才者,轻佻狂薄,毫无度量,不然小不忍必乱大谋,君子不为也。当其名高任重,气度雍容,望之俨然,即之温然,此其所以为厚也,此其所以为君子也。

纵观四万万同胞,得安居乐业,教养其子若弟者几何人?读书子弟能得良师益友之熏陶者几何人?清华学子,荟中西之鸿儒,集四方之俊秀,为师为友,相蹉相磨,他年遨游海外,吸收新文明,改良我社会,促进我政治,所谓君子人者,非清华学子,行将焉属?虽然君子之德风,小人之德草,今日之清华学子,将来即为社会之表率,语默作止,皆为国民所仿效。设或不慎,坏习惯之传行急如暴雨,则大事偾矣。深愿及此时机,崇德修学,勉为真君子,异日出膺大任,足以挽既倒之狂澜,作中流之底柱,则民国幸甚矣。

学生自修之三大要义[①]

梁启超

　　鄙人于两年前，尝居此月余，与诸君日夕相见，虽年来奔走四方，席不暇暖，所经危难，不知凡几，然与诸君之感情，既深且厚，未尝一日忘。故在此百忙中，亦不能不一来与诸君相见。

　　相去两载，人事之迁移，又如许矣。旧日之座上诸君，当有一部分已远游外国，而今日座中诸君，想有一部分乃新来，未曾相识。唯大多数当能认此故人。今对于校长及各教员殷勤之情意，与乎诸君活泼之精神，鄙人无限愉快。聊作数言，以相切磋，题为《学生自修之三大要义》。

　　（一）为人之要义；（二）作事之要义；（三）学问之要义。

　　第一为人之要义。古来宗教哲学等书，言之已不厌其详，唯欲作一概括之语以论之，则反省克己四字，为最要义。反省之结果，即人与禽兽之所由分也。生理作用，人畜无异焉，如饥而思食，渴而思饮，劳而思息，倦而思眠。凡有血气，莫或不尔。唯禽兽则全为生理冲动所支配。人则于生理冲动之时，每能加以思索，是谓反省。反省而觉其不当，则收束其欲望，是谓克己。如饥火内煎，见有可食之物，陈于吾前，禽兽则不问其谁属，辄攫而食之。人则不然，物非所有，固不能夺，即所有权乃属于我，亦当思所以分惠同病之人，此道德之所由生也。《论语》所谓吾日三省吾身，又曰而内自省也，又曰内省不疚，皆申明此反省之要义。凡事思而后行，言思而后出，此立身之大本也。人之所以为万物之灵，亦因其具有此种能力，唯必思所以发达之而已。此似易而实最难，唯当慎之于始。譬如以不诚之举动欺人，以快意道他人之短长，传播以为谭柄，此人类之恶根性。自非圣哲，莫不有之。若放纵而不自克，便成习惯，循至此心不能自主，堕落乃不知所届，古来圣贤立教，不外纠正人之此种习惯。唯不自省，至此恶性已成，习惯曾不

---

① 原载《环球》第2卷第1期，1917年3月，题为《梁任公在清华学校之演说词》。

自觉，则虽有良师益友，亦莫能助也。诸君之年龄，在人生最有希望之时期，然亦为最危险之时期。大抵十五至二十时，乃终身最大之关头，宜谨慎小心，以发达良心之本能，使支配耳目手足，勿为耳目手足所支配。事之来也，可行与否，宜问良心，良心之第一命令，必为真理，宜服从之。若稍迟疑，则耳目手足之欲，必各出其主意，而妄发命令，结果必大错谬。譬诸受他人之所托，代保管其金钱，良心之第一命令，必曰克尽厥职，勿坠信用也，若不服从此命令，则耳目之欲，必曰吾久枯寂，盖假此以入梨园，口腹之欲，必曰吾久干燥，盖假此以访酒家。如是则良心之本能，竟为物欲所蔽矣。小事如此，大事亦何独不然？历史上之恶人，遗臭万世，然当日其良心之第一命令，必无误也。人之主体，乃在良心，须自幼养成良心之独立，勿为四支五官之奴隶。身奴于人，尚或可救，唯自作支体之奴隶，则莫能助，唯当反省克己而已。

　　第二作事之要义。大抵各人之所受用，固自有其独到处，未必从同。若鄙人则以（精力集中）四字，为作事之秘诀，以为必如此，其力乃大，譬诸以镜取火，集径寸之日光于一点，着物即燃，此显而易见者也。凡事不为则已，为之必用全力，乃克有成。昔有一文弱之孝子，力不能缚一鸡，父死未葬，比邻失慎，延及居庐。此子乃举棺而出诸火。此何故？精力集中而已。语曰：至诚所感，金石为开。又曰：想之思之，鬼神通之。李广射石而没羽，非无稽也。即以最近之事言之，蔡公松坡，体质本极文弱，然去年在四川之役，尝四十昼夜不得宁息，更自出其精力，以鼓将士之勇气，卒获大胜。非精力集中，岂能及此？盖精力与物不同，物力有定限，而精力则无穷。譬诸五百马力之机器，五百即其定量矣，精力则不然，善用之则其力无限，此人类之所以不可思议也。《论语》所谓"居处恭，执事敬"，此语最为精透。据朱子所解释，谓敬者主一无适之谓。主一无适，即精力集中而已。法国人尝着一书，以自箴其国人，谓英国人每作一事，必集精力而为之，法人则不如此，英之所以能强也。至于中国，更何论焉。中且不有，何集之云？执业不对于职务负责任，而思及其次，此我国之国民性也。为学亦然，慧而不专，愚将胜之。学算而思及于文，文固不成，算亦无得，此一定之理也。余最有此等经验，每作一文，或演说，若吾志认为必要时，聚精神而为之，则能动人。己之精力多一分，则人之受感动亦多一分。若循例敷衍，未见其有能动人者矣。正如电力之感应，丝毫不容假借也。曾文正谓精神愈用而愈强，愿诸君今日于学业上，日操练此精神，而他日任事，自能收效矣。

第三学问之要义。勤也，勉也。此古圣贤所以劝人为学之言也。余以为学问之道，宜先在开发本能。孔子曰："人能弘道，非道弘人。"梭格拉底曰："余非以学问教人，乃教人以为学。"此即所谓能与人规矩，不能使人巧，所成几许，求其在我而已。若求学而专以试验及格为宗旨，则试验之后，学问即还诸教师，于我无有也。然则若何？曰：当求在应用而已。譬诸算学，于记帐之外，当用之以细心思；譬诸几何，于绘图之外，当用之以增条理。几百学问，莫不皆然。若以学问为学校照例之功课，谓非此不足以得毕业证书，则毕业之后，所学悉还诸教师，于己一无所得也。例如体操，学校之常课也，其用在强健身体，为他日任事之预备。若云非此不足以得文凭，吾强为之，则假期之后，其可以按日昼寝矣乎？是无益也。孔子曰："古之学者为己，今之学者为人。"学以致用，即为己也，欲得文凭，以炫耀乡人，此为人也。年来毕业学生，奚啻千万，问其可以能致用于国家者，能有几人？此无他，亦曰为人太多，而自为太少耳。愿诸君为学，但求发达其本能，勿务于外，此余所以发至亲爱之精神，至热诚之希望，奉告于诸君也。

"为学"与"做人"应当并重①

朱自清②

江边春水——经典诵读材料选编

教育并不是一件容易的事，如一般人所想的。一般人以为教育只是技能的事。有了办事才能，便可以做校长，有了教授才能，便可以做教师；至其为人到底如何，却以为无关得失，可以存而不论。

教育的价值是在培养健全的人格，这已成了老生常谈了。但要认真培养起来，那却谈何容易！第一教育者先须有"培养"的心，坦白的，正直的，温热的，忠于后一代的心！有了"培养"的心，才说得到"培养"的方法。

我总觉得"为学"与"做人"，应当并重，如人的两足应当一样长一般。现在一般号称贤明的教育者，却因为求功利的缘故，太重视学业这一面了，便忽略了那一面；于是便成了跛的教育了。跛的教育是不能行远的，正如跛的人不能行远一样。功利是好的，但是我们总该还有超乎功利以上的事，这便是要做一个堂堂的人！学生们入学校，一面固是"求学"，一面也是学做人。一般人似未知此义，他们只晓得学生应该"求学"罢了！这实是一个很重要的误会，而在教育者，尤其如是。一般教育者都承认学生的知识是不完足的，但很少的人知道学生的品格也是不完足的。（其实"完人"是没有的；所谓"不完足"，指学生尚在"塑造期"Plastic，无一定品格而言；——只是比较的说法。）他们说到学生品性不好的时候，总是特别摇头叹气，仿佛这是不应有的事，而且是无法想的事。其实这与学业上的低能一样，正是教育的题中常有的文章；若低能可以设法辅导，这也可以设法辅导的，何用特别摇头叹气呢？要晓得不完足才需来学，若完足了，又何必来受教育呢？学生们既要学做人，你却单给以知识，变成了"教"而不"育"，这自然觉得偏枯了。为学生个人的与眼前浮面的功利计，这原未尝不可，但为我们后

第一部分 清华元素

---

① 原载《春晖》第34期，1924年10月16日。

② 朱自清（1898—1948），字佩弦，江苏东海人。文学家、教育家。1925年起在清华任教，曾任中文系教授、系主任、图书馆馆长。

一代的发荣滋长计，这却不行了。机械的得着知识，又机械的运用知识的人，人格上没有深厚的根基，只随着机会和环境的支使的人，他们的人生的理想是很模糊的，他们的努力是盲目的。在人生的道路上，他们只能乱转一回，不能向前进行；发荣滋长，如何说得到呢？"做人"是要逐渐培养的，不是可以按钟点教授的。所谓"不言之教"，"无声之诲"，便是说的这种培养的功夫。要从事于此，教育者先须有健全的人格，而且对于教育，须有坚贞的信仰，如宗教信徒一般。他的人生的理想，不用说，也应该超乎功利以上。所谓超乎功利以上，就是说，不但要做一个能干的，有用的人，并且要做一个正直的，坦白的，敢作敢为的人！——教育者有了这样的信仰，有了这样的人格，自然便能够潜移默化，"如时雨化之"了；这其间也并无奥妙，只在日常言动间注意。但这个注意却不容易！比办事严明、讲解详晰要难得许多许多，第一先须有温热的心，能够爱人！须能爱具体的这个那个的人，不是说能爱抽象的"人"。能爱学生，才能真的注意学生，才能得学生的信仰；得了学生的信仰，就是为学生所爱。那时真如父子兄弟一家人，没有说不通的事；感化于是乎可言。但这样的爱是须有大力量，大气度的。正如母亲抚育子女一般，无论怎样琐屑，都要不辞劳苦的去做，无论怎样哭闹，都要能够原谅，这样，才有坚韧的爱；教育者也要能够如此任劳任怨才行！

我的意思，再简单的说一说：教育者须对于教育有信仰心，如宗教徒对于他的上帝一样；教育者须有健全的人格，尤须有深广的爱；教育者须能牺牲自己，任劳任怨。

我斥责那班以教育为手段的人！我劝勉那班以教育为功利的人！我愿我们都努力，努力做到那以教育为信仰的人！

论青年读书风气

朱自清

《大公报》图书副刊的编者在"卷头语"里慨叹近二十几年来中国书籍出版之少。这是不错的。但是他只就量说，没说到质上去。一般人所感到的怕倒是近些年来书籍出版之滥；有鉴别力的自然知所去取，苦的是寻常的大学生中学生，他们往往是并蓄兼收的。文史方面的书似乎更滥些；一个人只要能读一点古文，能读一点外国文（英文或日文），能写一点白话文，几乎就有资格写这一类书，而且很快地写成。这样写成的书当然不能太长，太详尽，所以左一本右一本总是这些"概论"、"大纲"、"小史"，看起来倒也热热闹闹的。

供给由于需要；这个需要大约起于"五四"运动之后。那时青年开始发现自我，急求扩而充之，野心不小。他们求知识像狂病；无论介绍西洋文学哲学的历史及理论，或者整理国故，都是新文化，都不迟疑地一口吞下去。他们起初拼命读杂志，后来觉得杂志太零碎，要求系统的东西；"概论"等等便渐渐地应运而生。杨荫深先生《编辑〈中国文学大纲〉的意义》（见《先秦文学大纲》）里说得最明白：

在这样浩繁的文学书籍之中，试问我们是不是全部都去研究它，如果我们是个欢喜研究中国文学的话。那自然是不可能的，从时间上与经济上，我们都不可能的。然而在另一方面说来，我们终究非把它全部研究一下不可；因为非如此，不足以满我们的欲望。于是其中便有聪明人出来了，他们用了简要的方法，把全部的中国文学做了一个简要的叙述，这通常便是所谓"文学史"。（杨先生说这种文学史往往是"点鬼簿"，他自己的书要"把中国文学稍详细的叙述，而成有一个系统与一个次序"。）

青年系统的趣味与有限的经济时间使他们只愿意只能够读这类"架子书"。说是架子书，因为这种书至多只是搭着的一副空架子，而且十有九是歪曲的架子。青年有了这副架子，除知识欲满足以外，还可以靠在这架子上作文，演说，教书。这便成了求学谋生的一条捷径。有人说从前读书人只知道一本一本念古书，常苦于没有系统；现在的青年系统却又太多，所有的精力都花在系统上，系统以外便没有别的。但这些架子是不能支持长久的；没有东西填进去，晃晃荡荡的，总有一天会倒下来。

从前人著述，非常谨慎。有许多大学者终生不敢著书，只写点札记就算了。印书不易，版权也不能卖钱。自然是一部分的原因；但他们学问的良心关系最大。他们穷年累月孜孜兀兀地干下去，知道的越多，胆子便越小，决不愿拾人牙慧，决不愿蹈空立说。他们也许有矫枉过正的地方，但这种认真的精神值得我们学习。现在我们印书方便了，版权也能卖钱了，出书不能像旧时代那样谨严，怕倒是势所必至；但像近些年来这样滥，总不是正当的发展。早先坊间也有"大全"、"指南"一类书，印行全为赚钱；但通常不将这些书看作正经玩意儿，所以流弊还少，现在的"概论"、"大纲"、"小史"等等，却被青年当做学问的宝库，以为有了这些就可以上下古今，毫无窒碍。这个流弊就大了，他们将永不知道学问为何物。曾听见某先生说，一个学生学了"哲学概论"，一定学不好哲学。他指的还是大学里一年的课程；至于坊间的薄薄的哲学概论书，自然更不在话下。平心而论，就一般人看，学一个概论的课程，未尝无益；就是读一本像样的概论书，也有些好处。但现在坊间却未必有这种像样的东西。

说"概论"、"大纲"、"小史"，取其便于标举；有些虽用这类名字却不是这类书，也有些确不用这类名字而却是这类书——如某某研究，某某小丛书之类。这种书大概篇幅少，取其价廉，容易看毕；可是系统全，各方面都说到一点儿，看完了仿佛什么都知道。编这种书只消抄录与排比两种工夫，所以略有文字训练的人都能动手。抄录与排比也有几等几样，这里所要的是最简便最快当的办法。譬如编全唐诗研究罢，不必去看全唐诗，更不必看全唐文，唐代其他著述，以及唐以前的诗，只要找几本中国文学史，加上几种有评注的选本，抄抄编编，改头换面，好歹成一个系统（其实只是条理）就行了。若要表现时代精神，还可以随便检几句流行的评论插进去。这种转了好几道手的玩意，好像掺了好几道水的酒，淡而无味，自不用说；最坏的是让读者既得不着实在的东西，又失去了接近原著的机会，还养成求近功抄小路的脾气。再加上编者照例的匆忙，事实，年代，书名，篇名，句读，字，免不了这儿颠倒那儿错，那是更误人了。其实，"概论"、"大纲"、"小史"也可以做得好。一是自己有心得，有主张，在大著作之前或之后，写出来的小书；二是融会贯通，博观约取的著作：虽无创见，却能要言不繁，节省一般读者的精力。这两种可都得让学有专长的人做去，而且并非仓促可成。

1934 年 1 月 29 日

体育的迁移价值（节选）[①]

马约翰[②]

序　言

　　这篇论文的主要目的是论证一个生理学和心理学的前提，以表明通过运动可以使道德品质进行转化的基础。之所以写这样一个题目，一是有探求这种转化的真理的愿望，二是由某些心理学家和高等教育家们的怀疑甚至是轻蔑所激使。他们可能看不起道德品质转化这个体育的真正标准。

　　我自己好比一块被激流冲击的鹅卵石，逐渐被卷入越来越深的水中，时而暂时停留在巨砾旁边，经常去撞击那可怕的礁石；不时地又在松软的沙床上滑动。这就是我在试图和尽力探求有关学校中一般运动的迁移价值的真理或效果时的体验。在调查过程中，我就这个问题访问了大量权威人士，多数人都同意我提出的理论，有的人则不太关心，少数人在这方面的知识甚少。一种知识向另一种转化，这是新近出现的课题，近来写成和发表的许多好文章和心理学实验都在揭示这个真理。但是专门写关于运动的迁移价值的著作却很少。

　　体育具有极广泛的活动范围。而运动（比赛和游戏）是其中一个最重要的成分。由于高等教育家们对于体育的教育价值方面的认识，已经逐渐把运动列为正课，并设立了体育部门加以管理。这种部门总是被寄予期望，并被看作是对学生操行能够发挥最好影响的合适的机构。一个学院的院长说过这样的话："一个体育指导者对于建树学生的人格，比大学其他机构有更多的机会。"体育指导者往往是不愿意为学生的不良行为受牵累和担负责任的。所以也用不着奇怪，旧式的体育指导们对于现代学校中提高他们的作用一开始觉得有很大的困难。一个体育指导者

[①]　作于1926年6月。

[②]　马约翰（1882—1966），福建厦门人，中国近代体育史上的著名体育教育家。1911年在上海圣约翰大学获理学学士学位。1914年起一直在清华学校、清华大学任教，先后任体育部主任、教授。

的最根本的责任，近来已经受到更大的尊重并逐渐扩大。今天，人们期望体育指导者完成的工作是四分之一世纪以前所做的工作的十倍以上。这里我们可以把讨论简单地限于这样一点，即目前的体育应为建树有能力的人才而做贡献。全世界都广泛注意到，从根本上讲，体育是尽力发展肌体的健康和身体的效能。但是因为精神和身体有无法摆脱的联系，以至于任何一方面的发展都必然会影响到另一方面。所以从教育观点上看，体育可以使感觉器官更加敏锐，并对个人的道德品质和社会品质提供实际的训练。在与社会生活的关系方面，青年人可以通过运动和比赛学到自我测量身体技能的方法，获得自我信任，这就是生活中上进的积极因素。所有上述这些，很自然地并且确确实实地使青年人树立了一种有价值的品质，即在一生中接触各种情况时的"敏捷性"。在一般交往中，你一定会注意到，大多数运动员比普通学生更为敏感，应付各种情况时更为果断、更为自如。很明显除了他的身体功能之外，体育乃是树立其品质的首要因素之一。在比赛和运动中，通过锻炼的方法使青年人获得不同道德基础，这是形成他们品质的要素。关于上述主张，必然会产生这样的问题：所获得的这些品质是否能在青年们的一生中永远保留？这些品质是否有那样强大的力量，永远能够承受影响其意志，进而影响其操行的各种作用？在遇到新情况时，这些好的精神品质是否会影响他的自发行为？当我就上述问题请教桑代克（Thorndike）时，回答是"无人知道"。桑代克这样回答的意思不过是要求我必须用可信的科学实验来证明这些论点。目前的风气是，在解决这种性质的问题时，确实有无数实验与心理分析一起进行。但是在开始时，坚实的思想理论是非常重要的。因而这篇论文的主题就是论证关于运动的迁移价值的生理学和心理学的前提，同时试图提出某些在最近应该解决的实验问题。科学上统一的倾向深深渗透了体育领域。试验和实验已经像"流行病"一样影响到教育方面。我相信，这个问题无疑也将在短期内得到解决，进而将使体育像医学和其他科目的教育一样做到科学上的统一。当这一点实现后，又由于教育和体育具有共同要求这样的独特性质，体育当然是所有教育因素之王。它不但带来肌体的健康和身体的适应性，而且对青年们作为一个"人"的模型究竟是可怕的还是崇高的，具有积极的影响。毫无疑问，孩子们的像"英雄崇拜"那样的天赋特性，已经成为对人的性格的首要的和最积极的模型；基于这样的一个事实，体育指导者总是被孩子们作为理想的指路人来崇拜的。不排除有许多体育指导者滥用神圣职责，但是不管怎样，工作和责任总是有的，学校当局没有理由忽视它。虽然学校当局和高等教育家们逐渐认识到有必要设立体育部门，但惟一的动机是学校里发展学生的体质。很少有人能够看到体育在另一方面的更重要的功能：作为建树人格的正确的动机。最有趣的是，纽约的某些教堂也在逐渐懂得并重视运动对提高公共道德标准所起的非常有价值的影响。经过运动和比赛，我们能够使青年人获得健康和优美，机敏和文雅，正直和勇敢，准备并适应于尽自己的职责，为民族发展贡献自己的力量。运动和比赛铺平了民族发展之路。

（略）

第二章 运动的教育价值

由于守旧派和中世纪禁欲主义错误的传统观念的影响，长期以来体育运动受到那些所谓的大学教育家和教会的误解和虐待，那时体育被认为是无组织的过程，其可怜的价值仅仅是管理学校里孩子们的游戏而已。作为体育教育的先驱者和卓越的实现者的体育运动，却由于学校里一些缺乏经验的体育教练不正确地对待和宣传，而给教育者留下一个不真实的、令人讨厌的印象，并进一步否认了体育的教育价值。此后，各种各样的不利因素逐渐侵入到体育竞赛的训练中。最后，它引起了教育者们的一致强烈谴责。运动成了体育的同义词，它不仅不能使教育者满意，而且在他们眼中，体育对于教育事业是毫无价值的，是所不期望的。一段时期以来，体育显得暗淡而没有希望。但是幸运的是，有生命力的原则可以遭受遗弃，但永远不会消失。它不久就重新放出光芒，这要归功于那些有能力的领导者和各种力量的卓越努力。现在体育运动由于其重要的教育价值，成了最重要的教育手段之一。体育的教育价值一直受到人们的怀疑，而且常常受到责问。在回答这些问题时发表了许多充分摆事实讲道理的文章。Dawson博士在他的《体育的教育内容》一文中从生理学和心理学的角度对运动的价值予以证明。现在我们来简要地谈谈这个问题。人们首先会问，什么是教育？这个定义可以从三个方面来下：教育是一个活跃的过程，带着发展或授给青年人以实用能力和品质这个目标来推动训练，其目的是振奋生活中有生命力的基础。用一句中国谚语说，就是"玉不琢，不成器"。琢，就是教育，它的目标就是开发美的品质，使它永远闪光，它的目的是提高艺术方面的标准。按照定义，体育是完美的。青年人可以经常通过艰苦、紧张的运动训练来雕琢和磨炼自己，从而发展并获得很好的性格和健壮的体魄，去促进社会的进步和改良。运动作为体育的首要因素，并具有教育因素的广泛活动范围，正在由许多力量蓬蓬勃勃地推动起来，例如学校、工业界、运动场、社会和宗教机构、俱乐部等等。今天，教育者已经开始认识到，这个巨大的教育效力归属于体育，因而将体育作为教育活动的带头力量。这里有必要提几点最实在最有价值的品质。它们可以归结为下面三个部分：敏感性和有准备性；道德和性格；社会品质。这是按它们的重要性和发展顺序来排列的。

（一）敏感性和有准备性（略）

（二）道德和性格的价值

性格的重要性和价值对社会进步而言无论怎样强调也不为过分。预示着在生活中取得卓越成就的智力和体力的结合可能由于道德上的松懈或软弱而被完全毁掉，如果一个人的性格是反复无常的或孤寂的，其健全的体格和卓越的才智也肯定会对社会有损害。体育比赛和运动对于性格发展的效果这一点，得到所有的教育者的广泛承认。体力的适应性和主动性是构成性格的活的细胞。性格是各种意志松散的统一体，控制一个人对条件刺激所产生的一切情绪的反应。这种意志力与肌体的活力有直接关系。因此运动从教育上和体力上都与性格培养过程有关。这里我们仅仅提出几种品质，并讨论它们与运动的关系。

勇气 勇气是一种道德品质，它能使人在危急关头正确地应付。这种品质由自信心和意志所支配。勇气通过体力行动表现出来是勇敢，通过精神状态表现出来是正直。在体育界，"勇敢"通常用"胆量"和"勇气"来表达。它的反义词是"怯懦"。对一个运动员来说，人们说他

"怯懦"要比尖刀刺背还要糟糕，而被人誉为充满勇气有胆量的人，则无比自豪。没有任何一项别的运动能像美国橄榄球那样可以为训练人的勇敢提供极好的条件。猛冲和拦截对方球员需要强悍的勇气，力求摆脱对方的拦截也需要有勇气。在几次比赛的体验和实践之后，运动员就会产生自信心。这种自信心通过意志力又发展成为勇气。

坚持 坚持是以坚定的意志作为后盾的忍耐性，是具有一定目的的精神上的忍耐性。这是一种个人的气质，一种美好品质。"坚持"几乎是"成功"的同义词。由坚持不懈的意志所激发的持续的努力而达到一定的目标——成功，这是我们所要获得的一种品质。所有的技能和体育运动都为青年人提供了发展坚持性的机会。坚持就是每天进行持续而细心的练习和训练，使技能更加完美。这种趋势教育着青年人并使它们确信，持续和坚持不懈的努力一定会导致成功。通俗地说是"持续"，换句话说就是"坚持到底"。这是球员和运动员绝对必要的品质。这种品质会深深地印在运动员的脑海里，以致成为他的不变的性格。

自信心 自信心是一个人自身能力和智慧的意识。这种意识鼓舞并焕发出他的自信心。人们常常注意到，一个受过训练的运动员和一个无经验的新手之间有着明显的不同。后者在比赛和训练中神经紧张而缺乏自信，前者从容不迫，轻松、优美、准确地进行比赛。自信心总是与稳健紧密相连的，它是通往成功和胜利的秘诀。现在各种运动的竞争不仅仅是要青年人显示自己的能力，而且要培养他们的斗争精神，从而发展他们的自信心。这种品质的价值不需要进一步地强调，它已经导致那么多英雄事迹和精彩记录，以致已经成了所有运动成就的准绳。

进击性 进击性是对有意义的目标作连续进攻性努力。为了使我们的讨论更加明了，这里只要提出比赛或竞争的定义就够了。比赛是两支进攻力量争相到达的同样的目标。显然进击性是所有体育运动的特点，人们为了获胜必须竭尽全力进攻或攻击。常常可以听到从边线传来的喊声："攻上去！""盯住他！"等等。这些都是进击性的口号。这种态度是运动员的信条，无论输赢，他们必须竭力进攻。通过经常的训练，就会成为一种习惯，或者说成为运动员的第二性格。

决心 决心是要达到一定目的的一种意志。它是使一个青年人成为运动员的决心和愿望。在他被接收为队员之前，有许多必需获得的要求和技能，要完成所有的必要步骤和艰苦训练，绝对需要一个坚定的决心和坚强的意志。以我个人成为一个运动员的体验为例，正是想要打破440码纪录的愿望使得我进行了整整一年的艰苦训练，最后终于如愿。这就使我深刻认识到，决心是达到目的的必由之路。我坚信，每一个真正的运动员确实都具有这样一种品质。正是这种品质也会在他的生活中导致成功。运动员在开始从事各种事业时，可能真的是无经验的，但是由于他具有从体育训练中获得的决心，就一定会出人预料地取得相当惊人的进步。

（三）社会品质

在这里，"社会"一词是广义的，它包括一切关系，个人的和公众的。社会品质是包含在个人与别人，个人与社会的关系中的内心态度的各种不同形式。那么社会品质的价值如何？社会品质是什么呢？通常人生道路中的社会品质，包括公正的比赛、胸怀坦白、诚实、善良、大公无私等等；就社会和民族而言，还包括忠实、合作和自由。人类本来就是社会性的，因而所有这些社会品质都是本能的、固有的。但是由于生活的条件，这些品质被疏忽、被忘记了。所幸的是体育开始拯救并在恢复这些社会品质。所有这些美德都被汇集在体育运动的训诫中，这就是"体育道德"。组织起来的运动就是依照这个训诫建立的。这样，所有的比赛都为一切体育道德自主、本能的反应和实际训练提供频繁的机会。这里我们讨论几点有关运动的社会品质。

公正的比赛（Fairplay）　公正的比赛意味着人们在比赛中不能互相欺骗。这不是由智力的品质，而是由道德品质支配的比赛方法（在体育运动的生活方面）。这个方面的准则以诚实作为根本，因此它常常被认为就是诚实。由于一些特别的实验目的，我一直在研究公正比赛这个词，结果证明是相当有趣而又适宜的。我问过大约200人如何理解这个词，这200人中没有一个人是学生，也没有一个人是教师，他们是工厂的工人，火车上的乘务员，商店负责人，女侍者，理发员，电车售票员，街上的孩子和清道夫等。实在令人惊奇的是他们几乎百分之百地知道这个词，他们都把这个词理解为同一个意思，就是诚实。这说明了什么呢？这说明体育已经达到改造社会的伟大目的。公正比赛来源于体育运动，它已经如此广泛地深入人心，以至于成为目前支配生活中一切行动的道德准则。学校里的运动必须适当管理，这是极其重要的，而主要的重点必须放在对规则的监视上。体育规则为了体育家道德而在比赛中坚持诚实和正义，就像法律为政府在社会上坚持正义一样。

忠实　忠实从属于道德义务的诚实性。它教育人们为了整体而牺牲个人，为了多数而牺牲少数，为了更大的事业而牺牲较小的目的这样一个牺牲原则。在体育运动中，一个球队队员常常会感到球队比自己更重要。忠实是与诚实和自我牺牲紧密地交织在一起的。一个队员必须对本队每一个队员抱诚实态度，并作好为集体吃苦和战斗的准备。那么这种品质的价值如何呢？它确保个人对集体、集体对社会、社会对民族的诚实和道德义务。这一步步的发展在体育比赛中很清楚地表现出来了。在校内体育比赛中，整个团体将出来欢呼并支持自己的球队——忠实于集体；校际运动激起学校精神——忠实于学校；国家体育运动联合会将支持本国球队与外国球队在奥林匹克运动会上相遇——忠实于祖国。这些品质从体育运动发展到社会，当一个民族与其他民族发生战争时，必然以爱国心的形式表现出来。

自由　自由是在正确原则之下对一个人的权利和财富的承认。如果没有自由，则创造力和指挥是不可理解的。如果运用得恰当，自由就是可贵的和正当的。反过来，如果滥用自由，将是危险的和对社会有害的。所有这些观点都可以在体育比赛中体现出来。在比赛中每一个运动员都被赋予平等的机会来施展他的比赛技能，这个行动的自由导致创造力和指挥能力。在比赛中没有种族、宗教信仰或等级的差别。他们都享受同样的自由平等地进行体育比赛。他们一起打球，互相交谈，忘了一切成见。在球队的组织中，领导者和队长都是由球队队员选出的，领队总是被认为是球队中最有能力最好的运动员。如果能力和指挥高超，每个人都有可能成为队长。球队的每一个队员都愿意服从领导者，他的权力受到承认——这是领导者的自由。这表明自由是有界限的，也就是说人们仅仅有在一定范围内享受自由的权利。下级只能享受他权限之内的权利，而不能享受其上级的特权。假如每个队员都想来指挥，这个球队就决不会成功，其糟糕的后果可想而知。如果每个球队队员都表现出自私和局部观念，整个球队就会毁掉，而且他自己的自由也被滥用了，这反映出学校中所有运动都必须适当管理的极端重要性。

合作　合作用最简单的语言表示，就是一起工作。一旦队长发现他的球队缺乏合作态度时就喊道："小伙子们！我们必须尽量互相帮助，独立性太多会妨碍我们取得成功。"对合作的价值和重要性不必再赘述。人们都知道，一个组织如果没有成员之间的合作，是决不会成功和兴旺的。通过比赛中的配合可以对合作做最好的说明。合作是决定一个队是否强大的因素，它对于任何体育运动队都是必需的，而运动队提供了发展这种品质的极好机会。球队的组织越完整，就越需要更大的合作。合作程度的扩展性与球队组成人数成反比，就是说，球队的成员越少，越需要更高度密切的合作。由于合作对人生道路是不可缺少的品质，又由于运动为发展合作精神提供了最好的训练，所以努力促进和鼓动学校里运动的开展，是每个大学教育者的职责。

（余略）

梅贻琦就职演说[①]

梅贻琦[②]

　　本人离开清华，已有三年多的时期。今天在场的诸位，恐怕只有很少数的人认识我吧。我今天看出诸位里面，有许多女同学，这是从前我在清华的时候所没有的。我还记得我从前在清华负责的时候，就有许多同学向我请求，开放女禁，招收女生。我当时的回复说，招收女生这件事，在原则上我是赞成的，不过在事实上，我认为尚须有待。因为男女的性别不同，有许多方面，必须有特别的准备，所以必须经过相当的筹备，方能举办。现在在我出国的三年内，当然准备齐全，所以今天有许多女同学在内，这是本人所深以为慰的。

　　本人能够回到清华，当然是极高兴、极快慰的事。可是想到责任之重大，诚恐不能胜任，所以一再请辞，无奈政府方面，不能邀准，而且本人与清华已有十余年的关系，又享受过清华留学的利益，则为清华服务，乃是应尽的义务，所以只得勉力去做，但求能够尽自己的心力，为清华谋相当的发展，将来可告无罪于清华足矣。

　　清华这些年来，在发展上可算已有了相当的规模。本人因为出国已逾三年，最近的情形，不很熟悉，所以现在也没有什么具体的意见可说。现在姑且把我对于今后的清华，所抱的希望，略为说一说。

　　一，我先谈一谈清华的经济问题。清华的经济，在国内总算是特别的好，特别的幸运。如果拿外国大学的情形比起来，当然相差甚远，譬如哥伦比亚大学本年的预算，共有三千六百万美金，较之清华，相差不知多少。但比较国内的其他大学，清华的经济，总不能算少，而且比较稳定了。我们对于经济问题，有两个方针，就是基金的增加和保存。我们总希望清华的基金能够日渐增多，并且十分安全，不至动摇清华的前

---

① 原载《国立清华大学校刊》第341号，1931年12月4日。

② 梅贻琦（1889—1962），字月涵，天津人。1909年就读于清华留美预备学校，1914年在美国伍斯特理工学院获工学学士学位。历任清华学校教员、物理系教授、教务长等职，1931年至1948年任清华大学校长。

途。然而我们对于目前的必需，也不能因为求基金的增加而忽视，应当用的我们也还得要用，不过用的时候总要力图撙节与经济罢了。

二，我希望清华今后仍然保持它的特殊地位，不使坠落。我所谓特殊地位，并不是说清华要享受什么特殊的权利，我的意思是要清华在学术的研究上，应该有特殊的成就，我希望清华在学术方面应向高深专精的方面去做。办学校，特别是办大学，应有两种目的：一是研究学术，二是造就人材。清华的经济和环境，很可以实现这两种目的，所以我们要向这方面努力。有人往往拿量的发展，来估定教育费的经济与否，这是很有商量的余地的。因为学术的造诣，是不能以数量计较的。我们要向高深研究的方向去做，必须有两个必备的条件，其一是设备，其二是教授。设备这一层，比较容易办到，我们只要有钱而且肯把钱用在这方面，就不难办到。可是教授就难了。一个大学之所以为大学，全在于有没有好教授。孟子说："所谓故国者，非谓有乔木之谓也，有世臣之谓也。"我现在可以仿照说："所谓大学者，非谓有大楼之谓也，有大师之谓也。"我们的智识，固有赖于教授的教导指点，就是我们的精神修养，亦全赖有教授的inspiration。但是这样的好教授，决不是一朝一夕所可罗致的。我们只有随时随地留意延揽而已。同时对于在校的教授，我们应该尊敬，这也是招致的一法。

三，我们固然要造就人材，但是我们同时也要注意到利用人材。就拿清华说吧，清华的旧同学，其中有很多人材，而且还有不少的杰出人材，但是回国之后，很少能够适当利用的。多半是用非所学，甚且有学而不用的，这是多么浪费——人材浪费——的一件事。我们今后对于本校的毕业生，应该在这方面多加注意。

四，清华向来有一种俭朴好学的风气，这种良好的校风，我希望今后仍然保持着。清华从前在外间有一个贵族学校的名声，但是这是外界不明真相的结果，实际的清华，是非常俭朴的。从前清华的学生，只有少数的学生，是富家子弟，而大多数的学生，却都是非常俭朴的。平日在校，多是布衣布服，棉布鞋，毫无纨绔习气。我希望清华今后仍然保持这种良好的校风。

五，最后我不能不谈一谈国事。中国现在的确是到了紧急关头，凡是国民一份子，不能不关心的。不过我们要知道救国的方法极多，救国又不是一天的事。我们只要看日本对于图谋中国的情形，就可以知道了。日本田中的奏策，诸位都看过了，你看他们那种处心积虑的处在，就该知道我们救国事业的困难了。我们现在，只要紧记住国家这种危急的情势，刻刻不忘了救国的重责，各人在自己的地位上，尽自己的力，则若干时期之后，自能达到救国的目的了。我们做教师做学生的，最好最切实的救国方法，就是致力学术，造成有用人材，将来为国家服务。

今天所说的，就只这几点，将来对于学校进行事项日后再与诸君商榷。

大学一解[①]

梅贻琦

今日中国之大学教育，溯其源流，实自西洋移植而来，顾制度为一事，而精神又为一事。就制度言，中国教育史中固不见有形式相似之组织；就精神言，则文明人类之经验大致相同，而事有可通者。文明人类之生活，要不外两大方面：曰己，曰群；或曰个人，曰社会。而教育之最大的目的，要不外使群中之己与众己所构成之群各得其安所遂生之道，且进以相位相育，相方相苞；则此地无中外，时无古今，无往而不可通者也。

西洋之大学教育已有八九百年之历史，其目的虽鲜有明白揭橥之者，然试一探究，则知其本源所在，实为希腊之人生哲学；而希腊人生哲学之精髓无它，即"一己之修明"是已（Know thyself）。此与我国儒家思想之大本又何尝有异致？孔子于《论语·宪问》曰："古之学者为己"，而病今之学者舍己以从人。其答子路问君子，曰"修己以敬"；进而曰"修己以安人"；又进而曰"修己以安百姓"。夫君子者无它，即学问成熟之人，而教育之最大收获也。曰"安人"、"安百姓"者，则又明示修己为始阶，本身不为目的，其归宿、其最大之效用，为众人与社会之福利。此则较之希腊之人生哲学，又若更进一步，不仅以一己理智方面之修明为已足也。

及至《大学》一篇之作，而学问之最后目的，最大精神，乃益见显著。《大学》一书开章明义之数语即曰："大学之道，在明明德，在新民，在止于至善。"若论其目，则格物、致知、诚意、正心、修身，属"明明德"；而齐家、治国、平天下，属"新民"。《学记》曰："九年知类通达，强立而不反，谓之大成；夫然后足以化民易俗，近者悦服，而远者怀之，此大学之道也。""知类通达"，"强立不反"二语，可以为"明明德"之注脚；化民成俗，近悦远怀三语可以为"新民"之注脚。

① 原载《清华学报》第十三卷第一期，1941年4月。

孟子于《尽心》章，亦言修其身而天下平。荀子论"自知者明，自胜者强"亦不出"明明德"之范围，而其泛论群居生活之重要，群居生活之不能不有规律，亦无非阐发"新民"二字之真谛而已。总之，儒家思想之包罗虽广，其于人生哲学与教育理想之重视"明明德"与"新民"二大步骤，则始终如一也。

今日之大学教育，骤视之，若与"明明德""新民"之义不甚相干，然若加深察，则可知今日大学教育之种种措施，始终未能超越此二义之范围，所患者，在体认尚有未尽而实践尚有不力耳。大学课程之设备，即属于教务范围之种种，下自基本学术之传授，上至专门科目之研究，固格物致知之功夫而"明明德"之一部分也。课程以外之学校生活，即属于训导范围之种种，以及师长持身、治学、接物、待人之一切言行举措，苟于青年不无几分裨益，此种裨益亦必于格致诚正之心理生活见之，至若各种人文科学、社会科学学程之设置，学生课外之团体活动，以及师长以公民之资格对一般社会所有之努力，或为一种知识之准备，或为一种实地工作之预习，或为一种风声之树立，青年一旦学成离校，而于社会有所贡献，要亦不能不资此数者为一部分之抵注。此又大学教育"新民"之效也。

然则所谓体认未尽、实践不力者又何在？明明德或修己功夫中之所谓明德，所谓己，所指乃一人整个之人格，而不是人格之片段。所谓整个之人格，即就比较旧派之心理学者之见解，至少应有知、情、志三个方面，而此三方面者皆有修明之必要。今则不然，大学教育所能措意而略有成就者，仅属知之一方面而已；夫举其一而遗其二，其所收修明之效，因已极有限也。然即就知之一端论之，目前教学方法之效率亦大有尚待扩充者。理智生活之基础为好奇心与求益心，故贵在相当之自动，能有自动之功，斯能收日新之效；所谓举一反三者，举一虽在执教之人，而反三总属学生之事。若今日之教学，恐灌输之功十居七八，而启发之功十不得二三。"明明德"之义，释以今语，即为自我之认识，为自我知能之认识，此即在智力不甚平庸之学子亦不易为之，故必有执教之人为之启发，为之指引，而执教者之最大能事，亦即至此而尽，过此即须学子自为探索，非执教者所得而助长也。故古之善教人者，《论语》谓之"善诱"，《学记》谓之"善喻"。孟子有云："君子深造之以道，欲其自得之也；自得之，则居之安；居之安，则资之深；资之深，则取之左右逢其源。故君子欲其自得之也。"此善诱或善喻之效也。今大学中之教学方法，即仅就知识教育言之，不逮尚远。此体认不足、实践不力之一端也。

至意志与情绪二方面，既为寻常教学方法所不及顾，则其所恃者厥有二端：一为教师之树立楷模；二为学子之自谋修养。意志须锻炼，情绪须裁节。为教师者果能于二者均有相当之修养工夫，而于日常生活之中与以自然之流露，则从游之学子无形中有所取法；古人所谓"身教"，所谓"以善先人之教"，所指者大抵即为此两方面之品格教育，而与知识之传授不相干也。治学之精神与思想之方法，虽若完全属于理智一方面之心理生活，实则与意志之坚强与情绪之隐称有极密切之关系；治学贵谨严，思想忌偏蔽，要非持志坚定而用情有度之人不办。孟子有曰："仁义礼智根于心，则其生于色也，睟然见于面，盎于背，施于四体，四体不言而喻。"曰"根于心"者，修养之实；曰"生于色"者，修养之效而自然之流露。设学子所从游者率为此类之教师，再假以时日，则濡染所及，观摩所得，亦正复有其不言而喻之功用。《学记》所称之"善喻"，要亦不能外此。试问今日之大学教育果具备此条件否乎？曰：否。此可与三方面见之。上文不云乎？今日大学教育所能措意者仅为人格之三方面之一，为教师者果能于一己所专长之特科知识，有充分之准备，为明晰之讲授，作尽心与负责之考课，即已为良善之教师；其于学子之意志与情绪，生活与此种生活之见于操守者，殆有若秦人之视越人之肥瘠。历年既久，相习成风，即在有识之士，亦复视为固然，不思改作，浸假而以此种责任完全诿诸他人，曰，此乃训育之事，与教学根本无干。此条件不具备之一方面也。为教师者，自身固未始不为此种学风之产物，其日以孜孜者，专科知识之累积而已，新学说与新实验之传习而已，其于持志养气之道，待人接物之方，固未尝一日讲求也。试问己所未能讲求或无暇讲求者，又何能执以责人？此又一方面也。今日学校环境之内，教师与学生大率自成部落，各有其生活之习惯与时尚，舍教室中讲授之时间而外，几于不相谋面，军兴以还，此风尤甚，即有少数教师，其持养操守足为学生表率而无愧者，亦犹之楼中之玉、斗底之灯，其光辉不达于外，而学子即有切心于观摩取益者，亦自无从问径。

此又一方面也。古者学子从师受业，谓之从游。孟子曰："游于圣人之门者难为言。"间尝思之，游之时义大矣哉。学校犹水也，师生犹鱼也，其行动犹游泳也。大鱼前导，小鱼尾随，是从游也。从游既久，其濡染观摩之效，自不求而至，不为而成。反观今日师生之关系，直一奏技者与看客之关系耳，去从游之义不綦远哉！此则于大学之道，体认尚有未尽、实践尚有不力之第二端也。

至学子自身之修养又如何？学子自身之修养为中国教育思想中最基本之部分，亦即儒家哲学之重心所寄。《大学》八目，涉此者五，《论语》、《中庸》、《孟子》之所反复申论者，亦以此为最大题目。宋元以后之理学，举要言之，一自身修善之哲学耳；其派别之分化虽多，门户之纷岐虽甚，所争者要为修养之方法，而于修养之必要，则靡不同也。我侪以今日之眼光相绳，颇病理学教育之过于重视个人之修养，而于社会国家之需要，反不能多所措意；末流之弊，修身养性几不复为入德育才之门，而成遁世避实之路。然理学教育之所过即为今日学校教育之所不及。今日大学生之生活中最感缺乏之一事即为个人之修养。此又可就下列三方面分别言之。

一曰时间不足。今日大学教育之学程太多，上课太忙，为众所公认之一事。学生于不上课之时间，又例须有多量之"预备"功夫，而所预备者又不出所习学程之范围，于一般之修养邈不相涉。习文史哲学者，与修养功夫尚有几分关系，其习它种理实科目者，无论其为自然科学或社会科学，犹木工水作之习一艺耳。习艺愈勤去修养愈远。何以故？曰：无闲暇故。仰观宇宙之大，俯察品物之盛，而自审其一人之生应有之地位，非有闲暇不为也。纵探历史之悠久，文教之累积；横索人我关系之复杂，社会问题之繁变；而思对此悠久与累积者宜如何承袭节取而有所发明，对复杂繁变者如何应付而知所排解，非有闲暇不为也。人生莫非学问也，能自作观察、欣赏、沉思、体会者，斯得之。今学程之所能加惠者，充其量，不过此种种自修功夫之资料之补助而已，门径之指点而已。至若资料之咀嚼融化，门径之实践，以致于升堂入室，博者约之，万殊者一之，则非有充分之自修时间不为功。就今日之情形而言，则咀嚼之时间，且犹不足，无论融化，粗识门径之机会犹或失之，姑无论升堂入室矣。

二曰空间不足。人生不能离群，而自修不能无独，此又近顷大学教育最所忽略之一端。《大学》一书尝极论毋自欺、必慎独之理。不欺人易，不自欺难；与人相处而慎易，独居而慎难。近代之教育，一则曰社会化，再则曰集体化，卒使黉舍悉成营房，学养无非操演，而慎独与不自欺之教亡矣。夫独学无友，则孤陋而寡闻，乃仅就智识之切磋而为言者也；至情绪之制裁，意志之磨砺，则固为我一身一心之事，他人之于我，至多亦只所以相督励，示鉴戒而已。自"慎独"之教亡，而学子乃无复有"独"之机会，亦无复作"独"之企求；无复知人我之间精神上与实际上应有之充分之距离，适当之分寸，浸假而无复知情绪制裁与意志磨练之为何物，即无复知《大学》所称诚意之为何物。充其极，乃至于学问见识一端，亦但知从众而不知从己，但知附和而不敢自作主张、力排众议。晚近学术界中，每多随波逐浪（时人美其名曰"适应潮流"）之徒，而少砥柱中流之辈，由来有渐，实无足怪。《大学》一书，于开章时阐明大学之目的后，即曰："知止而后有定，定而后能静，静而后能安，安而后能虑，虑而后能得。"今日之青年，一则因时间之不足，再则因空间之缺乏，乃至数年之间，竟不能如绵蛮黄鸟之得一丘隅以为休止。休止之时地既不可得，又遑论定、静、安、虑、得之五步功夫耶？此深可虑而当亟为之计者也。

三曰师友古人之联系之阙失。关于师之一端，上文已具论之，今日之大学青年，在社会化与集体生活化一类口号之空气之中，所与往还者，有成群之大众，有合伙之伙伴，而无友。曰集体生活，又每苦不能有一和同之集体，或若干不同而和之集体，于是人我相与之际，即一言一动之间，亦不能不多所讳饰顾忌，驯至舍寒暄笑谑与茶果征逐而外，根本不相往来。此目前有志之大学青年所最感苦闷之一端也。夫友所以祛孤陋，增闻见，而辅仁进德者也。个人修养之功，有恃于一己之努力者固半，有赖于友朋之督励者亦半；今则一己之努力既因时空两间之不足而不能有所施展，有如上文所论，而求友之难又如此，又何怪乎成德达材者之不多见也。古人亦友也，孟子有尚友之论，后人有尚友之录，其对象皆古人也。今人与年龄相若之同学中既无可相友者，有志者自犹可于古人中求之。然求之又苦不易。史学之必修课程太少，普通之大学生往往仅修习通史一两门而止，此不易一也。时人对于史学与一般过去之经验每不重视，甚者且以为革故鼎新之精神，即在完全抹杀已往，而创造未来，前人之言行，时移世迁，即不复有分毫参考之价值，此不易二也。即在专考史学之人，又往往用纯粹物观之态度以事研究，驯至古人之言行举措，其所累积之典章制度，成为一堆毫无生气之古物，与古生物学家所研究之化石骨殖无殊。此种研究之态度，非无其甚大之价值，然设过于偏注，则史学之与人生将不复有所联系，此不易三也。有此三不易，于是前哲所再三申说之"以人鉴人"之原则将日趋湮没，而"如对古人"之青年修养之一道亦日即于荒秽不治矣。学子自身之不能多所修养，是近代教育对于大学之道体认尚有未尽、实践尚有不力之第三端也。

以上三端，所论皆为明德一方面之体认未尽与实践不力，然则新民一方面又如何？大学新民之效，厥有二端：一为大学生新民工作之准备；二为大学校对社会秩序与民族文化所能建树之风气。于此二端，今日之大学教育体认亦有未尽，而实践亦有不力也。试分论之。

大学有新民之道，则大学生者负新民工作之实际责任者也。此种实际之责任，固事先必有充分之准备，相当之实验或见习；而大学四年，即所以为此准备与实习而设，亦自无烦赘说。然此种准备与实习果尽合情理乎？则显然又为别一问题。明德功夫即为新民功夫之最根本之准备，则此则已大有不能尽如人意者在，上文已具论之矣。然准备之缺乏犹不止此。今人言教育者，动辄称通与专之二原则。故一则曰大学生应有通识，又应有专识；再则曰大学卒业之人应为一通才，亦应为一专家。故在大学期间之准备，应为通专并重。此论固甚是，然有不尽妥者，亦有未易行者。此论亦固可以略救近时过于重视专科之弊，然犹未能充量发挥大学应有之功能。窃以为大学期内，通专虽应兼顾，而重心所寄，应在通而不在专；换言之，即须一反目前重视专科之倾向，方足以语于新民之效。夫社会生活大于社会事业，事业不过为人生之一部分，其足以辅翼人生，推进人生，固为事实，然不能谓全部人生即寄寓于事业也。通识，一般生活之准备也；专识，特种事业之准备也。通识之用，不止润身而已，亦所以自通于人也。信如此论，则通识为本，而专识为末；社会所需要者，通才为大，而专家次之，以无通才为基础之专家临民，其结果不为新民，而为扰民。此通专并重未为恰当之说也。

大学四年而已，以四年之短期间，而既须有通识之准备，又须有专识之准备，而二者之间又不能有所轩轾，即在上智，亦力有未逮，况中资以下乎？并重之说所以不易行者此也。偏重专科之弊，既在所必革，而并重之说又窒碍难行，则通重于专之原则尚矣。

难之者曰：大学而不重专门，则事业人才将焉出？曰：此未作通盘观察之论也。大学虽重要，究不为教育之全部。造就通才虽为大学应有之任务，而造就专才则固别有机构在。一曰大学之研究院。学子即成通才，而于学问之某一部门，有特殊之兴趣，与特高之推理能力，而将以研究为长期或终身事业者，可以入研究院。二曰高级之专门学校。艺术之天分特高，而审美之兴趣特厚者可入艺术学校，躯干刚劲，动作活泼，技术之智能强，而理论之兴趣较薄者可入技术学校。三曰社会事业本身之训练。事业人才之造就，由于学识者半，由于经验者亦半，而经验之重要，且在学识之上，尤以社会方面之事业人才所谓经济长才者为甚，尤以在今日大学教育下所能产生之此种人才为甚。今日大学所授之社会科学知识，或失之理论过多，不切实际；或失诸凭空虚构，不近人情；或失诸西洋之资料太多，不适国情民性。学子一旦毕业而参加事业，往往发现学用不相呼应，而不得不于所谓"经验之学校"中，别谋所以自处之道，及其有成，而能对社会有所贡献，则泰半自经验之学校得来，而与所从卒业之大学不甚相干，以至于甚不相干。至此始恍然于普通大学教育所真能造就者，不过一出身而已，一资格而已。

出身诚是也，资格亦诚是也。我辈从事大学教育者，诚能执通才之一原则，而曰：才不通则身不得出。社会亦诚能执同一之原则，而曰：无通识之准备者，不能取得参加社会事业之资格。则所谓出身与资格者，固未尝不为绝有意识之名词也。《大学》八目，明德之一部分至身修而止，新民之一部分自身修而始，曰出身者，亦曰身已修，德已明，可出而从事于新民而已矣。夫亦岂易言哉？不论一人一身之修明之程度，不问其通识之有无多寡，而但以一纸文凭为出身之标识者，斯失之矣。

通识之授受不足，为今日大学教育之一大通病，固已渐为有识者所公认。然不足者果何在，则言之者尚少。大学第一年不分院系，是根据通之原则者也；至第二年而分院系，则其所据为专之原则。通则一年，而专乃三年，此不足之最大原因而显而易见者。今日而言学问，不能出自然科学、社会科学与人文科学三大部门；曰通识者，亦曰学子对此三大部门，均有相当准备而已。分而言之，则对每门有充分之了解；合而言之，则于三者之间，能识其会通之所在，而恍然于宇宙之大，品类之多，历史之久，文教之繁，要必有其一以贯之之道，要必有其相为因缘与依倚之理，此则所谓通也。今学习仅及期年而分院分系，而许其进入专门之学，于是从事于一者，不知二与三为何物，或仅得二与三之一知半解，与道听途说者初无二致。学者之选习另一部门或院系之学程也，亦先存一"限于规定，聊复选习"之不获已之态度，日久而执教者亦曰，聊复有此规定尔，固不敢以此期学子之必成为通才也。近年以来，西方之从事于大学教育者，亦尝计虑及此，而设为补救之法矣。其大要不出二途：一为展缓分院分系之年限，有自第三学年始分者；二为第一学年中增设"通论"之学程。窃以为此二途者俱有未足，然亦颇有可供攻错之价值，可为前途改革学程支配之张本。大学所以宏造就，其所造就者为粗制滥造之专家乎，抑为比较周见洽闻、本末兼赅、博而能约之通士乎？胥于此种改革卜之矣。大学亦所以新民，吾侪于新民之义诚欲作进一步之体认与实践，欲使大学出身之人，不藉新民之名，而作扰民之实，亦胥以此种改革为入手之方。

然大学之新民之效，初不待大学生之学成与参加事业而始见也。大学学府之机构，自身亦正复有其新民之功用。就其所在地言之，大学俨然为一方教化之重镇；而就其声教所暨者言之，则充其极可以为国家文化之中心，可以为国际思潮交流与朝宗之汇点（近人有译英文 Focus 一字为汇点者，兹从之）。即就西洋大学发展之初期而论，十四世纪末年与十五世纪初年，欧洲中古文化史有三大运动焉，而此三大运动者均自大学发之。一为东西两教皇之争，其终于平息而教权复归于一者，法之巴黎大学领导之功也；二为魏克立夫（Wyclif）之宗教思想革新运动，孕育而拥护之者英之牛津大学也；三为郝斯（John Hus）之宗教改革运动，郝氏与惠氏之运动均为十六世纪初年马丁·路得宗教改革之先声，而孕育与拥护之者，布希米亚（战前为捷克地）之蒲拉赫（Prague）大学也。大学机构自身正复有其新民之效，此殆最为彰明较著之若干例证。

间尝思之，大学机构之所以生新民之效者，盖又不出二途。一曰为社会之倡导与表率。其在平时，表率之力为多，及处非常，则倡导之功为大。上文所举之例证，盖属于倡导一方面者也。二曰新文化因素之孕育涵养与简练揣摩。而此二途者又各有其凭藉。表率之效之凭藉为师生之人格与其言行举止。此为最显而易见者。一地之有一大学，犹一校之有教师也；学生以教师为表率，地方则以学府为表率。古人谓一乡有一善士，则一乡化之，况学府者应为四方善士之一大总汇乎？设一校之师生率为文质彬彬之人，其出而与社会周旋也，路之人亦得指而目之曰：是某校教师也，是某校生徒也。而其所由指认之事物为语默进退之间所自然流露之一种风度，则始而为学校环境以内少数人之所独有者，终将为一地方所共有，而成为一种风气。教化云者，教在学校环境以内，而化则达于学校环境以外，然则学校新民之效，固不待学生出校而始见也明矣。

新文化因素之孕育所凭藉者又为何物？师生之德行才智，图书实验之设备，可无论矣。所不可不论者为自由探讨之风气。宋儒安定胡先生有曰："艮言思不出其位，正以戒在位者也，若夫学者，则无所不思，无所不言，以其无责，可以行其志也。若云思不出其位，是自弃于浅陋之学也。"此语最当。所谓"无所不思，无所不言"，以今语释之，即学术自由（Academic Freedom）而已矣。今人颇有以自由主义为诟病者，是未察自由主义之真谛者也。夫自由主义（Liberalism）与荡放主义（Libertinism）不同，自由主义与个人主义，或乐利的个人主义，亦截然不为一事。假自由之名，而行荡放之实者，斯病矣。大学致力于知、情、志之陶冶者也。以言知，则有博约之原则在；以言情，则有裁节之原则在；以言志，则有持养之原则在。秉此三者而求其所谓"无所不思，无所不言"，则荡放之弊又安从而乘之？此犹仅就学者一身内在之制裁而言之耳，若自新民之需要言之，则学术自由之重要，更有不言而自明者在。新民之大业，非旦夕可期也。既非旦夕可期，则与此种事业最有关系之大学教育，与从事于此种教育之人，其所以自处之地位，势不能不超越几分现实，其注意之所集中，势不能为一时一地之所限止，其所期望之成就，势不能为若干可以计日而待之近功。职是之故，其"无所不思"之中，必有一部分为不合时宜之思；其"无所不言"之中，亦必有一部分为不合时宜之言。亦正惟其所思所言，不尽合时宜，乃或合于将来，而新文化之因素胥于是生，进步之机缘，胥于是启，而新民之大业，亦胥于是奠其基矣。

　　"大学之道，在明明德，在新民，在止于至善。"至善之界说难言也，姑舍而不论。然"明明德"与"新民"二大目的固不难了解而实行者。然洵如上文所论，则今日之大学教育，于"明明德"一方面，了解犹颇有未尽，践履犹颇有不力者；而不尽不力者，要有三端。于"新民"一方面亦然，其不尽不力者要有二端。不尽者尽之，不力者力之，是今日大学教育之要图也，是《大学一解》之所为作也。

奋斗　续学　耐劳[①]

张奚若[②]

　　现在的青年学生最喜欢的是新奇的学说，最不喜欢的是陈腐的理论。本人自愧没有什么新奇的学说，只有很少的陈腐理论。今天教授会教本人代表向诸位说几句临别赠言，我想所谓临别赠言，不过是在人家临上路之前，告诉他一点旅途上的经验，并劝他们保重一类的话言而已。现在诸君要踏上社会的途程了，我就本着临别赠言的意思，向诸位说几句过来人的经验之谈罢！

　　我今天要说的共有三点。一、二两点是对普通一般的大学毕业生说的，第三点是特别对清华同学说的。第一点是奋斗。社会是混浊的，黑暗的，复杂的，诸位在学校里所得书本上的知识，是不足以应付裕如的，将来势必会遇到许多压迫和阻碍的。可是我们却不能因此就屈服牵就，虽然在小节上也不妨姑予从权。可是我们的宗旨、正义所在的地方，都万不能牵就，不能屈服。我们必须要奋斗抵抗。否则那就有负我们在校时的修养了。

　　第二点是续学。学问无止境。我们在校时，尽管成绩很好，但是一到了社会上运用起来，立时就会感觉到自己学问的不足。而且学术是与时俱进的，我们若不继续求学，即使从前所学的，没有抛荒，也要落伍的。

　　第三点是耐劳。这一点是特别对本校同学说的。我们常听到校外人对清华的批评，都说清华的同学，成绩的确比别的学校好些，但是缺点在不能吃苦，不肯吃苦。这种批评，恐怕也不是完全无因。我希望诸位出校之后，抱定为社会服务的宗旨，把个人的享受看轻些。

---

① 原载《国立清华大学校刊》第422号，1932年6月24日。

② 张奚若（1889—1973），字奚若，自号耘，陕西朝邑人。政治学家、教育家。1929年至1952年在清华大学任教，曾任政治学系主任、校务委员会常委。在新政协会议上，提出以"中华人民共和国"为新中国国名的建议。1950年，毛泽东主席应张奚若代表清华师生员工提出的请求，为清华大学题写了校名。

健全的工程师[①]

庄前鼎[②]

工程师对于社会国家，能有贡献的时期，这样的短促。而造就一位工程师的费用，又那样的大。假如他没有健全的体格与精神，不幸短命而亡，或对于他所担任的职务不但无益而反有害，实在是国家社会极大的损失，而又是极不经济的浪费教育。所以我要提出这个问题，"健全的工程师"，来讨论一下，贡献给初入门墙的工程同学。

广义的说法，健全的工程师应有：

（一）健全的体格与精神

（二）健全的学识与经验

（三）健全的道德与信守

（四）健全的思想与行为

合于这四项条件的工程师，方能担任重大的工程事业，而能有所成就，来贡献给国家与社会。不然的话，成事不足败事有余。或则未老先衰，半途而废，即有成就，亦极有限。现在把上列的条件再分别的讨论一下：

（一）健全的体格与精神　任何事业，都要有体格强健与精神饱满的人来担任，方能成功。而尤其是工程事业。譬如测量，筑路，造桥，治河等的土木工程；建厂，炼钢，制造等的机械工程；发电厂及电讯等的电机工程；在在需要身强力壮的工程师来担任。爱迪生有言："伟大的成就，需要一分的学识与九分的血汗。"这一分的学识，可以在学校内得到，而这九分的血汗，必须靠健全的体格与精神。

我们在学校内求学的时候，假如仅仅注意到学识方面，而忽视了个人的体格与精神的锻炼，实在是一件极不应该的事情。我们开始派送学

---

① 原载《清华机工月刊》第1卷第2期，1936年11月20日。

② 庄前鼎（1902—1962），字开一，江苏青浦人。1925年考取清华学校公费赴美留学。1932年起在清华大学任教，领导创建机械工程学系，曾任机械工程学系主任、航空工程学系主任（西南联大）、航空研究所所长、动力机械系主任等。

生留学欧美的时候，远在日本维新之前。而到现在国内的进步，仅仅如此。当然有许多环境造成的原因。但是最大的原因，还是我们留学先辈的体格与精神，远不及人的原故。事实的证明是如此：我们在国外的留学生，智力学识，均在欧美人士以上，并且考试常列前茅。但是回国后一生的事业成就，远不如他们。原因虽说有种种，而缺乏健全的体格与精神实在是最主要的一个。

一件工程事业的成就，少则一年，多则数年，其间设计，测量，建筑，进行等等工作，在在需要工程师的精神与体力。而实际所需要的工程学识，照经验说来，常常是在学校内所学到的一小部分。所以一件工程事业的成就，大部视工程师的体格与精神，能否支持到底，而他的学识却不必高出他人一等。

新来的工程同学们，在你们求学的时期，是你们锻炼体格的最好机会。在任何环境之下，应该规定每日至少有半小时的运动。养成健全的体格，方能有健全的精神，来担负将来国家的工程事业。你们不要因为功课忙碌，而忽视这一点。亦不要以为这是老生常谈而不加注意。到你们三十多岁，实际参加主持国内工程事业的时候，你们要回来感谢我现在说的这一句规劝的话。

（二）健全的学识与经验 我常常听到同学们说起：我们在中学里念过国文，英文，地理，历史，算学，物理，化学等。为什么进了大学选读工程，仍旧要念这一套与工程不相关的功课？这个观念是错了。我们所需要的工程师，不单是仅仅一个工程专家，而希望他对于一般的常识，都有相当的认识。在国外研究工程教育的人，主张工科五年计划的很多。就是在大学一二年级念的书是文法理三院的基本必修课程。三年级以后方专念工科的课程。已经试验实行的，有康奈尔大学及哥伦比亚大学。我们限于规章，总觉得工科的课程多于文法理科的课程，而难于分配。同学们对于基本的功课，应该重视。就是要求得一般的普通常识。我们不能脱离社会来办工程，所以政治，经济，历史，地理，社会学等，都得知道一点。

现在国内工程界吃亏的地方就是他们做了事不大说话，不大写文章。我们建筑平绥路的工程先辈詹天佑先生，除了工程界都知道他是伟大的工程师之外，国内民众恐怕都不知道。现在建造粤汉路的凌鸿勋先生，手创永利制碱工厂的侯德榜先生，计划导淮工程的李仪祉先生，主持钢铁试验所的周子竞先生等。你们都知道了没有？恐怕国内知道的人们很少。但是你们都知道国内文坛先辈鲁迅先生，国外也都知道他。当然办理工程的，事务太忙，无暇执笔。但是在我们这外人号称文章国家的环境内来办理工程，只知做事，而不知说话，实在得不到相当的地位与应当的报偿。

你们在求学的时候，不要忘了基本的国文。应当时常锻炼这一枝笔。不要以为这是文学家的玩意儿而忽视了。本国文字的工程课本，大半还没有人编译。国内工程事业的领导与国外工程学识的介绍，还要靠我们本国的文字来传达。你们在校有机会学习的时候，不要放过了才是。这里《机工月刊》，你们可以常常写写文章，练练文字。机械工程学会的演讲会，也要常常来参加演说，练习说话。

其次是外国语，这是我们要学得外国工程知识的一种工具。算学，物理与化学是学习任何工程的基础。基础打得不好，建在上面的建筑容易损坏。这几门功课的基础打好，任何工程均易学习。系中物理，算学，力学不及格不得继续升学的规定，一方面是因为同学人数太多，设备不足容纳，另一方面是希望你们在这基本功课，特别加以努力。

我曾经听到一位同学发表反对考试制度的言论，并且说同学们终日忙于抄题考试。你们要知道，在这里学校内是为求学而求学，并非为考试而求学。考试仅是测验同学们对于功课努力到如何程度的制度。假如同学来此仅为考试的话，那倒不如回到家内自由研究，或自由而不研究也罢了。

最后讲到专门的学识。在国内当工程师，最好对于一般的普通工程上的学识都知道一点。譬如小工厂内用了一位机械工程师，有时希望他能设计一所工厂的房屋，有时也希望他能开动发电机（马达）。所以同学们即使选读了机械工程，对于他系的工程功课如电机工程，工程材料学，水利学等，均应一样重视。有人来要求过不念电机工程，实在是很错误的认识。

讲到健全的经验一点。我们在国内因为人才太少，所以社会对于大学毕业生的希望太奢。大家以为学了电机工程的，毕业后就能制造发电机。学了机械工程的，毕业后就能制造各种机械。学了航空工程的，毕业后就能制造飞机。结果呢，社会感觉得失望，而学工程的感觉得气馁。事实告诉我们，经验须经时间由环境与机会得来。大学的工程教育，只给你们一个从事工程事业的基础。在这基础的上面，须得寻求健全的经验。你们不要自馁，也不要自负。一个工程师，任事不论大小，均须努力为之。并须有耐性来寻求经验。如此到国家需要你们担任重要工程事业的时候，方有能力可以胜任。

（三）健全的道德与信守 一个工程师要完成他的伟大工程事业，须绝对保持他的道德观念，与信守法则。工程师是介乎劳资二方的中间人，他对于资方，必须尽职，同时对于包工及雇员，亦须用正直的精神来待遇他们。他对于国家，必须忠心。必须禁止用不正当的方法，以求得工程职业，并不得接受任何不正当的酬金。

道德的养成，应该在学校内就特别注意。你们处世接物，待人律己，在校内求学与工作的时候，就应该时时刻刻自加修养。这是最重要的一件事。中国任何工程事业的失败，并非一定在工程本身的技术方面，有所缺陷，大部分是因为管理方面，经理人的不道德，假公济私，任用私人，营私舞弊等等所致。我国汉阳钢铁厂及招商局的创办均在日本钢铁及轮船事业以前，而人家的就日见发达，我们的就日趋腐败，也多半因为历来主持人的道德不健全的原故。你们在求学及做事的时候，应该忠于职守，恕以责人，严以律己，廉以自守，俭以自制。并且要在我国固有道德之外，应该养成我们最缺乏的道德，就是群育。

国内各种事业的缺陷，就是缺乏合作精神。同事们不合作，同业的不合作，政府机关不合作。我们在外国的华侨，白手成家，创立伟大事业，家资富有的很多。外人都怕他们个人的经营。但一经组织公司，就竞争不过人家。欧美人士，常有这样一句话：一个中国人可怕，可敌十个外国人；两个中国人敌不过两个外国人；三个中国人就敌不过一个外国人！这大概是数千年来家族观念及社会环境所造成的。你们在学校内应该多多参加课外的正当活动，如运动会，演说会等来培养这可贵的群育。

（四）健全的思想与行为 现在欧美国家，随他是资本主义也好，社会主义也好，他们对于物质文明，都积极的提倡。工程师是促进物质文明的先锋，在任何国家，都有他的相当地位。他无须问明自己应否左倾或右倾。特别是在我们国内民穷财尽，国家危急的时候，所有的各种工程事业，大部是国有经营。我们学工程的应该抱定一个宗旨，就是以服务国家民众为最大最终之目的。这样与个人的思想方面，可以健全一点，而行为方面，亦不致偏于任何一方。

我们国内任何工程事业都幼稚得很。需要大量的工程师来担任，而尤其需要健全的工程师。据我个人的统计，全国所有的工程师，包括土木，电机，机械，化工，矿冶一切都在内，仅仅六七千人。比之美国全国工程师共二十余万人之数，相差三十倍之多！而我国全国人民共四万五千万，比之美国人民总数仅一万五千万，反多至三倍以上！有志的青年同学们！你们应该时时刻刻记着十年后你们所负的重大责任，及国家期待你们的殷切，而注意到上述诸点来成就一个健全的工程师，方可负社会国家的期望！

论青年修养①

张申府②

心不静，写不出系统深刻的东西来。无可如何，这是随便谈谈罢。但这样子，也许比起装腔作势，板起面孔来说话，读者可以感着更亲切一点儿。

关于青年修养，我现在有三五点意思涌上心头。现在就以次分别写在下边。

第一，我也与许多古人一样，总觉着一个青年，为学必先立志。就令一个人，不必专门读书，有一个大志向，也是非常之要紧。一个人但令多少有点儿知识，多少有点儿自觉，那就要有一个志向，这样子才可以免得麻麻胡胡过一辈子。

至于立志作什么，那却有点儿难说，但至低限度，最一般地来说，你要立志作一个好人。这话也许大空，那就反过来说也可：你总要立志不为恶。凡你平常骂人的事，你总要下决心一件也不作。这一点在今日实在最最要紧。许多人两面作风，许多人口是心非，许多人口称民主而行反民主，许多人天天骂当局，而他的行为没有一点不与当局一样，除了地位不同以外。诸如此类，都因他没有坚定志向的缘故。

说得更具体一点，一个人总要作一个合乎时代的人，因此应该对于自己的时代不可不有一点切实的认识。但这地方很容易犯一个毛病，那就是随波逐流。一个人知识行动合乎时代是必要的，但随波逐流可就大要不得。怎样免掉这种毛病，那就要注意自觉，作得了自己的主宰，有自得之处，尽量防备虚荣，并且对时代有深刻的认识。

人怎样才能有志，尤其怎样才能有大志，这原因颇不简单。从外来原因说，这一种要靠父兄师长的告语教导。这不是人人所可得。一种靠同学朋友的切磋鼓励。这也可遇不可期。另一种就是靠阅名人传记，读

---

① 原载《唯民周刊》第1卷第5期，1946年5月4日。

② 张申府（1893—1986），名崧年，河北献县人。哲学家。1920年初参与中国共产党的建党活动，是周恩来的入党介绍人。1931年至1936年任清华大学哲学系教授。

大家著作；甚至看名家小说、戏剧、电影，也都会有好处。这是人人都可作得到的。但是你这样子作时，你必懂得体察，懂得与好人看齐。换言之，要作一个好人，适当的自觉总是必要的。

再进一步说，在今日这个时代，要作一个好人，拿旧话说，"民胞物与"总是一个必要的出发点。说得通俗一点，你要有一种治病救人的意趣。你不要把自己孤立，你要使世界因有你而不同，但你都不可总觉着你与一般人不同。

第二，关于为学读书，我特别愿意告诉你一个"专"字。本来，凡事，"专"都是最首要的成功诀。读书为学，也不外是。一个人要容易有成，那就最好只干一样事。古人讲学，常说博与约。但博如没有中心，必至泛滥无归，事倍功半，费力而不讨好。一个人读书，与其对一切知道一点，确不如对一点知道一切。等到你有了中心，有了主宰，有了专长之后，再对一切都知道一点，那就正可以作你原来一点的必要补助。所谓由博返约，能约，也就不妨博。

前已说过，要读大家的名著。这也是为学读书上的一个必要的要诀。以专而言，与其泛览群籍，不如精读一书。但这一书必须是大家名著，不刊的经典，意味深长，使你研寻不尽者。这种书，不拘那个文明国家，自古以来都是有的。一个人读书，最好读到深造自得。大家的名典当然都是深造自得的书。不深造而有自得处，必不会开辟新纪元、创发新时代。大家名著必有不同气味，正与名乐一般。你如与它化了，你自也可以不同。

我以前尝为青年读者写过一篇以"切实，深入，专"为题的东西。深入与专，当然有联带关系。此外，最要紧也相关的，那就要说到切实。一个人作人，最怕作到飘飘然。一个人在有些地方能够飘飘若仙，未尝没有好处。但如全不着实，全不实在，全不入里，尽是肤面表毛，油腔滑调，花言巧语，那就只能说他在作人上已经失败。读书为学也如此。不拘怎样抽象的学问，最后也不能不切实际。有的人讲学尚"空灵"，其实正是为的"如实"而不执着。假使一个人一生为学，而却全与实际不相干，那就是时力精神白费了。前说读书要读大家名著，假使这种书是现代的或讲现代的，那就更好。当然我并不是说古书就不切实际。

再补充一句。一个人读书要专，要读名著，这都说过了。但一个人有丰富的人生常识也有其必要，特别是关于你的时代，你的世界，你的国家，你的社会，以及你的身体精神的常识。一个人如果没有关于生理、心理、卫生的常识，必会常在苦恼中。

第三，前边已经提到自觉，我现在要更进一步，再加上反省。一个人不识不知的生活是一种无意思的生活；一个人不长进的生活也可说是与死差不多的生活。人怎样才能不断长进？条件之一就是时时反省。怎样反省？就是你要时时自己检讨：这件事我为什么作得很成功？那件事我为什么失败了？昨天我身体那样好，今天我为什么病了？以前我这样作很顺利，现在为什么行不通了？一个有理性的人，不但要事事自觉，事事要作得有理由，而且也要成功知道理由，失败也知道理由。反省了以后，更不惮于败，这便是进步所由成。

我近来很感到反省的必要。现在许多人作事，如有错过，总是加在别人身上，或加在不能自表的客观环境身上，绝不肯回头看看自己。这样的坚决信心，这样的勇往气概并不是没有是处，但是事情弄得不好，前途也会弄得不堪设想。因此，除了相反相成，不要过分以外，我总愿教人回头看看，也愿教人有时也作一作退一步想。也许有人要感着打了他们的高兴。其实我不过愿他在一往直前上同时也要脚步放得稳一些，不要失足，失掉不必要的牺牲而已。

中国过去有许多在人的修养上特别注意的事，也许因为有了流弊，现在遂因噎废食，再不复提的。这其中一个就是一个敬字。我近年大大感到敬字的要紧。敬不必对人，尤其要紧的还在对事。我所谓敬，差不多就是小心慎重的意思，但更加了一番庄严郑重。我近年每逢什么弄坏了，即自谓不敬不敬，以自警惕，以自改正。这是与反省相联的。我相信，假使人常能如此，一定也可减少些过失。我深愿今日青年都能早点养成这个习惯。所谓修养，也不过就是养成些好习惯，尤其是沉着慎重不轻浮的习惯。

有大志，读名典，时自反省，对事专而敬。青年的应有修养，当然还不止。这三五点却是我近来时在感到之点。勉强抽空写出来，但愿大家不吝，试试看！

最后一次演讲

——在至公堂李公朴夫人报告李先生死难经过大会上的讲演

闻一多[①]

这几天，大家晓得，在昆明出现了历史上最卑劣，最无耻的事情！李先生究竟犯了什么罪，竟遭此毒手？他只不过用笔写写文章，用嘴说说话，而他所写的，所说的，都无非是一个没有失掉良心的中国人的话！大家都有一支笔，有一张嘴，有什么理由拿出来讲啊！有事实拿出来说啊！为什么要打要杀，而且又不敢光明正大的来打来杀，而偷偷摸摸的来暗杀！（鼓掌）这成什么话？（鼓掌）

今天，这里有没有特务？你站出来，是好汉的站出来！你出来讲！凭什么要杀死李先生？（厉声，热烈的鼓掌）杀死了人，又不敢承认，还要诬蔑人，说什么"桃色案件"，说什么共产党杀共产党，无耻啊！无耻啊！（热烈的鼓掌）这是某集团的无耻，恰是李先生的光荣！李先生在昆明被暗杀，是李先生留给昆明的光荣！也是昆明人的光荣！

去年"一二·一"昆明青年学生为了反对内战，遭受屠杀，那算是年青的一代献出了他们的血，献出了他们最宝贵的生命！现在李先生为了争取民主和平，而遭受了反动派的暗杀，我们骄傲一点说，这算是像我这样大年纪的一代，我们的老战友，献出了最宝贵的生命。这两桩事发生在昆明，这算是昆明无限的光荣！（热烈的鼓掌）

反动派暗杀李先生的消息传出后，大家听了都悲愤痛恨。我心里想，这些无耻的东西，不知他们是怎么想法？他们的心理是什么状态？他们的心是怎样长的？其实很简单！他们这样疯狂的来制造恐怖，正是他们自己在慌啊！在害怕啊！所以他们制造恐怖，其实是他们自己在恐怖啊！特务们，你们想想，你们还有几天，你们完了，快完了！你们以

[①] 闻一多（1899—1946），本名闻家骅，字友三，生于湖北省黄冈市浠水县。1912年考入清华大学留美预备学校。1932年起在清华大学任教，曾任中文系主任、文学院院长等职。1946年7月15日在云南昆明被国民党特务暗杀。

为打伤几个，杀死几个，就可以了事，就可以把人民吓倒了吗？其实广大的人民是打不尽的，杀不完的，要是这样可以的话，世界上早没有人了。你们杀死了一个李公朴，会有千百万个李公朴站起来！你们将失去千百万的人民！你们看着我们人少，没有力量。告诉你们，我们的力量大的很！多得很！看今天来的这些人，都是我们的人，都是我们的力量！此外还有广大的市民！我们有这个信心：人民的力量是要胜利的，真理是永远存在的。历史上没有一个反人民的势力不被人民毁灭的！希特勒，墨索里尼不都在人民之前倒下去了吗？翻开历史看看，你还站得住几天！你完了，快完了！我们的光明就要出现了。我们看，光明就在我们的眼前，而现在正是黎明之前那个最黑暗的时候。我们有力量打破这个黑暗，争到光明！我们的光明，就是反动派的末日！（热烈的鼓掌）

反动派故意挑拨美苏的矛盾，想利用这矛盾来打内战。任你们怎么样挑拨，怎么样离间，美苏不一定打呀！现在四外长会议已经圆满闭幕了。这不是说美苏间已没有矛盾，但是可以让步，可以妥协，事情是曲折的，不是直线的。我们的新闻被封锁着，不知道美苏的开明舆论如何抬头，我们也看不见广大的美国人民的那种新的力量在日益增大。但是事实的反映，我们可以看出：

第一，现在司徒雷登出任美驻华大使，司徒雷登是中国人民的朋友，也是教育家，他生长在中国，受的美国教育。他住在中国的时间比住在美国的时间长，他就如一个中国的留美生一样，从前在北平时也常见面，他是一位和蔼可亲的老者，他是真正知道中国人民的要求的，不是说司徒雷登有三头六臂，而是说，美国人民的舆论抬头，美国才有这转变。

其次，反动派干得太不像样了，在四外长会议上不要中国做二十一国和平会议的召集人，这就是做点颜色给你看看这说明人民的忍耐有限度，国际的忍耐也是有限度。

李先生的血，不会白流的！李先生赔上了这条性命，我们要换来一个代价。"一二·一"四烈士倒下了，年青的战士们的血，换来了政治协商会议的召开，现在李先生倒下了，他的血要换取政协会议的重开！（热烈的鼓掌）我们有这个信心！（鼓掌）"一二·一"是昆明的光荣，是云南人民的光荣。云南有光荣的历史，远的如护国，这不用说了。近的如"一二·一"，都是属于云南人民的，我们要发扬云南光荣的历史！

反动派挑拨离间，卑鄙无耻，你们看见联大走了，学生放暑假了，便以为我们没有力量了吗？特务们！你们错了！你们看见今天到会的一千多青年，又握起手来了，我们昆明的青年决不会让你们这样蛮横下去的！

反动派，你看一个倒下去，可也看得见千百个继起的！

正义是杀不完的，因为真理永远存在！（鼓掌）

历史赋予昆明的任务是争取民主和平，我们昆明的青年必须完成这任务！

我们不怕死，我们有牺牲精神，我们随时像李先生一样，前脚跨出大门，后脚就不准备再跨进大门！（长时间热烈的鼓掌）

1946年7月15日

人生的四种境界

冯友兰[①]

在我所著《新原人》（人性新论）里，我说过自己的看法：人与其他动物不同，在于当他做什么事时，他知道自己在做的是什么事，并且自己意识到，是在做这件事。正是这种理解和自我意识使人感到他正在做的事情的意义。人的各种行动带来了人生的各种意义；这些意义的总体构成了我所称的"人生境界"。不同的人们可能做同样的事情，但是他们对这些事情的认识和自我意识不同，因此，这些事情对他们来说，意义也不同。每个人有他的生命活动的范围，与其他任何人都不完全一样。尽管人和人之间有种种差别，我们仍可以把各种生命范围归结为四等。由最低的说起，这四等是：一本天然的"自然境界"，讲求实际利害的"功利境界"，"正其义，不谋其利"的"道德境界"，超越世俗、自同于大全的"天地境界"。

一个人可以按照他的本能或社会习俗而生活。这样的人好像儿童或原始社会中的人，他们做各种事情，而对自己所做的事缺乏自觉，或并不真正意识到它的意义。因此，他所做的对自己并没有什么意义，这种人生是"自然境界"的人生。

还有一种人，他有私，时刻意识到自己，所做的事情都是为了自己。这不一定表明他就是全然不讲道德。他也可以做一些于别人有益的事情，但他这样做的动机是为了自己的好处。因此，他所做的每一件事，对他自己来说，都是"有用"的。他的人生境界可以称作"功利境界"。

还可能有些人，懂得世上并不是只有自己，还存在着一个社会，它是一个整体，自己是社会的一个组成部分。本着这样的理解，他做任何

[①] 冯友兰（1895—1990），字芝生，河南唐河人。中国当代著名哲学家、教育家。著有《中国哲学史》《中国哲学简史》《中国哲学史新编》《贞元六书》等，被誉为"现代新儒家"。中国科学院哲学社会科学学部委员。1928 年至 1952 年在清华大学任教，曾任哲学系主任、校务委员会秘书长、文学院院长、校务会议临时主席。

事情，都是为了整个社会的好处；或者用儒家的话来说，他行事为人是为义，而不是为利（"正其义而不谋其利"），他是真正有道德的人，所做的都合乎道德，都具有道德的意义。他的人生境界可以称之为"道德境界"。

最后，人也可以达到一种认识：知道在社会整体之上，还有一个大全的整体，就是宇宙。他不仅是社会的一个成员，还是宇宙的一个成员。就社会组织来说，他是一个公民，但他同时还是一个"天民"，或称"宇宙公民"。这是孟子早已指出的。一个人具有这样的意义，在做每一件事时，都意识到，这是为宇宙的好处。他懂得自己所做的事情的意义，并且自觉地这样做。这种理解和自觉使他处于一个更高的人生境界，我称之为在精神上超越人间世的"天地境界"。

在这四种人生的境界中，前两种都是人的自然状态，后两种是人应有的生命状态。前两个境界可以说是来自天然，后两种境界则是人自己的心灵所创造的。自然境界是最低级的存在，功利境界比自然境界稍高一点，更高是道德境界，最高是天地境界。这样排列是因为，自然境界的人生不需要对人生有任何理解和自我意识；功利境界和道德境界需要有一点对人生的理解和自我意识；天地境界需要的人生理解和自我意识则最高。道德境界所讲求的是道德价值，天地境界所讲求的则是超越道德的价值。

论大学教育①

冯友兰

　　就常理说，大学的性质是什么呢？大学不是教育部高等教育司的一科。现在政府的人站在官场上，常常说大学是属于教育部高等教育司的，实在不合理。大学不仅只是一个比高中高一级的学校，它有两重作用：一方面它是教育机关，一方面它又是研究机关；教育的任务是传授人类已有的知识，研究的任务则在求新知识——当然研究也需要先传授已有的知识。所以，一个大学可以说是一个知识的宝库。它对人类社会所负的任务用一句老话说就是"继往开来"。古人常说"一物不知，儒者之耻"。但是现在已经不是这样，学问已专门了，所谓专门是对某种学问的一点特别精通；事实上对于各种学问都专门的人恐怕没有，也没有人这样想，如果有，那个人一定是精神有问题。但是这句话可以改为"一事不知，大学之耻"。一个大学对它所在的那个时代所有的知识，都应该有人知道。从前常说三家村有一位教书先生，他就是那一村的知识顾问，凡是那一村的人在知识上有了问题都请问他，看他怎么说。现在一个大学站在世界或国家的立场，也是一个知识顾问，也可说是专家集团。国家社会在知识上的问题，都可以找它来解决，如同找三家村的先生一样。战前中山大学才成立的时候，派人来平买书，琉璃厂书铺的人问他要什么书，他回答说"只要是书就要"。这话很有道理，一个大学什么书都应当有，不管它是哪一方面的。因为这种性质，所以一个大学不能是教育部高等教育司的一科。严格说，一个大学应该是独立的，不受任何干涉。现在世界的学问越进步，分工越精细。对于任何一种学问，只有研究那一种学问的人有发言权，别人实在说来不能对专门知识发言，因为他没有资格。每一部分的专家如何去研究？研究什么？他不能叫别人了解，也不必叫别人了解；他们研究的成绩的好坏，只有他们的同行可以了解，可以批评，别人不能干涉。所以国家应该给他们研究

---

① 原载《展望》第二卷第九期，1948年6月10日。

的自由。因此，一个大学也可说是独立的，"自行继续"的团体。所谓"自行"就是一个大学内部的新陈代谢，应该由它自己决定、支配，也就是由它自己谈论、批评，别人不能管。所以说大学不仅只是一个比高中高一级的学校。

大学不是职业学校，不只在训练职业人才。职业学校训练出来的人，按理说一定有事情做——现在的社会一切都是乱的，自然不同。而大学就不同，它训练出来的人自然有些是做事的；而大多数是没有事情可做。望文生义，我们可以知道工学院毕业的人干工业，政治系毕业的人干政治，然而学哲学的干什么呢？世界上有各种职业学校，就是没有"哲学职业学校"！所以大学不同于职业学校。人类所有的知识学问对于人生的作用，有的很容易看出来，有的短时间甚至永远看不出来。就世俗说有些学问是有用的，有些学问就没用；可是一个大学就应该特别着重这些学问，因为有用的学问已有职业学校及工厂去做了。"红"的、有出路的学问大学应该研究；而"冷僻"的、没有出路的学问，大学更应该研究。它所研究的不应问对"吃饭"、"穿衣"有什么用处，因为人类不只是吃饭穿衣就够了。

大学不是宣传机关，它不在宣传哪一种政治上的主义以及作用。方才说过大学是专家集团，当然对于任何政治理论都讲，但不是宣传哪一种主义；只要它能成为一种学问，一种知识，就可以研究它。

上面已经说过，大学既是教育机关，又是研究机关。但是它所教育出来的人是什么样呢？简单说来，它所训练出来的人也有特殊机能。但只有特殊机能还是不够；所谓"特殊机能"就是"器"，如茶杯可盛水，凳子可坐；人如只有机能他就是一个"器"。职业学校的毕业生就是器，或者说他是大器，但无论如何大总是一个器。孔子说"君子不器"，现在可以说人不只是一个器。此处所谓"人"是合乎理想的人，不只是一个肉体的人。它不同于器，器是一种工具，别人可以利用它达到某种目的。一个人不是工具，除了有专门才能贡献人类外，他还是一个"人"；"人"是什么？如何成为一个"人"？所谓"人"，就是对于世界社会有他自己的认识、看法，对已往及现在所有有价值的东西——文学、美术、音乐等都能欣赏，具备这些条件者就是一个"人"。所以大学教育除了给人一专知识外，还养成一个清楚的脑子、热烈的心，这样他对社会才可以了解、判断，对已往现在所有的有价值的东西才可以欣赏。有了清楚的脑、热烈的心以后，他对于人生、社会的看法如何，那是他自己的事，他不能只在接受已有的结论。一个学校如果不这样做，那就成了宣传，训练出来的人也就成了器。这是职业生和大学生不同的地方。

大学既是专家集团、自行继续的团体，所以一个真正的大学都有它自己的特点、特性。比如我们说清华精神，这就是自行继续的专家的团体的特性。至于它的特性是什么，我们用不着说，因为不是讨论清华精神的。由于一个大学所特有的特性，由哪一个大学毕业的学生，在他的脸上就印上了一个商标、一个徽章，一看就知道他是哪一个学校的毕业生，这样的学生才是一个真正的大学生。教育部的人特别不了解这一点，认为大学是属于高等教育司的一科，彼此没有分别，不管什么事就立一个规章令所有的大学照办。比如一个学校应有的组织，有什么职员，全是一样。所有的大学硬要用一个模型造出来，这就是不了解大学是一个自行继续的专家的团体，有其传统习惯，日久而形成一种精神特点。

谈读书[①]

吴 晗[②]

题目好像很奇怪，只要认识三五千汉字，便可读所有用汉字印刷的书了，书人人会读，何必谈？

然而问题并不如此简单，能读书是一回事，善于读书又是一回事，并不是所有认得若干汉字的人都善于读书，能和善，相差只是一个字，实际距离却不可以道里计，问题就在这里。

经常有些青年人，也有些中年人，其中有学生、教师，也有编辑工作者等等，他们提出问题，怎样做才能读好书，作好学术研究工作？特别是当前各个高等学校学生都在奋发读书的气氛中，这个问题也就显得很突出了。

要具体地谈各个学科，各个年级的学生该读什么书，或者研究什么题目，该读什么书，这是各个教研组和研究导师所应该答复的。这里只能谈一点基本的经验。

首先是方法问题，用老话说，有两种不同的方法，一种是寻章摘句式的，读得很细心，钻研每一段，以至每一句，甚至为了一个字，有的经师写了多少万字的研究论文。其缺点是见树木而不见森林，拣了芝麻、绿豆却丢了西瓜，对所读书的主要观点、思想却忽略了。另一种是观其大意，不求甚解式的，这种人读书抓住了书里的主要东西，吸收了并丰富、提高了自己，但是不去作寻章摘句的工作。明朝人曾经对这两种方法作了很好的譬喻，说前一种人拥有一层子散钱，却缺少一根绳子把钱拴起来。后一种呢，恰好相反，只有一根绳子，缺少拴的钱。用现代的话说，这根绳子就是一条红线。这两种方法都有所偏，正确的方法是把两种统一起来，对个别的关键性的章节、词句要深入钻研，同时也

---

① 原载《前线》，1961年第23期。

② 吴晗（1909—1969），字辰伯，浙江义乌人。民盟盟员、中共党员。中国科学院哲学社会科学学部委员。1931年至1934年就读于清华大学历史系，毕业后留校任教。北平解放后，以副军代表身份参与接管北京大学、清华大学，并担任清华大学校务委员会副主任，历史系主任等职。

必须领会书的大意，也就是主要的观点、立场，既要有数量极多的钱，也要有一条色彩鲜明的绳子。

在学习理论的时候，还必须联系实际，才能学得深，学得透。

其次是先后问题，先读什么，后读什么。是先读基础的书呢，还是先读专业的书呢？例如学习中国历史，是先学好中国通史，还是先学断代史或专门史呢？有不少人在这个问题上走了冤枉路，把先后次序颠倒了，不善于读书。其实道理极简单，要修一所房子，不打好基础，这房子怎么盖呢？你能把高楼大厦建筑在沙滩上吗？以此，要读好书，必须先打好基础，读好了基础书，才能在这基础上作个别问题的钻研，基础要求广，钻研则要求深，广和深也是统一的，只有广了才能深，也只有深了才要求更广。

"读书百遍，其义自见。"这话是有道理的。有的书必须多读，特别是学习古典文学，那些范文最好是能够读到可以背诵的程度。除了多读之外，还得多抄，把重点、关键性的词句抄下来，时时翻阅，这样便可以记得牢靠，成为自己的东西了。多读多抄，这个二多是必保证的。

第三是工具问题，认识了字并不等于完全了解这个名词的具体意义，有些专门术语随着时代的变化而具有不同的意义，并不是每一个人都容易理解的。解决的方法是善于利用工具书，也以学习历史作例，不懂得使用《辞源》、历史人名辞典、历史地名辞典、历史地图、历史年表和历史目录学，在研究历史科学的康庄大道上，也还是寸步难行的。

要多读书，用功读书，但是还得善于读书。

做到思想过硬、业务过硬、身体过硬（节选）[①]

——在清华大学毕业生大会上的讲话

蒋南翔[②]

要做三大革命运动战士，就要求我们做到思想过硬、业务过硬、身体过硬。

什么是思想过硬呢？毛主席一九五七年在《在中国共产党全国宣传工作会议上的讲话》中，曾对知识分子的思想状况作了分析。根据这个分析，我们可以把思想过硬概括为三个境界或比喻成"上三层楼"来要求：第一层楼是爱国主义，即爱我们伟大的中华人民共和国；第二层楼是社会主义，即愿意为社会主义服务，拥护社会主义制度；第三层楼是树立共产主义世界观。就目前同学的状况来看，第一层楼可以说是都登上了；第二层楼虽然要比第一层楼要求高些，也可以说绝大多数同学都登上了；但是，登上第三层楼的，恐怕就是少数了。因为建立共产主义世界观的问题，不单是一个愿望问题，这需要我们努力学习马列主义理论，积极参加实际斗争，在斗争中逐步进行世界观的改造。作为一个无产阶级革命战士，应该努力登上第三层楼，达到这个要求尽管困难一些，但是只要不断努力是可以达到的。

那么，应该怎样努力呢？要确立共产主义世界观，首先就要有必要的马克思主义理论修养，这就要努力学习毛主席著作，还要学习其他的马克思主义的重要理论著作；其次，要有革命化、劳动化的实际锻炼；第三，要有不断革命的自觉精神。总之，要在认识客观世界、改造客观世界的斗争过程中，不断地改造主观世界。显然，这些要求要同学们在毕业以前都做到是不可能的。我们把它作为一个方向提出来，希望同学

---

① 原载《新清华》第747期，1965年6月20日。

② 蒋南翔（1913—1988），江苏宜兴人，中共党员。1932年考入清华大学，曾任中共清华大学支部书记，是"一二·九"运动的重要领导人之一。1952年至1966年任清华大学校长，1956年至1966年兼任清华大学党委书记。

们毕业以后，朝着这个方向不断努力。

其次，关于业务过硬。怎样才算是业务过硬呢？过去一个传统的评定标准是考试分数。考试是重要的，它相对地能够考核同学的学习成绩。但是，这个标准只有相对的正确性。而最正确的、最严格的评定标准，则是工作上的成绩。因此，要做到业务过硬，第一，是要把学校的功课学好。对功课的理解应该广一些，不仅是指基础理论课程、专业课程，还包括语文工具、制图、实验操作技术等方面。一句话，就是基本的业务训练要扎实。其次是要有较强的独立学习能力和适应能力，不怕改行，不怕跨行。这点需要特别强调一下。因为有些同学很怕改行，很怕将来的工作对不上自己专业的口径。这样来理解专业未免太窄了一些。实践证明，改行并不是什么坏事。我们有不少校友，出去后都是改了行的，有的改得还相当大，但他们在工作中却作出了很大的成绩，成了专家。为什么？就是因为他们的学习能力强，适应能力强。由此看来，将来的工作要是能对上专业的口径当然很好，就是不对口径也不是坏事，相反，这还可以逼着自己扩大知识领域，促进自己的提高。除此以外，业务过硬还要有一定的组织工作、群众工作的经验，以及在工作中、在业务领域中活学活用毛泽东思想和辩证法的能力。这些都是搞好工作所必须具备的。当然，上面所说的这些方面，在学校里能够达到的主要还是第一个方面，其他方面只能说是有了一些苗头，有的人得到的锻炼较多，有的人锻炼相对地少一些。在毕业以后，都还要继续学习，自觉地加强这方面的锻炼。

第三，身体过硬问题。我们学校一向重视体育运动，群众体育活动也开展得很好。但是，用"一分为二"的观点来看，同学的身体健康状况还不够理想。在大学的几年中，我们可以说在政治上、业务上大家都有所提高，而身体却不能这样一般地说。正确的回答应该是：有的人提高了，有的人差不多，有的人下降了。身体过硬这问题说来比较容易，做起来却是最不容易。这几年来，学校一直十分重视同学的身体健康，并且采取了许多措施，也收到了一定的效果。这学期又对女同学的健康问题作了规定。为什么要这样做？有人说这样做"是培养女同学的娇气，会使女同学特殊化"，"男同学能做到的女同学也应该做到"。其实这是形式主义地看问题。从政治上讲，男女应该一样，但从生理上讲，男女有别，这是客观事实。不承认有别，就不能给女同学以应有的合理的照顾，在思想方法上违反了"实事求是、从实际出发"的原则，在工作上将招致不良的后果。照顾女同学不是要使女同学特殊起来，而是为了保证女同学的健康，提高她的劳动能力、战斗能力，使她们能够精力充沛，保有更持久更旺盛的工作能力。

总之，要做三大革命运动的战士，就必须思想过硬、业务过硬、身体过硬。当然这不是在学校的几年就能彻底做到的，还需要同学们毕业以后不断努力。预祝同学们在三大革命运动中锻炼成长。

我再讲一个"严"字[①]

华罗庚[②]

搞研究工作的几种境界

1. 照葫芦画瓢的模仿。模仿性的工作，实际上就等于做一个习题。当然，做习题是必要的，但是一辈子做习题而无新创又有什么意思呢？

2. 利用成法解决几个新问题。这个比前面就进了一步，但是我们在这个问题上也应区别一下。直接利用成法也和做习题差不多，而利用成法，又通过一些修改，这就走上搞科学研究的道路了。

3. 创造方法，解决问题，这就更进了一步，创造方法是一个重要的转折，是自己能力的提高的重要表现。

4. 开辟方向，这就更高了，开辟了一个方向，可以让后人做上几十年，成百年。这对科学的发展来讲就是有贡献。

我再讲一个"严"字

特别是若干年来，我知道有许多对学生要求从严的教师受到冲击。而一些分数给的宽，所谓关系搞得好的，结果反而得到一些学生的欢迎。这种风气只会拉社会主义的后腿。到现在我们要一个老师对我们要求严格些，而老师都不敢真正对大家严格要求。所以我希望同学们主动要求老师严格要求自己，对不肯严格要求的老师，我们要给他们做一定的思想工作，解除他们的顾虑。同样一张嘴，说几句好听的话同说几句严格要求的话，实在是一样的，而且说说好听话大家都欢迎，这有何不好呢？并且还有许多人认为这样是团结好的表现。若一听到批评，就认为不团结了，需要给他们做思想工作了等等。实际上这是多余的，师生之间的严格要求，只会加强团结，即使有一时想不开的地方，在长远的

① 原载《数学通报》1979年第1期。
② 华罗庚（1910—1985），江苏金坛人。中共党员。中国科学院学部委员。1931年至1952年在清华大学任教，历任数学系助理、助教、教员、教授。

学习、研究过程中，学生是会感到严师的好处的。同时对自己的要求也要严格。大庆三老四严的作风，我们应随时随地、人前人后地执行。

我上面谈到过的消化，就是严字的体现，就是自我严格要求的体现。一本书马马虎虎的念这在学校里还可以对付，但是就这样毕了业，将来在工作中间要用起来就不行了。我对严还有一个教训，在1964年，我刚走向实践想搞一点东西的时候，在乌蒙磅礴走泥丸的地方，有一位工程师，出于珍惜国家财产的心情，就对我说：雷管现在成品率很低，你能不能降低一些标准，使多一些的雷管验收下来。我当时认为这个事情好办。我只要略略降低一些标准，验收率就上去了。但后来在梅花山受到了十分深刻的教训。使我认识到，降低标准1%，实际就等于要牺牲我们四位可爱的战士的生命。

老实说，以往我对学生的要求是习题上数据错一点没有管，但是自从那次血的教训，使我得到深刻的教育。我们在办公室里错一个1%，好像不要紧，可是拿到生产、建设的实践中去，就会造成极大的损失。所以总的一句话，包括我在内，对严格要求我们的人，应该是感谢不尽的。对给我们戴高帽子的人，我也感谢他，不过他这个帽子我还是退还回去，请他自己戴上。同学们，求学如逆水行舟，不进则退。只要哪一天不严格要求自己，就会出问题。

实事求是，是科学的根本，如果搞科学的人不实事求是，那就搞不了科学，或就不适于搞科学。党一再提倡实事求是的作风，不实事求是地说话、办事的人，就背离了党的要求。科学是来不得半点虚假的。我们要正确估价好的东西，就是一时得不到表扬，也不要灰心，因为实践会证明是好的。而不太好的东西，就是一时得到大吹大擂，不会多久也就会烟消云散了。我们要有毅力，要善于坚持。但是在发现是死胡同的时候，我们也得善于转移，不过发现死胡同是不容易的，不下功夫是不会发现的。就是退出死胡同时，也得搞清楚它死在何处，经过若干年后，发现难点解决了，死处复活了，我就又可以打进去。失败是经常的事，成功是偶然的。所有发表出的成果，都是成功的经验，同志们都看到了，而同志们哪里知道，这是总结了无数失败的经验教训才换来的。跟老师学习就有这样一个好处，好老师可以指导我们减少失败的机会，更快吸收成功的经验，在这个基础上又创造出更好的东西。还可以看到他的失败的经验，和山穷水尽疑无路柳暗花明又一村地从失败又怎样转到成功的经验，切不可有不愿下苦功侥幸成功的想法。天才，实际上在他很漂亮解决问题之前是有一个无数次失败的艰难过程。所以同学们千万别怕失败，千万别以为我写了一百张纸了，但还是失败了，我搞一个问题已两年了而还没有结果等就丧失信心，我们应总结经验，发现我们失败的原因，不再重复我们失败的道路，总的一句话，失败是成功之母。

单凭天才的科学家也是没有的，只有勤奋，才能勤能补拙，才能把天才真正发挥出来。天资差的通过勤奋努力，就可以赶上和超过有天才而不努力的人。古人说，人一能之己十之，人十能之己百之，这是大有参考价值的名言。

基础强调"学"，研究重于"习"

费孝通[①]

　　所谓学术，就是人对宇宙实体的认识反映，物质和精神世界本身混然一体，并没有分门别类。当然人在认识它的时候必须有分析，要有先后秩序；人们之间还要有分工，各有偏重，但人为分割的各部分之间是互相联系着的。假如我们把这种分割绝对化，单刀直入，只专一门，在某一个孤立点上做学问，那么就不可能真正揭示客观世界存在的奥秘，也就不可能有新的学术成就可言。比如学写文章应当学会写杂文。学术研究也应当搞点"杂文"。"杂"，就是多样化，多种学科的互相交流，互相渗透，融会贯通，全面发展，这样才能有学习和研究的深度。

　　当年，我们在大学里学习的时候，十分重视基础知识。就我自己来说，我的底子就不是现在一般的底子。我学医预科是准备上医学院的。那时医学制度要求两年预科、五年专科。预科就是打底子，包括自然科学的底子，如物理、化学，主要是生物、心理。还学哲学、逻辑、外文、国文，国文里还有版本学。我是在这个基础上转入社会学的。社会学念了三年又转学人类学。

　　人类学是一门知识广阔的学科，从体质到语言、到文化、直到考古。文化、语言、体质都有历史的纵向区分（如猿人、智人与现代人等）和地域的横向区分（如 亚、非、欧等洲）。我是在清华研究院学的人类学，我之所以能学体质人类学是与我有两年医预科的基础分不开的。在清华又补习了解剖学和动物学，由于研究需要还学了数学。

　　总之，应当是在广泛的学术基础上去搞专门学科的，有了一定的基础才能进入研究阶段。基础与专题研究尤（犹）如学与习的关系，基础强调"学"，研究重于"习"，学多了才能论及习。学习二字，学字当先。研究一门学问，一要讲基础，二要讲主观能动性。我在研究生期

---

① 费孝通（1910—2005），江苏吴江人。社会学家、人类学家。1933 年入读清华大学社会学及人类学系研究生。1944 年任西南联大法商学院讲师，1945 年至 1951 年任清华大学教授，曾任校务委员会常委、副教务长。

间，老师只给出题，出完了就让我自己去做，平时很少见面，老师只是在晚上散步时来我的研究室检查我的工作。我的资料都摊在桌上，他看了看，没有问题就走了。有问题就给我留个条，上面写着"重做，错了"，也不说错在哪里。我得重新把一个星期辛辛苦苦做出来的结果再做一次。为了找出错的原因，我开动脑筋。老师并没有给我一套现成的公式。怎样答题，怎么改错，从来就是我自己的事。久而久之，我懂得了做学问要用自己的腿走路的道理。可以说迄今为止，我一生中所做的研究都离不开那时的基础。

科学之道在于实事求是，科学结论不能靠主观臆想。诚然，人在认识客观世界的时候不免会产生偏见，会或多或少地掺杂一些主观的东西。我们要正视这一点，正视它正是要在实践的基础上去克服它。不断地克服主观偏见就意味着我们的认识在逐渐深化，使之更接近客观实际。

把德育放在学校工作的首位[①]

张孝文[②]

各位代表，同志们：

今天我们召开教代会，动员全校教工共同努力，统一、提高认识，并切实落实措施把德育工作放在学校工作的首位。

方才贺美英同志已经代表学校向各位代表系统地报告了有关情况及我们对做好这项工作的打算，几个发言也说明做好这件事虽然困难很大，但只要我们明确了意义，切实抓紧，动员全校各方面的力量是可以取得显著效果的。

"文化革命"结束后，在十分困难的条件下，经过恢复、整顿、调整、发展及提高等阶段，学校各方面的建设及改革取得的成绩是很大的。在上学期教代会上，我曾经向代表们作过系统的报告。但应该指出这几年我们工作中也有失误及缺点，其中比较重要的是学校的思想政治工作有削弱，对学生的德育抓得不够紧。客观上当然有困难，即大家说的前几年大形势对思想教育工作不利。很多同志精力的确也没有少花，但从效果来检查，成效不大。我们要从主观上找原因，从领导工作中找不足，不怨天不尤人。从去年春夏之交大家经历过的这场严重政治斗争中，的确看到如果思想政治领域不坚持正确的方向，付出的代价是重大的，教训是很深刻的。付出了这样大的代价，如果我们还不能吸取教训，那只能说我们政治上太麻木不仁了。上学期的毕业生调查再一次给我们敲起了警钟。所有在清华工作的教工都要思考一个问题：今天学校在社会上的地位和声誉是怎么来的？当然有各方面的原因，但我们认为最重要的是因为广大校友在社会主义建设各个岗位上对国家所作出的贡献。他们的表现得到了社会的承认，成为受人民群众欢迎的知识分子。

---

① 1990年10月12日在清华大学第二届教代会和第十四届工代会第二次会议上的讲话。

② 张孝文（1935— ），浙江宁波人。中共党员。博士生导师。1957年毕业于清华大学机械制造系。1957年至1994年在清华大学任教，曾任校团委副书记、党委组织部副部长、化工系主任、理学院副院长、副校长，1988年至1994年1月任清华大学校长。

所以说是他们为学校创出了牌子。而现在传来了一些令人十分忧虑的信息，方才贺美英同志已经向大家介绍了，从国外也传来了一些类似的情况。

一部分学生毕业后暴露出来的问题主要不是业务素质问题，而是政治品质、思想意识方面的问题。这些问题我们是可以从在校学生的一些表现中感觉到的。青年学生中反映出来的问题不仅有政治方向问题，还有大量是属于世界观、人生观的问题，包括做一个有文化修养的高级专门人才在社会上立足所应该具备的基本道德品质问题。产生这些问题的原因是多方面的，有国际和平演变与反和平演变的斗争的影响，有国内资产阶级自由化的影响，改革开放中消极因素的影响及社会中错误思想的影响等。我今天想从学校工作的角度来说，有两个基本指导思想要在全体教工中明确。

第一点，要明确学校的根本任务是培养人。学校中各类任务很多，社会上也有各种排名次、比水平等评价学校工作的标准，科研成果如何，论文多少，等等。对这些局部的工作合理的评比是可以的，但我们不能让这些评价作为指挥棒，要始终明确学校的首要任务是培养人，检验一个学校办得好坏的最终标准是看培养出来的人是否能够在社会主义建设的岗位上发挥作用。这个问题不仅各级领导要明确，所有不同岗位上的教工都要明确，每一个在具体岗位上工作的教工都要有这样一个总的指导思想，都不应该忘记这个总的目标及总的要求，都要注意检查自己所从事的工作，是否促进了对合格人才的培养。我们提出"教书育人，服务育人，管理育人"，很好地体现了这个总目标。讲到培养人，我们应该明确，实践已经反复证明，真正对国家有用的人才应该是又红又专、德智体全面发展的。很多毕业生在工作岗位上不受欢迎，主要不是因为知识结构和业务能力有问题，而是因为思想意识有问题，责任心差。所以说，德育放在首位是由长期实践所证明的一条教育工作的基本规律，不是可有可无，也不是一个权宜之计。我们还应该指出这个要求与学生的根本利益是一致的。最近我们收到精仪系1986年毕业的一位校友的来信，他分配到济南第一机床厂，到工厂后他坚决要求在车间第一线锻炼，坚持理论联系实际及虚心向老工人、老党员学习，急生产之所急，充分发挥了聪明才智，四年来完成了多项任务，获得了厂内好评，政治上加入了共产党，体会很多，专门来信感谢母校对他的培养教育。他说："一个人的价值，只有通过社会实践，通过对社会的贡献，才会得以实现，也才能获得社会的承认。"他毕业后"深入实际，深入工农，才更加坚定了只有社会主义才能救中国，只有社会主义才能发展中国的道理"。他说："作为一名离校的大学生，对母校很怀念，感谢母校对我的培养。"这个例子说明我们向年轻人指引的方向是正确的成才之路。任何个人也只有从对社会贡献中得到提高及体会到人生的价值，因此把德育放在首位是真正关心爱护青年学生成长。有的人对于一谈到加强德育就不以为然，以为这是说空话，是老一套，甚至很反感，他们不懂得这一套对青年人的成长是多么重要。的确今天我们讲要树立阶级观点、群众观点、劳动观点和辩证唯物主义观点，就是过去我们长期所提倡的，因为这是真理。前一阵儿把这一套削弱了，结果就出了问题。

第二个指导思想就是教学工作应该成为学校经常性的中心工作。这个教学的含义是广义的，包括德育、智育及体育，包括课内及课外的，也可以说凡是面对学生的培养教育，列入学校教学计划各个环节的工作是学校经常性的中心工作。

这几年学校科研工作的任务愈来愈重，再加上开发创收，基层单位如教研组等任务繁重，困难很多，这是可以理解的。对社会来说，像清华这样的学校应该办成两个中心。通过科研工作充分发挥知识分子的才能，为国家多作贡献；通过科研提高学校的学术水平及增强立足于国内培养高层次人才的能力。而且一些单位的经验告诉我们，只要处理好科研工作，是可以推动教学、推动培养人的工作的。其他如开发及科技产业工作等等，只要安排得当，分工明确，统筹兼顾，奉公守法，既可以对国家作贡献，也可以对学校各方面工作有更多的支持，所以要从积极意义来理解及处理好，校系两级切实分出一部分力量来加强对校办产业的领导。

工作很多有时就难免有矛盾。明确教学工作是经常性的中心任务，就是说在力量安排上，首先要保证教学计划所规定的各项任务的完成，好的教师应该上讲台，责任心强、工作有能力的同志要选到学生工作岗位上去。一个单位承接任务要考虑承受能力，这个承受能力不仅包括学校人员、规模及后勤支撑的承受能力，更重要的是要考虑是否已经投入足够力量在教学工作及学生培养工作中，是否影响了培养人这个根本任务，这是高等学校与科研机关的区别。重视教学尤其是本科生教学也是我们社会主义大学的一个特色及优点。因此，各单位的教工首先要承担教研组、系分配的教学任务，而且要尽力把这部分工作做好。我们有一大批教工勤勤恳恳献身于培养人才的事业，工作认真负责，把培养学生看成是崇高和光荣的事业。有一位班主任老师对我说：今年9月9、10日两天，她连续收到已毕业学生大量的电话来向她祝贺教师节，从培养学生的成长及师生感情中深深感到培养人是一件神圣的工作，从中享受到了不可替代的乐趣。但也应该指出现在由于各方面任务比较多，在一些教师中重科研轻教学，不愿承担所谓重复的教学任务，不是按校系任务的要求来服从需要，承担工作。有的人出发点是自己的成果和提高，而不是把需要放在第一位，或者承担了任务又不上心不着力，这种现象是存在的。今后我们在年终考评、晋职、评级、奖酬金分配、升工资、表扬、进修培养等方面都要把在这方面的表现作为重要因素进行考核。

我们强调把德育放在首位，而且指出了当前抓这个问题的迫切性的时候，我想特别强调的是我们对广大青年学生的思想状况仍然应该有一个全面及发展的估计。他们年轻、热情，容易接受新事物，有把国家建设得繁荣富强的良好愿望。来清华就学的同学更有一种在事业上希望做出成就的理想和强烈的求知欲。但他们从学校到学校，对国家的历史及全面状况缺乏了解及认识，对错误的思潮缺乏抵制能力，容易片面甚至极端，由于脱离实际也不容易正确摆正个人与社会、与群众的关系。如果我们思想政治工作薄弱，加上前几年资产阶级自由化的影响，就容易在政治上迷失方向，在思想上接受个人主义的影响。但只要我们培养教育工作得法，尽可能利用各种条件引导他们接触及参加到社会主义建设的实践中去，事实证明他们是能够懂得中国为什么要有中国共产党领导和走社会主义道路，也会领悟到什么才是青年知识分子成长的正确道路的，这一年来的大量实践已经证明了这一点。

对于学生中各类思想认识问题，我们要采取循循善诱的方针，经过学习、实践、反复比较及思想斗争，来提高认识，这样比较巩固，比较经得起风浪。只要不违背法纪，在思想认识问题上允许保留不同意见，不能简单急躁，要提倡通过民主的讨论及科学分析的方法来取得共识。

简单化的方法无助于问题的解决，这是历史的经验，我们在强调加强思想教育工作时仍然要吸取。

但教育又要与管理相结合，对于校规校纪一定要严肃执行遵守，这是维护学校的安定及正常教学秩序，使集体生活有共同准则，造成一个良好的教学、研究及生活环境所必需的。严肃校纪是为了保护绝大多数师生的正常权益，也是使个别犯错误学生受到教育，使一些人得到教训及警戒。

教育者本身首先要受教育。在我校广大教工中"教书育人、服务育人、管理育人"已成为深入人心的口号，但要成为行动方针一定要我们自己在工作中做出榜样。如果我们自己政治上是动摇的，就不可能培养学生树立正确政治方向；如果我们自己对工作讨价还价，一事当先，先问有多少报酬，就不可能培养学生树立全心全意为人民服务的精神。我们说要有一个良好的育人环境，重要的是我们自己要做到言行一致，以自己的模范行为及榜样来影响及感染教育年青一代。

我们要切实改进各方面的工作，使清华的广大学生从我们教工的兢兢业业的献身精神及关心别人、爱护年轻人的服务态度中受到熏陶。我们还要切实认真地检查学校各方面的工作，是否符合培养人的大方向的要求。例如这几年，受了商品经济消极面的影响及一切向钱看的错误思想的侵蚀，在一些单位及工作人员中为人民服务的思想淡薄了，劳动纪律松弛了，一些单位争名逐利，闹不团结的情况也很严重，少数人意志薄弱，欺上瞒下以至违法乱纪而犯错误也时有发生。这样对学生心理、思想上必然造成消极的影响，这种环境下是不能起到为人师表的作用的，这实际上也是一种无形的错误的德育。

因此，我们希望这次教代会后要发动全校教工对学校各方面工作进行检查改正，向所有工作人员提出一个问题，即我在培养人上做得怎么样，自己的工作及表现是否起到了促进作用。

相信通过我们大家的努力一定可以把德育工作提高到一个新水平。

为学与为人 [1]

朱镕基 [2]

四十多年前，母校电机系主任章名涛教授在一次会上对我们讲过这样一段话：

"你们来到清华，既要学会怎样为学，更要学会怎样为人。青年人首先要学'为人'，然后才是学'为学'。为人不好，为学再好，也可能成为害群之马。学为人，首先是当一个有骨气的中国人。"

哲人已逝，言犹在耳。清华就是教我们"为学"，又教我们"为人"的地方。它以严谨的学风和革命的传统，培育了一代又一代献身革命和建设祖国的"有骨气的中国人"。饮水思源，终生难忘。

为学在严，严格认真，严谨求实，严师可出高徒。

为人要正，正大光明，正直清廉，正己然后正人。

清华电机系行年六十，弟子六千，为人为学，人才辈出。值此建系六十周年大庆，敬录章师名言，愿与同学共勉。

---

① 1992年4月1日清华大学电机系建系60周年朱镕基同志所写的贺信。

② 朱镕基（1928— ），湖南长沙人，中共党员。1951年清华大学电机系毕业。1984年5月至2001年5月兼任清华大学经济管理学院院长、教授、博士生导师。

严谨为学，诚信为人（节选）[①]

王大中 [②]

一所大学之所以成为名校，很重要的一点就是因为拥有优良的传统，包括优良的学风和校风。清华大学经过90年的发展，形成了优良的传统，可以概括为以爱国奉献为主线，以"自强不息、厚德载物"为校训，以"行胜于言"为校风，以"严谨、勤奋、求实、创新"为学风，这些是几代清华人留给我们的宝贵精神财富，今天的在校师生应该加倍珍惜。学风是校风最重要的组成部分，是一所大学传统底蕴和办学理念的集中体现，是人才培养和教育、教学质量的一种反映。在我们推进教育、教学改革，建设世界一流大学的过程中，建设良好的学风是一项重要任务。国家和人民对清华大学培养的人才寄予了很高的期望，进入清华大学的学生在同龄人中都是佼佼者，我们的责任是要把他们培养成为高素质、高层次、多样化、创造性的骨干人才，使他们中间成长出一批治学、兴业、治国的栋梁之材。学校不只是要传授知识，更要使学生们养成一个良好的学风。表面看来，学风问题主要体现在一些不良现象上，实际上，这些现象的背后反映的是在当前环境下，我们的学生在思想素质上，包括人生观、价值观上反映出的一些值得注意的问题。在此，我想谈三点看法：一是为学须笃行，二是为人重诚信，三是为学如为人。

一、为学须笃行

为学须笃行，指的是为学要有执着的精神，严谨勤奋的态度和求实创新的科学思维方法。

---

① 2001年3月22日在清华大学学风建设大会上的讲话。

② 王大中（1935— ），河北昌黎人，中共党员，中国科学院院士。1958年毕业于清华大学工程物理系核反应堆专业。1982年在联邦德国亚琛工业大学获自然科学博士学位。1958年始在清华大学任教，曾历任核能技术设计研究院院长、校务委员会副主任，1994年1月至2003年4月任清华大学校长。

为学就要有矢志不渝、追求真理、为科学献身的执着精神。古今中外，凡立志成才的人，都必须面对求学和治学道路上的种种考验，其中很多人求索一生，才终有所成。科学界这样的例子很多，生物学家达尔文一生勤奋，经过多年的研究，终于完成《物种起源》一书，提出了有划时代意义的进化论学说；天文学家哥白尼，在一个教堂的阁楼上利用自制天文仪器，在艰苦条件下对宇宙观察达30余年，提出了科学史上的重大发现日心说；化学家门捷列夫经过20年的研究，终于发现化学元素周期表；我国古代伟大的药学家李时珍，经过27年的辛勤劳动，几易其稿，终于完成了药物学巨著《本草纲目》。正如马克思指出的，"在科学上没有平坦的大道，只有不畏劳苦，沿着陡峭的山路攀登的人，才有希望达到光辉的顶点"。

为学须笃行，就是要坚持清华大学的优良学风，做到"严谨、勤奋、求实、创新"。这八个字不仅刻在了教室的墙上，更是融在了几代清华人的精神里，体现在行动上。

清华大学的学风是以严谨、勤奋著称的。在大学里，同学们要想学到知识和本领，不脚踏实地、刻苦努力是不成的，这是我校90年来多少代清华学子用实际行动所验证的。正如曾经在清华大学治学的王国维先生所概括的："古今之成大事业、大学问者，必经过三种境界：'昨夜西风凋碧树，独上高楼，望尽天涯路。'此第一境也。'衣带渐宽终不悔，为伊消得人憔悴。'此第二境也。'众里寻他千百度，蓦然回首，那人却在灯火阑珊处。'此第三境也。"这治学三境，说的就是为学所必须具备的严谨、勤奋的态度和刻苦求索的精神。严谨、勤奋是治学之本、成才之本。

求实、创新是清华学风的又一特征，是做学问、干事业要掌握的科学思维方法。求实和创新是相互关联的辩证统一，求实是要注重实干，不摆花架子，尊重事实，不弄虚作假；创新是科学进步的灵魂，是要在前人基础上前进和突破。只有从实际出发创造性地解决问题，才能取得新进展和新成果。在构建研究型大学人才培养体系中，加强创新能力培养是我校教学改革的主要任务。下一阶段，学校要把进一步提高研究生特别是博士生水平作为重点。我希望我校的同学们在严谨、勤奋的基础上，勇于创新，善于创新，努力使自己成为高层次的创新人才。

二、为人重诚信

诚实守信是做人的一个基本要求，但让人忧虑的是，目前我们有一些同学恰恰是在这一点上放松了对自己的要求。今天我想重点谈的是抄袭作业的问题。抄袭作业是一种弄虚作假、不诚实的表现，它有悖于诚实守信这一基本的做人原则。抄袭作业是一件十分危险的事情，长此以往，成了习惯就会影响我们同学一辈子。如果现在习惯于抄袭作业，而且觉得无所谓，将来做研究就有可能弄虚作假，在工作上就有可能欺上瞒下。

近来社会上对诚实守信提得愈来愈多，我国的《公民道德建设实施纲要》也对全体公民明确提出了"明礼诚信"的基本要求。随着我国市场经济的逐步规范，诚信问题会变得越来越重要。不诚实守信、弄虚作假在任何社会都会受到道德和法律的谴责。我在报上看到一则消息，说美国一所中学的生物老师发现28个高一学生的植物课报告有剽窃行为，就给他们都打了零分，这是美国教育制度中对剽窃行为的典型惩罚。事后学生家长认为处罚太严厉，要求校董事会给这位老师施加压力，给学生提分，这位老师以辞职抗议，结果引起媒体的关注，人们都支持这位老师。这说明无论在哪个国家、哪种社会，剽窃行为都是受到鄙视的。凡是世界名校，在那里，抄袭作业一律要受到严厉处分。再举个例子，微软公司中国研究院曾经面试过一位求职者，这位求职者在技术、管理方面都表现出相当出色的才能，在谈话中还表示，如果微软公司录取他，他甚至可以把在原来公司的一项发明带过来，并说那些工作是他在下班之后做的，他的老板并不知道。微软研究院负责人并没有因此赞赏他，而是说了这样一段耐人寻味的话："对于我而言，不论他的能力和工作水平怎样，我都肯定不会录用他。原因是他缺乏最基本的处世准则和最起码的职业道德'诚实'和'讲信用'。如果雇用这样的人，谁能保证他不会在这里工作一段时间后，把在这里的成果也当作所谓'业余之作'而变成向其他公司讨好的'贡品'呢？"

一些在国外的校友反映，在美国，中国学生的勤奋和优秀是出了名的，一度是最受美国各名校欢迎的留学生群体，但近来，有一些学校和教授表示，他们不愿招收中国学生了。理由是，某些中国学生拿着读博士的奖学金到了美国，可是，一旦找到工作机会，就会将自己曾经承诺要完成的学位和研究抛在一边离校而去。这种言行不一的做法已经使得美国的一些教授对中国学生的诚信产生了怀疑。我校还有个别学生，在联系出国的过程中伪造成绩单和推荐信，产生了极其恶劣的后果。普林斯顿大学工程与应用科学学院的院长曾给我写信，希望清华大学能更严格地审查出国学生的成绩单和教授推荐信，因为他们发现个别清华大学的学生为了出国伪造了成绩单。有这种行为的学生虽然是少数，然而就是这样的"少数"，已经让清华大学的声誉，乃至中国学生的声誉受到了极大的损害。

现在，学术打假的问题已经引起了全社会的重视，这也是个学术道德问题、诚信问题。前不久曝光了几起高校学术剽窃事件，以及国家自然科学基金委员会公布的学术不正之风案件，使得学术道德问题成为社会瞩目的焦点。中国科学院制定了院士《自律准则》。学校即将出台有关规章，加强教师队伍的学术道德建设。对抄袭作业的问题，希望同学们认识到它的危害性，学校也要制定措施，一定要加大查处的力度，努力根除。希望同学养成诚信为人、严谨为学的好作风，这将使你们受益终身。

三、为学如为人

为学和为人是统一的。只有为人志存高远，为学才能坚持不懈。同学在校养成一个什么样的学风，不但会影响到大家在校期间的学习，更重要的是会影响到一生如何为人。清华大学在90年的发展历程中保持了一种优良的学风，并坚持用这样的学风教育和培养学生，才使得一届又一届的毕业生不但学有所成，而且在求学过程中明白了做人的道理。清华学子那种为学如为人的风范为清华大学赢得了很高的社会声誉。

回顾清华大学90年的历史，我们众多校友在国家建设中建功立业，很重要的一条是他们都自觉地把个人知识和创造融入了国家富强、民族进步的伟大事业当中，这是为人为学的一种高尚境界。在"两弹一星"元勋中，很多人是放弃了国外优越的物质生活条件回到国内来的，在山沟里隐姓埋名十几年，与外界几乎隔绝，卧薪尝胆、励精图治，创造了让世界震惊、为中华扬威的科学成就。这里体现的是一种爱国奉献的精神和科学严谨的作风。我们的学长杨振宁先生回忆他的求学经历时，对西南联大那段艰苦的学习时光念念不忘。他回忆说："那时联大的教室是铁皮顶的房子，下雨的时候，叮当作响。地面是泥土压成的，满是坑坑洼洼。一个宿舍有四十个人……在这样一个困难的情形之下，然而西南联大的师生员工都精神振奋，以极其严谨的态度治学，弥补了物质条件的不足。"杨先生还写道："西南联大前后只有八年时间，所毕业的学生人数不过三千人。今天国际上、出色的一流学者中，有科学方面的，有工程方面的，有文史方面的，很多是联大当时造就出来的，这三千毕业生为世界做出的贡献是一个惊人的成就。"

现在我们的国家、我们的学校，条件都好多了。但有些同学为自己树立的目标太短视、太功利。作为清华大学的学生，应该看到今天的民族复兴事业需要大量优秀人才，我们责无旁贷，必须勇敢地承担起这个责任和使命。希望同学们在大学里，要努力学习马克思主义、毛泽东思想、邓小平理论及"三个代表"重要思想，并通过大学的学习和实践，树立社会主义的理想信念和正确的人生观、价值观，努力提高自身的思想道德素质、科学文化素质和身心素质，为将来报效祖国打下扎实的基础。关于为学与为人的问题，我认为朱镕基总理1992年给我校电机系成立60周年的贺信上做了深刻的阐述。朱总理写道：

四十多年前，母校电机系主任章名涛教授在一次会上对我们讲过这样一段话：

"你们来到清华，既要学会怎样为学，更要学会怎样为人。青年人首先要学'为人'，然后才是学'为学'。为人不好，为学再好，也可能成为害群之马。学为人，首先是当一个有骨气的中国人。"

哲人已逝，言犹在耳。清华就是教我们"为学"，又教我们"为人"的地方。它以严谨的学风和革命的传统，培育了一代又一代献身革命和建设祖国的"有骨气的中国人"。饮水思源，终生难忘。

为学在严，严格认真，严谨求实，严师可出高徒。

为人要正，正大光明，正直清廉，正己然后正人。

清华电机系行年六十，弟子六千，为人为学，人才辈出。值此建系六十周年大庆，敬录章师名言，愿与同学共勉。

朱总理这段贺信不长，但说出了为学与为人的基本道理，发人深思，催人奋进。

批判性思维与谦和为人[①]

顾秉林[②]

今天，我们在这里举行2004级研究生开学典礼，我代表全校师生员工向入学清华的全体博士新生和硕士新生表示衷心的祝贺和热烈的欢迎！

在这秋风送爽的美好时节，又一批朝气蓬勃、充满激情的年轻人加盟向着建设世界一流目标扎实奋进的清华大学，作为校长，我既感欣慰，又感责任重大！

在座的各位，无论是清华的本硕博连读，还是从其他学校或工作岗位前来求学，对于你们来说，今天，都是一个新的开始，相信大家都会对未来有所追求、充满憧憬，正规划着将如何在清华度过这几年的宝贵时光。这里我也谈几点想法供大家参考。

首先，谈谈为什么来清华求学深造。

这虽然是一个老生常谈的问题，但又是一个非常重要而又常谈、常新的问题。

谈起进清华，往往会听到"清华这块牌子含金量太高了，这可是无价之宝"这类的话。清华的牌子含金量高，没错，但大家不能忘记，正是"自强不息、厚德载物"的校训、"行胜于言"的校风、"严谨、勤奋、求实、创新"的学风，激励着一代代清华人，造就了国家的栋梁之材；正是他们的真才实学和高风亮节，使他们后来成为学术大师，兴业之士和治国英才，为国家和人民做出了巨大的贡献，因而得到社会的认可，铸就了清华的品牌。

但大家都知道，当今的社会，是一个充满竞争与挑战的社会，清华学生毕业后能否得到社会的真正认可，所依赖的既不是"牌子"，也不

---

① 2004年9月7日在清华大学2004级研究生开学典礼上的讲话。

② 顾秉林（1945— ），吉林德惠人。中共党员。中国科学院院士。1970年毕业于清华大学，1982年获丹麦Aarhus大学博士学位。1970年至今在清华大学任教，曾任现代应用物理系副主任、主任，研究生院院长，副校长，校学位评定委员会主席。2003年4月至2012年2月任清华大学校长。

是"帽子"。因此，绝不能只幻想着大师、大腕、大官的光环，只为戴上硕士、博士"帽子"，只为得到清华"牌子"而进校门，希望大家能像姚期智先生讲的那样为做一个顶天立地的人而来，为求真知而来。那种只为成大师之名来念学位的，其学问必不扎实；只为积大富之利而来念学位的，其学问必多浮躁；只为图大官之威而来念学位的，其学问必难规矩。不扎实，多浮躁，难规矩的学问，不仅不配得到学位，长远来看，还会有损于清华的"牌子"，有损于学术界教育界的声望，于人于己不利，于国于家有害。只有怀着"不为成大学者，只想做大学问；不为成大富翁，只求干大事业；不为成大官员，只愿建大功勋"的想法来读书，今天的求学深造才会扎实规矩，明天的硕士、博士才有真才实学。

其次，谈谈在清华治学与为人方面需要注意的问题。

这里，我不打算系统、全面地讲这个问题，只想谈谈我最近经常思考的一个问题，这就是为什么我们的某些研究生在遇到一些实际问题时，比较缺乏分析问题、解决问题的能力？这当然有许多因素，但我认为其中有一个很重要的方面，是我们没有很好地把握批判性思维这一理念。下面我就围绕这个问题来谈。

先谈治学。研究生的学术生活，一方面是学习，一方面是研究，主要是研究。做研究一定要有创新。创新，意味着拓展出前人未曾涉足的领域，或者对前人的工作做出修正。去年的此时此刻，我曾谈到创新需要好奇心，想象力，要有激情和勇气，今天，我要强调的是无论"拓展"还是"修正"，都离不开批判性思维这个前提。

第一，我想谈谈对批判性思维的理解。

一谈到"批判"，人们往往只是习惯性地从发现错误、查找弱点等否定性含义去理解，其实，这种认识是片面的。实际上，批判是一种洞察力、辨别力和判断力，因而，批判也应包括关注优点和肯定长处的含义。这也正如罗素所讲的"需要注意的重点是，如果没有一个含有'应当'的前提，就不可能推导出一个告诉自己应当做些什么的结论"。我认为，所谓批判性思维，是面对认识的对象，做出肯定什么，否定什么，或要有些什么新见解、新举措的一个系列的思考过程。显然，要得出合理的结论必须有正确的思考方法或途径。

第二，我想谈谈如何在学术研究中进行批判性思维。这至少有以下三个方面值得注意。

一是充分了解你的研究对象。这一点是批判性思维的一个重要基础。牛顿说，是站在巨人的肩上才有所发现；马克思的《资本论》是对传统经济学的批判，但正如西方学者指出的，"他读尽了在他之前的每个经济学家的作品"。今天我们处在信息爆炸的时代，要完全"读尽"是不可能的，但尽可能的收集、整理典型的各类信息，把握足够的材料依据，只有这样才能使肯定或否定都言之有据。现在，个别博士或硕士论文里的文献综述还不够扎实，表面上看，列了不少书目和文章，但或者是不够全面，或者是对作者的观点把握不准确。我们要求大家认真做好文献综述，就是基于这种考虑。

二是不迷信已有的结论，开辟新的研究方向。占有材料，但并不要做材料的俘虏，受现有结论的束缚。而是要解放思想，不唯上，不唯书，不唯洋，对你所要研究的对象提出问题，或者拓展新的研究领域或视角，或者修正已经过时的结论。这不仅要有挑战权威的勇气，更要善于提出问题、分析问题。这包括用成熟的你所肯定的结论研究过去没有研究过的现象，也包括针对原有结论不能解释的现象，做出新的理论解释。这本身是既肯定又否定的辩证的扬弃过程。

三是要不断反思自己的思维模式。批判性思维意味着做出合理的、明智的决断。我们在提出问题进行研究的过程中，不但要对前人或他人的理论和方法进行分析、批判，更要对自己形成的一些思维定势及时进行审视和剖析。由于我们的教育环境并没有让我们的学生在中小学乃至大学时期养成正确的、良好的批判性思维的习惯。因此，各位同学在研究生阶段，要在研究实践中补上这门课，改善和提高自己的思维素质。例如，当课题进展遇到困难时，不应老是陷于"原来遇到这类问题我就是如何"，是否也应自我批判一下已经形成的思维定势和习惯的研究方法，从新角度，以新方式来思考问题。超越自我是创新的必经阶段。

再谈为人。

批判性思维作为系列的思考方法和途径，不仅为创新研究所必需，对如何为人处事也很重要，它不仅是处事的一种方法，更是做人的一个准则。我们通常讲的"吾日三省吾身"，就是批判性思维的体现。

批判性思维，让我们面对现实时不能只讲成就和长处，一定要有问题意识，同时也告诫我们看待问题应全面、客观，不偏执地钻牛角尖儿；

批判性思维，要求我们具有责任感，因而不能随随便便发表观点，不能没有充分根据就做出评断，这既是对别人负责任，也是对自己负责任；

批判性思维，让我们具有分析问题、解决问题的激情，但激情中又不失冷静，做到三思而后行。要收集各种信息，比较各种方案，特别要有明确的是非观，知道"应当"怎样，从而得出正确的结论，利于问题的解决；

批判性思维，让我们无论对人还是对事都要有一个谦和的态度。不要以为一说批判精神，就是火气十足、盛气凌人，其实，正如前边讲到的在研究中要有所创新，必须有自我批判的精神一样，我们在评价别人的观点和做法时也应抱有谦和的态度。面对别人的错误和弱点，是挖苦讽刺，肆意攻击，得理不饶人，还是善意谦和地向对方提出建议并帮其解决问题，哪一种做法更有利于问题的解决是不言自明的。做研究必须有团队精神，失去了谦和的态度，一个团队就很难和谐高效地开展工作。一个人如果没有谦虚的品质和谦和的态度，即便有些本事，也只能是孤家寡人，自己难有大的长进，对社会也不会有太大贡献。

"大学之道，在明明德，在新民，在止于至善。"我们虽不能至，但心向往之，作为大学，始终不能背离培养卓越人才这一中心使命，学校会尽力为大家提供治学、为人的良好环境和氛围。希望大家铭记，作为清华人，爱戴清华就是尊重自己，建设清华就是铸造光荣。

同学们，经风历雨的清华大学，迄今已走过93年的办学历程。今天的清华，正迎来自身发展历程中的又一次重要机遇和转型。这种转型包括：从以工科为主向综合性的转型；从以教学为主向研究型的转型；从封闭式向开放式的转型；从传统管理模式向以人为本的现代管理模式的转型。完成这些转型绝不是朝夕之功尺寸之力所能，需要我们广大的师生员工发扬自强不息的精神，以厚德载物的胸怀，聚精会神搞世界一流大学建设，一心一意谋学校各项事业的发展。要严谨，不能敷衍；要勤奋，不能懈怠；要求实，不能作假；要创新，不能守旧。

我们要知道，历史并不会总把机会留给我们，为了人民的信任、国家的重托，我们必须不懈努力，有所作为，以无愧时代，不负年华！

谢谢大家。

坚守良知[①]

——在 2013 年夏季研究生毕业典礼暨学位授予仪式上的讲话

陈吉宁[②]

陈吉宁[②]

亲爱的同学们：

今天，是清华园一年中最为盛大的节日，久违的蓝天也为你们回到了北京。我们在这里隆重举行研究生毕业典礼暨学位授予仪式，共同庆祝 5 180 名同学顺利完成学业，开启新的人生旅程。首先，我代表学校，向获得博士、硕士学位的各位同学表示衷心的祝贺！向悉心指导你们的老师，向坚定支持你们的亲友，致以诚挚的感谢！

在座的同学，基本上都是"70 后""80 后"。你们成长在一个伟大的时代，你们是思维活跃、视野开阔、知识广博、渴望成功的一代。我相信，经过清华的培养，你们凭借自己的智慧和才干，一定能够在拼搏奋斗中书写辉煌的人生。然而，今天我想告诉大家的是，在人的一生中，比取得成功更重要的是赢得尊重，而赢得尊重的关键在于坚守良知。

良知是为人处世的根本，是社会道德的底线。当今世界，正处于快速变化之中。我们既享受着科技经济飞速发展带来的新奇与惊喜，又承受着社会转型带来的苦痛与焦虑，面临着越来越多的不适应和越来越大的压力，难免产生功利思想和浮躁情绪。近年来我们看到的、听到的，食品安全、环境污染、腐化堕落、金融危机等一系列严重问题，一再触碰社会良知的底线，不断考问着人们的心灵。可以说，坚守良知，将是你们走上社会面临的第一个考验，也是你们终身的考验。

坚守良知，不需要你有过人的才华，不需要你有远大的志向，也不需要你有超凡脱俗、不同凡响的能力，它是你做人做事的基本准则。越是受过良好教育的人，越是有抱负有能力的人，越是应该自觉主动、矢

---

① 2013 年 7 月 16 日在夏季研究生毕业典礼暨学位授予仪式上的讲话（略有删减）。转自清华新闻网。

② 陈吉宁（1964—），男，汉族，吉林梨树人，工学博士，教授。1981 年入清华大学学习，1998 年始在清华大学任教。2012 年 2 月至 2015 年 1 月任清华大学校长。

志不渝地捍卫良知。这是你作为社会公民的基本责任，这也是你的生活和生命的意义所在。

在今年初清华举办的达沃斯高层圆桌会议上，一位外国企业家对我说，当前的国际金融危机，不是由"笨孩子"造成的，而是由"聪明孩子"造成的——当他们基于贪婪而不是基于道德准则行事的时候，他们可以比任何人都危险。在座的各位都是"聪明孩子"，正因为这样，你们更要做社会良知的坚守者，做善良、正直、诚实、守信的人。正如一个世纪以前，梁启超先生所说："今日之清华学子，将来即为社会之表率，语默作止，皆为国民所仿效。"

清华人历来是坚守良知的。1948年6月，北平学生掀起了反对美国扶植日本军国主义的运动。当时，朱自清先生身患重病，无钱医治，但他毫不犹豫地在写着"为表示中国人民的尊严和气节，我们断然拒绝美国具有收买灵魂性质的一切施舍物资，无论是购买的或给予的"宣言上签下自己的名字。8月初，他病情加重，入院治疗无效，12日逝世，年仅50岁。临终前，他以微弱的声音叮嘱家人："有件事要记住，我是在拒绝美国面粉的文件上签过名的，我们家以后不买国民党配给的美国面粉！"以朱自清先生等为代表的老一辈清华人，以铮铮铁骨将生死置之度外，守护的是民族的气节和良知，他们的事迹和精神已成为中华民族宝贵的财富。

今年，是我国著名的工程力学家、教育家张维先生诞辰100周年。张维先生从1947年开始一直在清华工作，曾任副校长和校务委员会副主任、名誉副主任。前不久学校专门召开了座谈会，缅怀这位学术大师和仁厚长者。大家回顾了张维先生的很多往事，听来感人至深。其中有一个故事，给我留下了深刻的印象。上世纪40年代，张维先生和夫人在德国留学，曾居住在物理学家波尔教授家中。波尔为人正直，坚决反对纳粹。他用生平积蓄购置了0.75公斤铂，因恐战乱有失，在张维夫妇回国时，托付他们带回中国保存。波尔还郑重声明，由于时局和今后遭遇都变化莫测，这些铂如有遗失绝不要求赔偿。张维夫妇感佩波尔教授的为人和诚意，毅然承诺下来。由于新中国与联邦德国长期没有建交，张维先生回国后10多年里，双方通信断绝。1958年，民主德国的一位教授访华，张维先生获悉他与波尔教授相熟，就托他设法将铂带给波尔，同时向组织作了汇报。张维先生没有辜负老朋友的信任和托付，但在受"极左"思潮影响的年代，他却因此被扣上"里通外国"的帽子受到审查，直至"文革"以后才获得平反。也是在"文革"期间，蒋南翔校长被打成"走资派"，许多人都与他"划清界限"，张维先生却一如既往，仍然常去看望南翔同志。从张维先生身上，我们可以感受到坚守良知的巨大人格魅力。

同学们，今天你们告别清华，带上了知识、能力和师生情、同窗谊，更带着学校赋予你们的精神品格和社会良知。在你们朝气蓬勃追寻梦想、积极主动服务公众的过程中，对于你们而言，最重要的不只是做什么，而是为社会坚守什么。我相信，你们在通常情况下都能很好地秉承"自强不息、厚德载物"的校训，严谨做事，诚信为人，用自己的正直、善良和智慧维护社会的良知。但是，当周围很多人都在做有悖良知的事情、你需要独自承受巨大压力的时候，当你面对难以抗拒的利益诱惑，甚至要以个人前途和生命作为代价的时候，你是否还能始终不违良心、坚守良知呢？我想，这才是对一个清华人真正的考验。孔子说过，"君子无终食之间违仁，造次必于是，颠沛必于是"。面对上述情况，希望你们不要畏惧、不要退缩、不要逃避，因为还有许许多多的清华人、许许多多恪守良知的各界人士和你们站在一起。（略）

各位同学，你们肩负着实现中国梦的光荣使命。坚守良知，是学校对你们的基本要求，也是社会对你们的热切期待。我盼望着，当你们多年后重回清华园，带回来的不只是出色的业绩，更有你们坚守良知的故事，母校将因此而倍感骄傲和自豪。

心存敬畏 ①

—— 在 2014 年夏季研究生毕业典礼暨学位授予仪式上的讲话

陈吉宁

亲爱的同学们：

今天，是你们的节日。我们相聚在这里，隆重举行仪式，共同祝贺 5 171 名同学顺利完成学业，开启新的人生旅程。首先，我代表学校，向获得博士、硕士学位的各位同学，向你们的亲友，表示衷心的祝贺！向悉心指导你们的老师，致以诚挚的感谢！

今天出席典礼的，除了毕业生和部分导师，还有一部分学生亲友。我特别要介绍这样一家人：丈夫是这次获得硕士学位的热能系仲晓波同学，他被评为北京市优秀毕业生；妻子陈程同学则是热能系今年的博士毕业生，她获得了校级优秀博士论文和优秀毕业生（荣誉）。今天，他们夫妻带着今年 4 月刚出生的宝贝女儿来参加学位授予仪式。让我们用热烈的掌声向他们送上祝福！

同学们，今天之后，你们将带着更多的知识和更强的能力告别校园，更自信地走向社会。将来，你们也会像你们的学长一样，有机会支配更多的资源，在更大的舞台上做更多的事，为国家和社会作出更大的贡献。近一年来，学校举行了第 24 次教育工作讨论会，面向校友开展了一次大规模校友成长调查。校友们普遍反映，一个人的成长，重要的不仅是知识和能力，更重要的是价值取向，以及勇气、毅力、自信和团队精神等人格品性。因此，临别之际，我今天想同大家聊聊价值观的问题。去年的这个时候，我讲了"坚守良知"，今天我要讲的是"心存敬畏"，做人做事要有尺度、要有底线。知识越多、能力越强的人，越是要心存敬畏，越是要有所担当，切实负起自己对人类、对国家、对社会、对家庭的责任。

心存敬畏，首先要敬畏自然。我说的敬畏自然有两层含义，一是尊

---

① 2014 年 7 月 6 日夏季研究生毕业典礼暨学位授予仪式上的讲话。转自清华新闻网。

重自然规律，二是与大自然和谐相处。受过科学教育的人，都懂得尊重自然规律，但却不见得都能与大自然和谐相处。工业革命以来，科技飞速发展，大大增强了人类认识、利用和改造自然的能力，也催生了"没有极限的增长"的发展模式，结果导致资源枯竭、环境污染、生态破坏、气候变化等一系列影响人类长远发展的问题。为了生存发展，人类有理由挑战自身的极限，但却无权破坏自然的和谐。我校心理系彭凯平教授最近通过大数据研究发现，在人均GDP达到2万元人民币以后，人的幸福指数与人均GDP高低并无关联。因此，以牺牲大自然为代价，即便能带来短期的物质富足，却不能带来长久的人类福祉。说到这里，我想起一位清华故人梁从诫先生，他是梁启超先生和梁思成先生的后人。梁从诫先生61岁时创办我国首家民间环保组织"自然之友"，开展了保护川西天然林、保护滇金丝猴、保护藏羚羊及可可西里反盗猎等多项环保行动。从他的身上，我们感受到一位长者对自然的敬畏之心，更有梁氏一门三代清华人的社会责任感。同学们，将来无论你们从事什么工作，特别是当你们中有人能够主政一方或者影响某一领域发展的时候，我都希望你们不要短视、不要唯财富论、不唯GDP论，要义不容辞地担负起建设美丽中国的责任，永远为子孙后代留一片蓝天绿水。

　　心存敬畏，还要敬畏法律。法治是一个社会成熟的标志，守法是社会对每个公民的基本要求。我相信，你们每个人都有守法的意识和愿望，懂得尊重契约、崇尚法治。但是对于你们来讲，重要的不仅仅是自己遵纪守法，更重要的是能够勇于捍卫法律的尊严。特别是当你们面对诱惑、面临威胁和压力的时候，还能坚守底线、依法办事，才是真正的难能可贵。去年，有人要拍卖钱锺书先生的部分书信、文稿，杨绛先生对此极为愤慨，发表声明说，"完全是朋友之间的私人书信，本是最为私密的个人交往，怎么可以公开拍卖？个人隐私、人与人之间的信赖、多年的感情，都可以成为商品去交易吗？"她表示，如果拍卖，她将不惜百岁之身亲上法庭。老学长这种捍卫法律和社会基本准则的精神，令人钦佩，为我们树立了守法护法的榜样。同学们，我希望你们今后无论地位多么卑微，都能勇于捍卫法律的尊严；而无论你们身居何等的高位，都能始终将自己置于法律的约束之下。

　　心存敬畏，更要敬畏良心。良心和良知，都是做人的根本，是我们为人处世、安身立命的基础。朱镕基学长在当年辞去经管学院院长职务的告别演讲中，讲了他自己这样一段经历。他1958年被错划为"右派"，从此失去党籍长达20年，直到1978年才得以恢复。尽管受到巨大冲击，遭受了很多不公正的对待，但是他并没有因此而有任何抱怨，更没有放弃过自己的理想信念，从未做过一件对不起良心的事情。他殷切希望清华学子做到为学先为人，强调"为人要正，正大光明，正直清廉，正己然后正人"。敬爱的朱镕基学长，以言传身教，给我们清华人树立了如何做人的楷模。在今年参加经管学院30周年院庆活动时，我与一些顾问委员会的企业家委员有过深入交流。他们认为，在这个世界上，每个企业都难免会有起起伏伏，任何组织也都有高峰低谷，而能够长久地生存下去的企业和组织，一定都有超越商业利益的社会追求，都会恪守正确的核心价值观。企业如此，人也是如此。良心，就是我们为人所必须遵循的准则。做人，是我们每个人一辈子的学问。今天你们完成学业、走出校园，母校期待的并不是你们将来有多么成功、有多大的成就，而是期待着你们始终保持独立、完整的人格，在做人这门一生的必修课上交出合格的答卷。

同学们，此时此刻，你们正怀着美好的憧憬、满腔的热情，希望在社会上一展身手、大有作为。我讲心存敬畏，绝不是想打击你们的信心，更不是要你们今后缩手缩脚、畏首畏尾，而是希望你们在心灵深处始终保持一份对自然、对法律、对良心的由衷敬畏，一生都可以挺起腰杆做人，做一个真正受人敬重的清华人。

谢谢大家！

做有思想的行者[1]

——在 2017 年本科生毕业典礼上的讲话

邱　勇[2]

亲爱的同学们，老师们，亲友们，来宾们：

今天是一个难忘的日子。3 000 多名同学顺利完成本科学业，即将踏上新的人生之路。作为校长，我和大家一样无比激动，在此，向你们和你们的家人表示最热烈的祝贺！向悉心指导你们的老师表示最衷心的感谢！

同学们，你们在 2013 年走进了这个美丽的园子，拥有了一个共同的名字——3 字班。我也是 3 字班的，1983 年，我与你们当初一样，满怀憧憬和期待来到清华园。当时的清华与你们所见的大不相同，那时五道口还没有成为"宇宙中心"，那时紫荆公寓区还一片蛙鸣，那时"三教"才刚刚建好，那时的年轻老师现在已两鬓风霜。30 年后，你们有机会徜徉于艺术博物馆，沉浸在达·芬奇的惊才绝艳和毕加索、莫奈、吴冠中的名作之中；在新清华学堂，领略人文清华讲坛上演讲者的大师风范和深邃哲思；在"学堂在线"MOOC 平台上，探索更广阔的知识领域；在 iCenter、x-lab 等创新创业平台上，大开脑洞将创意变成现实。清华园的变化日新月异，但充满朝气和蓬勃向上的校园氛围不曾改变；"自强不息，厚德载物"的校训，"行胜于言"的校风，"中西融汇、古今贯通、文理渗透"的风格不曾改变。清华的时代华彩和文化底色共同塑造了一代代清华人的品格。

同学们，大学是现代社会的思想库，传承人类过往的文明，孕育人类未来的希望。大学是新思想的发源地，守护社会的核心价值，引领社会的发展进步。培育有思想的青年人，永远是大学的核心目标。你们在

---

① 2017 年 7 月 2 日本科生毕业典礼上的讲话。转自清华新闻网。

② 邱勇（1964—　），四川荣县人。中国科学院院士。1983 年入清华大学学习，1994 年博士毕业留校工作。2015 年 3 月起任清华大学校长。

大学四年里所收获的青春果实中，最宝贵的就是你们逐渐形成的思想。一个人能够成为什么样的人，关键在于他有着怎样的思想。我们评论某人有思想，往往指他有自己的思考、尤其是有自己的观点。有思想的人，不会失去目标、失去方向。有思想的人，内心是充实而丰富的。有思想的人，自有人格的魅力。

思想是人生最宝贵的财富。成为一个有思想的人，应该是你们的人生目标，但这个目标不可能在大学四年的时间里完成。思想的形成需要丰富的阅历，需要长期的积累，需要读万卷书、行万里路。你们需要用一生的时间去提升自己的思想。

思想的形成需要广泛的阅读，需要深入的思考。阅读决定思想的宽度，思考决定思想的深度。你们要跨越知识的界限、文化的界限、时空的界限和自我的界限，在阅读中与智者先贤对话，在思考中与内心真我交流。读到一本好书，犹如结识一位好友，读那些能让人掩卷长思的书，会让你受益终生。在你们毕业之际，我想送大家一份礼物。这是一本关于思想的书，是一本清华老师写的书。这本书就是我国著名哲学家冯友兰先生的《中国哲学简史》。冯友兰先生于1928年至1952年在清华大学哲学系任教。《中国哲学简史》是他饮誉海内外的著作，是影响了许多人一生的经典。希望你们深入阅读这本书，学习以世界和现代的视角看待中国文化，在思考中体会思想的魅力。这本书中有一句话："哲学，是对于人生有系统的反思的思想。"希望你们不要因为碎片化信息的泛滥，而使自己的思想变得浅薄。希望你们在阅读和思考中反思人生，冲刷思想的杂质，磨砺思想的锋芒。

思想的形成离不开人生阅历，离不开深入的思考。丰富的阅历是形成思想的基础和前提，阅历沉淀的过程也是思想形成的过程。没有引发行动的思想，不是真正的思想；没有高尚思想指引的行动，是渺小的行动。宋代思想家朱熹说，"知之愈明，则行之愈笃；行之愈笃，则知之益明"。坐在你们当中的新闻学院肖亚洲同学喜爱阅读路遥、费孝通关于中国农村的作品。他结合自身的成长经历，认识到没有"滚足泥土"，"纵有造福底层的愿望，也可能背离底层福祉"。他用三个寒暑假到晋西吕梁山区石楼县贫瘠、僻塞的村庄里，与乡亲们同吃同住同劳动，形成了26万字的著作《厚土——一个清华学子对晋西农村的调查纪实》。

希望同学们秉承实干的精神，让思想在扎实的行动中更加坚韧、更加强大。

生活可以平淡，思想必求高远。法国17世纪的思想家帕斯卡尔曾说，"思想形成人的伟大"。我希望，你们在体察自然、感悟生命中提升思想的境界，在成就事业、开创未来中彰显思想的力量。在人生旅途上，做有思想的行者。我相信，你们一定会因为拥有属于自己的思想而拥有一个有意义的人生！

同学们，今天是一个让人眷念的日子。我希望你们记住，清华永远是你们温暖的家。欢迎你们随时回家！

用一生去追寻意义①

——在 2018 年本科生毕业典礼暨学位授予仪式上的讲话

邱　勇

亲爱的同学们，老师们，亲友们，来宾们：

今天是一个难忘的日子。3 000 多名同学顺利完成本科学业，即将踏上人生的新征程。作为校长，我和大家一样感到十分激动，在此，向你们和你们的家人表示最热烈的祝贺！向悉心指导你们的老师表示最衷心的感谢！

2014 年，意气风发的你们来到清华园，开始与新百年的清华共同成长。

2015 年，学校建成了全球最大的校园创客空间 iCenter，今天在学校各类创新创业教育平台上，活跃着 500 多个创新创业团队。我校学生超算团队在 2015 年首次包揽三大国际超算竞赛冠军，在今年已经结束的两项国际超算赛事中，我校都成功卫冕。在座的李北辰、冯冠宇、谢磊、刘家昌四位同学都是今年的团队成员。在此，让我们把掌声送给所有积极参与校园创新创业活动的同学们！

2016 年，我校制定并实施了清华历史上第一个全球战略，着力培养具备全球胜任力的拔尖创新人才。你们共同见证了清华-伯克利深圳学院、西雅图全球创新学院、苏世民书院、米兰中意设计创新基地的建立与亚洲大学联盟的启动，你们中超过 60% 的同学有海外访学交流的经历。

2017 年，学校全面实施大类招生和大类培养，大力推进通识教育课程建设，持续增设第二学位和辅修专业，为同学们的自主成长提供了更大的空间。清华新百年的美好画卷正徐徐展开。

"一番新风景，为君开设。"清华园不断呈现新气象、展现新面貌。但在我眼中，成长中的你们才是清华园中最美的景色。我也知道，在过往的四年中，你们有过迷惘和纠结，但这样的时刻或许正是你们在不断

---

① 2018 年 7 月 8 日本科生毕业典礼的演讲。转自清华新闻网。

求索和寻找意义的道路上迈出的又一步。人总在不停改变，我很欣慰你们都在清华园中成就了更好的自己，相信你们未来的人生会充满更多的奇迹和更多的精彩。

今天是你们人生中一个特别有意义的日子。但是，很多时候意义并不是自然呈现的，我国著名哲学家冯友兰先生说："意义发生于自觉及了解。"在当今这个无限创新的时代里，快速变化的世界、日趋激烈的竞争催促着每一个人前进的脚步，人们总是去热情拥抱变化，但经常忘记了追问意义何在。须臾不离的手机和互联网时代爆炸的信息，让生活变得饶有趣味、快捷便利的同时，也使许多原本重要的意义和价值越发支离破碎。我想告诉大家，在这个世界上，意义总是存在的。但是，意义需要我们持续去追寻和挖掘。希望大家在今后的生活中努力追寻意义，努力成就有价值的人生。

要从对自我的深入了解中去追寻意义，做内心想做的事情。只有通过深入了解，才能触及事物的本质、感受到更为深刻的意义。意义来源于对自我的认识，深入地了解自己，总结过往，未来才会有坚定的方向。来自新闻学院的李亚东同学，本科期间曾到非洲六个国家深入采访，并创办了一本在非洲发行的中文杂志，非洲也逐渐成为他内心割舍不下的地方。毕业后，他毅然决定前往非洲从事文化传播工作。我相信，他的选择来源于对自我的深入认识，所以他迈向未来的步伐必然坚定。我希望，你们在思考和实践中不断认识自我，书写有意义的人生。

要以长远的眼光去追寻意义，选择有价值的事业。意义是和目标紧密相关的。对意义的追寻，不能仅仅从自身需求和功利目标出发，而是要回应社会对我们的期盼，做有长远价值的事情。对意义的深入追问会强化理性的行为，对意义认识程度的差异反映了一个人境界的高低。被誉为"大师之师"的叶企孙先生一生致力于教育事业，培养了两位诺贝尔奖获得者和50多位院士，1999年国家表彰的23位"两弹一星"元勋中有10位是他的学生。我想告诉你们，100年前，叶企孙学长和你们一样，也从这里毕业。被称为"中国天眼之父"的南仁东先生，长期从事射电天体物理与射电天文技术研究，用20年的时间打造了世界最大单口径、最灵敏的射电望远镜。我也想告诉你们，50年前，南仁东学长和你们一样，也从这里毕业。两位学长用一生去追求他们选择的事业，实现了人生的价值。我希望你们能够摒弃短期的功利性目标，选择与国家、民族和人类命运紧密结合的事业，担负起历史和时代赋予的使命。

要用"大我"的情怀去追寻意义，引领人生不断迈上新的高度。个体的意义往往因为投入整体而得到放大和提升。每一个人都有自己的人生，但真正有意义的人生一定属于更大的整体。季羡林先生说："如果人生真有意义与价值的话，其意义与价值就在于对人类发展的承上启下、承前启后的责任感。"在21世纪即将到来之时，马克思被英国广播公司评为"千年第一思想家"。他17岁时在中学毕业论文里就写下了这样的话语："如果一个人只为自己劳动，他也许能够成为著名的学者、伟大的哲人、卓越的诗人，然而他永远不能成为完美的、真正伟大的人物。"马克思正是以这种为"人类而工作"的情怀，实现了对以往哲学家的超越，给我们留下了最有价值、最具影响力的精神财富。我希望你们始终保持强烈的责任感，自觉将个人的发展融入到人类文明进步的洪流之中，在广阔天地里获得更大的人生意义。

同学们，人类对意义的追寻永远不会停息，追寻意义是人类自身的价值所在。我希望你们无论身处何时何地，无论境遇是好是坏，永远不要放弃追寻意义的努力。希望你们坚守内心的价值标准，投身热爱的事业，葆有"大我"的情怀，在追寻中让生命不断焕发出新的光彩。我相信，随着对意义追寻的深入，你们对意义的感受会越发强烈，生命也会变得更加丰满和强大。意义，值得你们用一生去追寻。

今天是一个让人眷恋的日子。我希望你们记住，清华永远是你们温暖的家。欢迎你们随时回家！

扬自强之精神，做中流之砥柱 ①

——在清华大学2019年本科生毕业典礼上的讲话

邱 勇

亲爱的同学们，老师们，亲友们，来宾们：

今天是一个难忘的日子。3 000多名同学完成本科学业，即将踏上人生的新征程。作为校长，我和大家一样激动，在此，向你们和你们的亲友表示最热烈的祝贺！向悉心指导你们的老师表示最衷心的感谢！

同学们，你们是我担任校长之后迎来的第一批本科生。我很高兴能见证你们四年的成长，很欣喜看到你们顺利毕业。从2015年8月20日的开学典礼，到今天2019年7月7日的毕业典礼，你们在这个园子里走过了1 418天。你们入学的那一年，西操换上了漂亮的蓝色跑道，紫荆园举办了"川湘美食节"。今年，你们又见证了清华田径队实现首都高校田径运动会"十连冠"、校园里诞生第一家24小时书店。四年前在东操，你们身着迷彩服，口号嘹亮、英姿飒爽，完成了大学第一课——军训。四年后的今天，还是在东操，你们身着学位服，心怀壮志、意气风发，参加大学里最后一次全校集体活动——毕业典礼。"春风化雨乐未央，行健不息须自强。"自强不息、厚德载物的校训涵养了你们的君子气质，行胜于言的校风塑造了你们的笃实品格。你们用热情奔放的青春活力，在清华108年的历史画卷中写下了绚丽的一笔。在过去的四年中，我们一同见证了奋进的清华不断呈现新气象，变革的清华持续展现新作为，开放的清华主动拓展新视野。在扎根中国大地建设世界一流大学的道路上，自信的清华担当起时代的责任，不断开拓进取、昂首向前。

青年是时代的先锋。一代又一代清华人爱国奉献、追求卓越，成为推动国家富强、民族复兴的中坚力量。在山河破碎的年代，清华学子在"一二·九"运动中发出了"华北之大，已经安放不得一张平静的书桌"的救亡呼声。在改革开放之初，清华人提出了"从我做起，从现在

---

① 2019年7月7日本科生毕业典礼上的讲话。转自清华新闻网。

做起"的行动口号。在日新月异的新世纪,"立大志、入主流、上大舞台、干大事业"成为清华人的坚定选择。习近平总书记指出:"一代人有一代人的长征,一代人有一代人的担当。"同学们,你们正处在砥砺奋进的新时代,生逢其时、重任在肩。清华为你们打下了自强的人生底色,你们要做走在时代前列的自强者,以青春之我、赤子之心,接续奋斗、凯歌前行!

自强者,强在自胜。《道德经》有云:"知人者智,自知者明,胜人者有力,自胜者强。"真正的强者,不以战胜别人为目标,而以超越自我为追求。1914年11月5日,梁启超先生在清华发表题为《君子》的演讲,勉励清华学子"摈私欲尚果毅","见义勇为,不避艰险",进而"挽既倒之狂澜,作中流之砥柱"。自强者要主动克服自身的弱点和不足,努力完善自我、提升自我,不断成就更好的自我。

自强者永远以国家至上,以人民为先。俄国作家果戈里曾说:"为了国家的利益,使自己的一生变成有用的一生,纵然只能效绵薄之力,我也会热血沸腾。"今年90岁高龄的"两弹一星"元勋周光召学长,1946年至1952年在清华大学求学。上世纪60年代初,正在国外工作的周光召毅然放弃已取得重大突破的理论物理研究,回国参与原子弹研制。他参加领导了爆炸物理、辐射流力学、高温高压物理等研究工作,为我国国防事业和科学事业作出了杰出贡献。同学们,希望你们永远把祖国和人民放在心中最崇高的位置,在服务祖国、人民的奋斗中绽放自我。

自强者永远不惧风雨,在逆境中始终保持奋进的姿态。奋斗的道路从来都不会一帆风顺,真正的强者总是在挫折中不断奋起、永不气馁。你们之中的本科生特等奖学金获得者江国琛同学,承受着父母身患重病、家庭经济困难的巨大压力,始终坚定自立自强的信心。他学习刻苦、进步显著,曾在学校的资助下赴斯坦福大学进行暑期研修并取得优异成绩。他饮水思源、热心公益,成为了一名清华大学五星级志愿者。你们之中的宫克威同学,曾为清华夺得11个冠军,去年代表国家参加雅加达亚运会并获得男子十项全能第四名。其实,他在入学之初的运动成绩并不理想,但他每天坚持训练,风雨无阻。今天,他没能来参加毕业典礼,因为他正在意大利那不勒斯世界大学生夏季运动会的赛场上全力拼搏。同学们，让我们为江国琛和宫克威点赞！也为你们每一个人过去四年的成长成熟和你们呈现出的自强精神点赞、喝彩！

自强者永远以创新为矢志不渝的追求，总是满怀"虽九死其犹未悔"的壮志豪情。当今世界正处于百年未有之大变局，新一轮科技革命和产业变革方兴未艾。在这个蕴含无限可能、充满无限挑战的大时代，创新精神是自强精神的最好体现。要自强，必创新；唯创新，才自强。在前进的路上，自强创新是我们直面风险与挑战、战胜困难与挫折的坚定姿态。同学们，希望你们将自强不息的精神融入对创新的不懈追求之中，努力破解时代难题，服务国家发展，促进人类福祉，为建设更加美好的世界贡献出全部的热情、智慧和力量。

"未逢黄石书谁授，不坠青云志自强。"刚健自强是清华人永远的精神气质。新时代的清华人要自觉听从历史的召唤，不断超越自我，厚植家国情怀，无畏艰难困苦，敢于引领创新，扬自强之精神，做中流之砥柱！

亲爱的同学们，今天是一个让人眷恋的日子。我希望你们记住，清华永远是你们温暖的家。欢迎你们随时回家！

第二部分 国学经典

朱子读书法

朱　熹[①]

一

居敬持志

循序渐进

熟读精思

虚心涵泳

切己体察

着紧用力

二

敛身正坐

缓视微吟

宽着期限

紧着课程

① 朱熹（1130—1200），字元晦，一字仲晦，号晦庵，晚称晦翁，又称紫阳先生、考亭先生、沧州病叟、云谷老人、逆翁。谥文，又称朱文公。祖籍南宋江南东路徽州府婺源县（今江西省婺源），出生于南剑州尤溪（今属福建三明市）。南宋著名的理学家、思想家、哲学家、教育家、诗人、闽学派的代表人物，世称朱子，是孔子、孟子以来最杰出的弘扬儒学的大师。

大　学

大学之道，在明明德，在亲民，在止于至善。

知止而后有定，定而后能静，静而后能安，安而后能虑，虑而后能得。物有本末，事有终始。知所先后，则近道矣。

古之欲明明德于天下者，先治其国；欲治其国者，先齐其家；欲齐其家者，先修其身；欲修其身者，先正其心；欲正其心者，先诚其意；欲诚其意者，先致其知。致知在格物。物格而后知至，知至而后意诚，意诚而后心正，心正而后身修，身修而后家齐，家齐而后国治，国治而后天下平。自天子以至于庶人，壹是皆以修身为本。

其本乱而末治者否矣。其所厚者薄，而其所薄者厚，未之有也。此谓知本，此谓知之至也。

此谓知本，此谓知之至也。

所谓致知在格物者，言欲致吾之知，在即物而穷其理也。盖人心之灵莫不有知，而天下之物莫不有理，唯于理有未穷，故其知又不尽也，是以大学始教，必使学者即凡于天下之物，莫不因其已知之理而益穷之，以求至乎其极。至于用力之久，而一旦豁然贯通焉，则众物之表里精粗无不到，而吾心之全体大用无不明矣。此谓物格，此谓知之至也。

所谓诚其意者，毋自欺也。如恶恶臭，如好好色，此之谓自谦。故君子必慎其独也。小人闲居为不善，无所不至，见君子而后厌然，揜其不善而著其善。

人之视己，如见其肺肝然，则何益矣。此谓诚于中，形于外，故君子必慎其独也。

曾子曰："十目所视，十手所指，其严乎！"富润屋，德润身，心广体胖，故君子必诚其意。

诗云："瞻彼淇澳，菉竹猗猗。有斐君子如切如磋，如琢如磨。瑟兮僩兮，赫兮喧兮。有斐君子，终不可喧兮！""如切如磋"者，道学也。"如琢如磨"者，自修也。"瑟兮僩兮"者，恂栗也。"赫兮喧兮"

者，威仪也。"有斐君子，终不可喧兮"者，道盛德至善，民之不能忘也。

诗云："於戏前王不忘！"君子贤其贤而亲其亲，小人乐其乐而利其利，此以没世不忘也。

康诰曰："克明德。"大甲曰："顾諟天之明命。"帝典曰："克明峻德。"皆自明也。

汤之盘铭曰："苟日新，日日新，又日新。"康诰曰："作新民。"诗曰："周虽旧邦，其命惟新。"是故君子无所不用其极。

诗云："邦畿千里，惟民所止。"诗云："缗蛮黄鸟，止于丘隅。"子曰："于止，知其所止，可以人而不如鸟乎？"

诗云："穆穆文王，於缉熙敬止！"为人君止于仁；为人臣止于敬；为人子止于孝；为人父止于慈；与国人交止于信。

子曰："听讼吾犹人也。必也使无讼乎！"无情者不得尽其辞。大畏民志，此谓知本。

所谓修身在正其心者，身有所忿懥，则不得其正，有所恐惧，则不得其正，有所好乐，则不得其正，有所忧患，则不得其正。心不在焉，视而不见，听而不闻，食而不知其味。此谓修身在正其心。

所谓齐其家在修其身者，人之其所亲爱而辟焉，之其所贱恶而辟焉，之其所畏敬而辟焉，之其所哀矜而辟焉，之其所敖惰而辟焉。故好而知其恶，恶而知其美者，天下鲜矣。故谚有之曰："人莫知其子之恶，莫知其苗之硕。"此谓身不修不可以齐其家。

所谓治国必先齐其家者，其家不可教而能教人者无之。故君子不出家而成教于国。孝者所以事君也；弟者所以事长也；慈者所以使众也。康诰曰："如保赤子。"心诚求之，虽不中不远矣。未有学养子而后嫁者也。一家仁，一国兴仁；一家让，一国兴让；一人贪戾，一国作乱：其机如此。此谓一言偾事，一人定国。尧、舜率天下以仁，而民从之。桀、纣率天下以暴，而民从之。其所令反其所好，而民不从。是故君子有诸己，而后求诸人，无诸己，而后非诸人。所藏乎身不恕，而能喻诸人者，未之有也。故治国在齐其家。

诗云："桃之夭夭，其叶蓁蓁。之子于归，宜其家人。"宜其家人，而后可以教国人。

诗云："宜兄宜弟。"宜兄宜弟，而后可以教国人。

诗云："其仪不忒，正是四国。"其为父子兄弟足法，而后民法之也。此谓治国在齐其家。

所谓平天下在治其国者，上老老而民兴孝，上长长而民兴弟，上恤孤而民不倍，是以君子有絜矩之道也。

所恶于上，毋以使下，所恶于下，毋以事上；所恶于前，毋以先后；所恶于后，毋以从前；所恶于右，毋以交于左；所恶于左，毋以交于右；此之谓絜矩之道。

诗云："乐只君子，民之父母。"民之所好好之，民之所恶恶之，此之谓民之父母。诗云："节彼南山，维石岩岩。赫赫师尹，民具尔瞻。"有国者不可以不慎，辟则为天下僇矣。诗云："殷之未丧师，克配上帝。仪鉴于殷，峻命不易。"道得众则得国，失众则失国。

是故君子先慎乎德。有德此有人，有人此有土，有土此有财，有财此有用。

德者本也，财者末也。外本内末，争民施夺。是故财聚则民散，财散则民聚。是故言悖而出者，亦悖而入；货悖而入者，亦悖而出。

康诰曰："惟命不于常。"道善则得之，不善则失之矣。

楚书曰："楚国无以为宝，惟善以为宝。"舅犯曰："亡人无以为宝，仁亲以为宝。"

秦誓曰："若有一个臣，断断兮无他技，其心休休焉，其如有容焉。人之有技，若己有之；人之彦圣，其心好之，不啻若自其口出。实能容之，以能保我子孙黎民，尚亦有利哉！人之有技，媢嫉以恶之，人之彦圣而违之，俾不通，实不能容，以不能保我子孙黎民，亦曰殆哉！"唯仁人放流之，迸诸四夷，不与同中国。此谓唯仁人为能爱人，能恶人。见贤而不能举，举而不能先，命也；见不善而不能退，退而不能远，过也。好人之所恶，恶人之所好，是谓拂人之性，灾必逮夫身。是故君子有大道，必忠信以得之，骄泰以失之。

生财有大道，生之者众，食之者寡，为之者疾，用之者舒，则财恒足矣。仁者以财发身，不仁者以身发财。未有上好仁，而下不好义者也，未有好义，其事不终者也，未有府库财，非其财者也。孟献子曰："畜马乘，不察于鸡豚，伐冰之家，不畜牛羊，百乘之家，不畜聚敛之臣。与其有聚敛之臣，宁有盗臣。"此谓国不以利为利，以义为利也。长国家而务财用者，必自小人矣。彼为善之，小人之使为国家，灾害并至。虽有善者，亦无如之何矣！此谓国不以利为利，以义为利也。

太极图说

周敦颐 [1]

　　无极而太极。太极动而生阳，动极而静，静而生阴，静极复动。一动一静，互为其根；分阴分阳，两仪立焉。阳变阴合，而生水，火，木，金，土。五气顺布，四时行焉。五行，一阴阳也，阴阳，一太极也，太极，本无极也。五行之生也，各一其性。无极之真，二五之精，妙合而凝。"乾道成男，坤道成女"，二气交感，化生万物。万物生生，而变化无穷焉。惟人也，得其秀而最灵。形既生矣，神发知矣，五性感动，而善恶分，万事出矣。圣人定之以中正仁义，而主静，立人极焉。故"圣人与天地合其德，日月合其明，四时合其序，鬼神合其吉凶"。君子修之吉，小人悖之凶。故曰："立天之道，曰阴与阳。立地之道，曰柔与刚。立人之道，曰仁与义。"又曰："原始反终，故知死生之说。"大哉易也，斯其至矣！

---

① 周敦颐，又名周元皓，原名周敦实，字茂叔，谥号元公，道州营道楼田保（今湖南省道县）人，世称濂溪先生。宋朝儒家理学思想的开山鼻祖，文学家、哲学家。著有《周元公集》《爱莲说》《太极图说》《通书》（后人整编进《周元公集》）。

通 书

周敦颐

通书·诚上第一

诚者，圣人之本。"大哉乾元，万物资始"，诚之源也。"乾道变化，各正性命"，诚斯立焉，纯粹至善者也。故曰："一阴一阳之谓道，继之者善也，成之者性也。"元、亨，诚之通；利、贞，诚之复。大哉易也，性命之源乎！

通书·诚下第二

圣，诚而已矣。诚，五常之本，百行之源也。静无而动有，至正而明达也。五常百行，非诚，非也，邪暗，塞也，故诚则无事矣。至易而行难。果而确，无难焉。故曰："一日克己复礼，天下归仁焉。"

通书·诚几德第三

诚，无为；几，善恶。德：爱曰仁，宜曰义，理曰礼，通曰智，守曰信。性焉、安焉之谓圣。复焉、执焉之谓贤。发微不可见，充周不可穷之谓神。

通书·圣第四

寂然不动者，诚也；感而遂通者，神也；动而未形、有无之间者，几也。诚精故明，神应故妙，几微故幽。诚、神、几，曰圣人。

通书·慎动第五

动而正，曰道。用而和，曰德。匪仁，匪义，匪礼，匪智，匪信，悉邪矣。邪动，辱也；甚焉，害也。故君子慎动。

通书·道第六

圣人之道，仁义中正而已矣。守之贵，行之利，廓之配天地。岂不易简？岂为难知？不守，不行，不廓尔。

通书·师第七

或问曰："曷为天下善？"曰："师。"曰："何谓也？"曰："性者，刚柔、善恶，中而已矣。""不达。"曰："刚善，为义，为直，为断，为严毅，为干固；恶，为猛，为隘，为强梁。柔善，为慈，为顺，为巽；

恶，为懦弱，为无断，为邪佞。"惟中也者，和也，中节也，天下之达道也，圣人之事也。故圣人立教，俾人自易其恶，自至其中而止矣。故先觉觉后觉，暗者求于明，而师道立矣。师道立，则善人多。善人多，则朝廷正，而天下治矣。

通书·幸第八

人之生，不幸，不闻过，大不幸，无耻。必有耻，则可教，闻过，则可贤。

通书·思第九

《洪范》曰："思曰睿，睿作圣。"无思，本也；思通，用也。几动于彼，诚动于此。无思而无不通，为圣人。不思，则不能通微，不睿，则不能无不通。是则无不通，生于通微，通微，生于思。故思者，圣功之本，而吉凶之几也。《易》曰："君子见几而作，不俟终日。"又曰："知几其神乎！"

通书·志学第十

圣希天，贤希圣，士希贤。伊尹、颜渊，大贤也。伊尹耻其君不为尧、舜，一夫不得其所，若挞于市；颜渊"不迁怒，不贰过""三月不达仁"。志伊尹之所志，学颜子之所学。过则圣，及则贤，不及则亦不失于令名。

通书·顺化第十一

天以阳生万物，以阴成万物。生，仁也；成，义也。故圣人在上，以仁育万物，以义正万民。天道行而万物顺，圣德修而万民化。大顺大化，不见其迹，莫知其然之谓神。故天下之众，本在一人。道岂远乎哉？术岂多乎哉？

通书·治第十二

十室之邑，人人提耳而教，且不及，况天下之广，兆民之众哉！曰，纯其心而已矣。仁、义、礼、智四者，动静、言貌、视听无违之谓纯。心纯则贤才辅。贤才辅则天下治。纯心要矣，用贤急焉。

通书·礼乐第十三

礼，理也；乐，和也，阴阳理而后和。君君、臣臣、父父、子子、兄兄、弟弟、夫夫、妇妇，万物各得其理，然后和。故礼先而乐后。

通书·务实第十四

实胜，善也；名胜，耻也。故君子进德修业，孳孳不息，务实胜也。德业有未著，则恐恐然畏人知，远耻也。小人则伪而已！故君子日休，小人日忧。

通书·爱敬第十五

"有善不及？"曰："不及，则学焉。"问曰："有不善？"曰："不善，则告之不善。"且劝曰："庶几有改乎，斯为君子。""有善一，不善二，则学其一，而劝其二。"有语曰："斯人有是之不善，非大恶也。"则曰："孰无过，焉知其不能改？改，则为君子矣。不改为恶，恶者天恶之。彼岂无畏耶？乌知其不能改！"故君子悉有众善，无弗爱且敬焉。

通书·动静第十六

动而无静，静而无动，物也。动而无动，静而无静，神也。动而无动，静而无静，非不动不静也。物则不通，神妙万物。水阴根阳，火阳根阴。五行阴阳，阴阳太极。四时运行，万物终始。混兮辟兮！其无穷兮！

通书·乐上第十七

古者圣王制礼法，修教化，三纲正，九畴叙，百姓大和，万物咸若。乃作乐以宣八风之气，以平天下之情。故乐声淡而不伤，和而不淫。入其耳，感其心，莫不淡且和焉。淡则欲心平，和则躁心释。优柔平中，德之盛也；天下化中，治之至也。是谓道配天地，古之极也。后世礼法不修，政刑苛紊，纵欲败度，下民困苦。谓古乐不足听也，代变新声，妖淫愁怨，导欲增悲，不能自止。故有贼君弃父，轻生败伦，不可禁者矣。呜呼！乐者古以平心，今以助欲；古以宣化，今以长怨。不复古礼，不变今乐，而欲至治者远矣！

通书·乐中第十八

乐者，本乎政也。政善民安，则天下之心和。故圣人作乐，以宣畅其和心，达于天地，天地之气，感而太和焉。天地和则万物顺，故神祇格，鸟兽驯。

通书·乐下第十九

乐声淡则听心平；乐辞善则歌者慕，故风移而俗易矣。妖声艳辞之化也，亦然。

通书·圣学第二十

"圣可学乎？"曰："可。"曰："有要乎？"曰："有。""请问焉。"曰："一为要。一者无欲也，无欲则静虚、动直，静虚则明，明则通；动直则公，公则溥。明通公溥，庶矣乎！"

通书·公明第二十一

公于己者公于人，未有不公于己而能公于人也。明不至则疑生。明，无疑也。谓能疑为明，何啻千里？

通书·理性命第二十二

厥彰厥微，匪灵弗莹。刚善刚恶，柔亦如之，中焉止矣。二气五行，化生万物。五殊二实，二本则一。是万为一，一实万分。万一各正，小大有定。

通书·颜子第二十三

颜子"一箪食，一瓢饮，在陋巷，人不堪其忧，而不改其乐。"夫富贵，人所爱也，颜子不爱不求，而乐乎贫者，独何心哉？天地间有至贵至爱可求，而异乎彼者，见其大、而忘其小焉尔。见其大则心泰，心泰则无不足，无不足则富贵贫贱处之一也。处之一则能化而齐，故颜子亚圣。

通书·师友上第二十四

天地闲，至尊者道，至贵者德而已矣。至难得者人，人而至难得者，道德有于身而已矣。求人至难得者有于身，非师友，则不可得也已！

通书·师友下第二十五

道义者，身有之，则贵且尊。人生而蒙，长无师友则愚。是道义由师友有之。而得贵且尊，其义不亦重乎！其聚不亦乐乎！

通书·过第二十六

仲由喜闻过，令名无穷焉。今人有过，不喜人规，如护疾而忌医，宁灭其身而无悟也。噫！

通书·势第二十七

天下，势而已矣。势，轻重也。极重不可反。识其重而亟反之，可也。反之，力也。识不早，力不易也。力而不竞，天也。不识不力，人

通书·文辞第二十八

文所以载道也。轮辕饰而人弗庸，徒饰也；况虚车乎？文辞，艺也；道德，实也。笃其实，而艺者书之，美则爱，爱则传焉。贤者得以学而至之，是为教。故曰："言之无文，行之不远。"然不贤者，虽父兄临之，师保勉之，不学也；强之，不从也。不知务道德而第以文辞为能者，艺焉而已。噫！弊也久矣！

通书·圣蕴第二十九

"不愤不启，不悱不发，举一隅不以三隅反，则不复也。"子曰："予欲无言。天何言哉！四时行焉，百物生焉。"然则圣人之蕴，微颜子殆不可见。发圣人之蕴，教万世无穷者，颜子也。圣同天，不亦深乎！常人有一闻知，恐人不速知其有也，急人知而名也，薄亦甚矣！

通书·精蕴第三十

圣人之精，画卦以示；圣人之蕴，因卦以发。卦不画，圣人之精，不可得而见。微卦，圣人之蕴，殆不可悉得而闻。易何止五经之源，其天地鬼神之奥乎！

通书·乾损益动第三十一

君子乾乾，不息于诚，然必惩忿窒欲，迁善改过而后至。乾之用其善是，损益之大莫是过，圣人之旨深哉！"吉凶悔吝生乎动。"噫！吉一而已，动可不慎乎！

通书·家人睽复无妄第三十二

治天下有本，身之谓也；治天下有则，家之谓也。本必端。端本，诚心而已矣。则必善。善则，和亲而已矣。家难而天下易，家亲而天下疏也。家人离，必起于妇人。故睽次家人，以"二女同居而志不同行"也。尧所以厘降二女于妫汭，舜可禅乎？吾兹试矣。是治天下观于家，治家观身而已矣。身端，心诚之谓也。诚心，复其不善之动而已矣。不善之动，妄也；妄复，则无妄矣；无妄，则诚矣。故无妄次复，而曰"先王以茂对时育万物"。深哉！

通书·富贵第三十三

君子以道充为贵，身安为富，故常泰无不足。而铢视轩冕，尘视金玉，其重无加焉尔！

通书·陋第三十四

圣人之道，入乎耳，存乎心，蕴之为德行，行之为事业。彼以文辞而已者，陋矣！

通书·拟议第三十五

至诚则动，"动则变，变则化"。故曰：拟之而后言，议之而后动，拟议以成其变化。

通书·刑第三十六

天以春生万物，止之以秋。物之生也，既成矣，不止则过焉，故得秋以成。圣人之法天，以政养万民，肃之以刑。民之盛也，欲动情胜，利害相攻，不止则贼灭无伦焉。故得刑以治。情伪微暧，其变千状。苟非中正、明达、果断者，不能治也。讼卦曰："利见大人"，以"刚得中"也。噬嗑曰："利用狱"，以"动而明"也。呜呼！天下之广，主刑者民之司命也。任用可不慎乎！

通书·公第三十七

圣人之道，至公而已矣。或曰："何谓也？"曰"天地至公而已矣。"

通书·孔子上第三十八

春秋，正王道，明大法也，孔子为后世王者而修也。乱臣贼子诛死者于前，所以惧生者于后也。宜乎万世无穷，王祀夫子，报德报功之无尽焉。

通书·孔子下第三十九

道德高厚，教化无穷，实与天地参而四时同，其惟孔子乎！

通书·蒙艮第四十

"童蒙求我"，我正果行，如筮焉。筮，叩神也，再三则渎矣，渎则不告也。"山下出泉"，静而清也。汨则乱，乱不决也。慎哉！其惟"时中"乎！"艮其背"，背非见也。静则止，止非为也，为不止矣。其道也深乎！

东 铭

张 载[①]

戏言出于思也，戏动作于谋也。发乎声，见乎四支，谓非己心，不明也；欲人无己疑，不能也。过言非心也，过动非诚也。失于声，缪迷其四体，谓己当然，自诬也。欲他人己从，诬人也。或者以出于心者归咎为己戏。失于思者自诬为己诚，不知戒其出汝者，归咎其不出汝者，长傲且遂非，不知孰甚焉！

① 张载，字子厚，凤翔郿县（今陕西眉县横渠镇）人。北宋思想家、教育家、理学创始人之一。世称横渠先生，尊称张子。与周敦颐、邵雍、程颐、程颢合称"北宋五子"。著有《正蒙》《横渠易说》等著述留世。

西 铭

张 载

　　乾称父，坤称母；予兹藐焉，乃混然中处。故天地之塞，吾其体；天地之帅，吾其性。民吾同胞；物吾与也。

　　大君者，吾父母宗子；其大臣，宗子之家相也。尊高年，所以长其长；慈孤弱，所以幼其幼；圣其合德，贤其秀也。凡天下疲癃残疾、惸独鳏寡，皆吾兄弟之颠连而无告者也。

　　于时保之，子之翼也；乐且不忧，纯乎孝者也。违曰悖德，害仁曰贼；济恶者不才，其践形，唯肖者也。

　　知化则善述其事，穷神则善继其志。不愧屋漏为无忝，存心养性为匪懈。恶旨酒，崇伯子之顾养；育英才，颍封人之锡类。不弛劳而厎豫，舜其功也；无所逃而待烹，申生其恭也。体其受而归全者，参乎！勇于从而顺令者，伯奇也。

　　富贵福泽，将厚吾之生也；贫贱忧戚，庸玉女于成也。存，吾顺事，没，吾宁也。

定 性 书

程 颢 [1]

所谓定者，动亦定，静亦定，无将迎，无内外。苟以外物为外，牵己而从之，是以己性为有内外也。且以性为随物于外，则当其在外时，何者为在内？是有意于绝外诱，而不知性之无内外也。既以内外为二本，则又乌可遽语定哉？

夫天地之常，以其心普万物而无心；圣人之常，以其情顺万事而无情。故君子之学，莫若廓然而大公，物来而顺应。易曰："贞吉悔亡。憧憧往来，朋从尔思。"苟规规于外诱之除，将见灭于东而生于西也。非惟日之不足，顾其端无穷，不可得而除也。

人之情各有所蔽，故不能适道，大率患在于自私而用智。自私则不能以有为为应迹，用智则不能以明觉为自然。今以恶外物之心，而求照无物之地，是反鉴而索照也。易曰："艮其背，不获其身，行其庭，不见其人。"孟氏亦曰："所恶于智者，为其凿也。"与其非外而是内，不若内外之两忘也。两忘则澄然无事矣。无事则定，定则明，明则尚何应物之为累哉？

圣人之喜，以物之当喜；圣人之怒，以物之当怒。是圣人之喜怒，不系于心而系于物也。是则圣人岂不应于物哉？乌得以从外者为非，而更求在内者为是也？今以自私用智之喜怒，而视圣人喜怒之正为何如哉？夫人之情，易发而难制者，惟怒为甚。第能于怒时遽忘其怒，而观理之是非，亦可见外诱之不足恶，而于道亦思过半矣。

心之精微，口不能宣；加之素拙于文辞，又吏事匆匆，未能精虑，当否伫报，然举大要，亦当近之矣，道近求远，古人所非，惟聪明裁之！

---

[1] 程颢（1032—1085），北宋哲学家、教育家、北宋理学的奠基者。字伯淳，学者称明道先生。洛阳（今属河南）人。神宗朝任太子中允、监察御史里行。反对王安石新政，提出"天者理也"和"只心便是天，尽之便知性"的命题，承认"天地万物之理，无独必有对"。程颢学说在理学发展史上占有重要地位，后来为朱熹所继承和发展，世称程朱学派。其亲撰及后人集其言论所编的著述书籍，收入《二程全书》。

沧州精舍谕学者

朱　熹

老苏自言其初学为文时，取《论语》、《孟子》、《韩子》及其他圣贤之文，而兀然端坐，终日以读之者七八年。方其始也，入其中而惶然以博，观于其外而骇然以惊。及其久也，读之益精，而其胸中豁然以明，若人之言固当然者，然犹未敢自出其言也。历时既久，胸中之言日益多，不能自制，试出而书之。已而再三读之，浑浑乎觉其来之易矣。予谓老苏但为欲学古人，说话声响，极为细事，乃肯用功如此，故其所就亦非常人所及。如韩退之、柳子厚辈亦是如此，其答李翊、韦中立之书，可见其用力处矣。然皆只是要作好文章，令人称赏而已，究竟何预己事，却用了许多岁月，费了许多精神，甚可惜也。今人说要学道，乃是天下第一至大至难之事，却全然不曾著力，盖未有能用旬月功夫，熟读一卷书者。及至见人泛然发问，临时凑合，不曾举得一两行经传成文，不曾照得一两处首尾相贯，其能言者，不过以己私意，敷演立说，与圣贤本意义理实处，了无干涉，何况望其更能反求诸己，真实见得，真实行得耶？如此求师，徒费脚力，不如归家杜门，依老苏法，以二三年为期，正襟危坐，将《大学》、《论语》、《中庸》、《孟子》，及《诗》、《书》、《礼记》，程、张诸书分明易晓处，反复读之，更就自己身心上存养玩索，著实行履，有箇入处，方好求师。证其所得而订其谬误，是乃所谓就有道而正焉者，而学之成也可冀矣。如其不然，未见其可，故书其说，以示来者云。

《又谕学者》

书不记，熟读可记；义不精，细思可精。惟有志不立，直是无著力处。只如而今，贪利禄而不贪道义，要作贵人而不要作好人，皆是志不立之病，直须反复思量，究见病痛起处，勇猛奋跃，不复作此等人。一跃跃出，见得圣贤所说千言万语，都无一字不是实语，方始立得此志，就此积累工夫，迤逦向上去，大有事在。诸君勉旃，不是小事。

乐 学 歌

王 艮①

　　人心本自乐，自将私欲缚。私欲一萌时，良知还自觉。一觉便消除，人心依旧乐。乐是乐此学，学是学此乐。不乐不是学，不学不是乐。乐便然后学，学便然后乐。乐是学，学是乐。于乎，天下之乐何如此学，天下之学何如此乐！

---

① 王艮（1483—1541），字汝止，号心斋，明代哲学家，东台安丰场（今东台市安丰镇）人。创立传承阳明心学的泰州学派，初名银，王守仁替他改名为艮。著有《三贤全集》。

师　说

韩　愈[①]

古之学者必有师。师者，所以传道受业解惑也。人非生而知之者，孰能无惑？惑而不从师，其为惑也，终不解矣。生乎吾前，其闻道也固先乎吾，吾从而师之；生乎吾后，其闻道也亦先乎吾，吾从而师之：吾师道也，夫庸知其年之先后生于吾乎？是故无贵无贱、无长无少，道之所存，师之所存也。嗟乎！师道之不传也久矣，欲人之无惑也难矣！古之圣人，其出人也远矣，犹且从师而问焉；今之众人，其下圣人也亦远矣，而耻学于师。是故圣益圣，愚益愚。圣人之所以为圣，愚人之所以为愚，其皆出于此乎？

爱其子，择师而教之；于其身也，则耻师焉；惑矣！彼童子之师，授之书而习其句读者，非吾所谓传其道解其惑者也。句读之不知，惑之不解，或师焉，或不焉，小学而大遗，吾未见其明也。

巫医乐师百工之人，不耻相师。士大夫之族，曰师、曰弟子云者，则群聚而笑之。问之，则曰："彼与彼年相若也，道相似也。位卑则足羞，官盛则近谀。"呜呼，师道之不复可知矣！巫医乐师百工之人，君子不齿，今其智乃反不能及，其可怪也欤！

圣人无常师。孔子师郯子、苌弘、师襄、老聃。郯子之徒，其贤不及孔子，孔子曰："三人行，则必有我师。"是故弟子不必不如师，师不必贤于弟子，闻道有先后，术业有专攻，如是而已。

李氏子蟠，年十七，好古文，六艺经传皆通习之，不拘于时，学于余。余嘉其能行古道，作《师说》以贻之。

①　韩愈（768—824），字退之，河南河阳（今河南省孟州市）人。自称"郡望昌黎"，世称"韩昌黎""昌黎先生"。唐代杰出的文学家、思想家、哲学家、政治家。贞元八年（792年），韩愈登进士第，两任节度推官，累官监察御史。后因论事而被贬阳山，历都官员外郎、史馆修撰、中书舍人等职。晚年官至吏部侍郎，人称"韩吏部"。长庆四年（824年），韩愈病逝，年五十七，追赠礼部尚书，谥号"文"，故称"韩文公"。韩愈是唐代古文运动的倡导者，被后人尊为"唐宋八大家"之首。著有《韩昌黎集》等。

原　性

韩　愈

性也者，与生俱生也；情也者，接于物而生也。性之品有三，而其所以为性者五；情之品有三，而其所以为情者七。

曰何也？曰性之品有上、中、下三。上焉者，善焉而已矣；中焉者，可导而上下也；下焉者，恶焉而已矣。其所以为性者五：曰仁、曰礼、曰信、曰义、曰智。上焉者之于五也，主于一而行于四；中焉者之于五也，一不少有焉，则少反焉，其于四也混；下焉者之于五也，反于一而悖于四。性之于情视其品。情之品有上中下三，其所以为情者七：曰喜、曰怒、曰哀、曰惧、曰爱、曰恶、曰欲。上焉者之于七也，动而处其中；中焉者之于七也，有所甚，有所亡，然而求合其中者也；下焉者之于七也，亡与甚，直情而行者也。情之于性视其品。

孟子之言性曰：人之性善；荀子之言性曰：人之性恶；扬子之言性曰：人之性善恶混。夫始善而进恶，与始恶而进善，与始也混而今也善恶；皆举其中而遗其上下者也，得其一而失其二者也。叔鱼之生也，其母视之，知其必以贿死；杨食我之生也，叔向之母闻其号也，知必灭其宗；越椒之生也，子文以为大戚，知若敖氏之鬼不食也：人之性果善乎？后稷之生也，其母无灾，其始匍匐也，则岐岐然，嶷嶷然；文王之在母也，母不忧，既生也，傅不勤，既学也，师不烦：人之性果恶乎？尧之朱、舜之均、文王之管蔡，习非不善也，而卒为奸；瞽瞍之舜、鲧之禹，习非不恶也，而卒为圣：人之性善恶果混乎？故曰：三子之言性也，举其中而遗其上下者也；得其一而失其二者也。曰：然则性之上下者，其终不可移乎？曰：上之性，就学而愈明；下之性，畏威而寡罪；是故上者可教，而下者可制也。其品则孔子谓不移也。

曰：今之言性者异于此，何也？曰：今之言者，杂佛老而言也；杂佛老而言也者，奚言而不异！

《孟子》选编

1-1

孟子见梁惠王。王曰:"叟!不远千里而来,亦将有以利吾国乎?"

孟子对曰:"王!何必曰利?亦有仁义而已矣。王曰:'何以利吾国?'大夫曰:'何以利吾家?'士庶人曰:'何以利吾身?'上下交征利而国危矣。万乘之国,弑其君者,必千乘之家;千乘之国,弑其君者,必百乘之家。万取千焉,千取百焉,不为不多矣。苟为后义而先利,不夺不餍。未有仁而遗其亲者也,未有义而后其君者也。王亦曰仁义而已矣,何必曰利?"

1-7

齐宣王问曰:"齐桓、晋文之事可得闻乎?"

孟子对曰:"仲尼之徒无道桓文之事者,是以后世无传焉,臣未之闻也。无以,则王乎?"

曰:"德何如则可以王矣?"

曰:"保民而王,莫之能御也。"

曰:"若寡人者,可以保民乎哉?"

曰:"可。"

曰:"何由知吾可也?"

曰:"臣闻之胡龁曰,王坐于堂上,有牵牛而过堂下者,王见之,曰:'牛何之?'对曰:'将以衅钟。'王曰:'舍之!吾不忍其觳觫,若无罪而就死地。'对曰:'然则废衅钟与?'曰:'何可废也?以羊易之!'——不识有诸?"

曰:"有之。"

曰:"是心足以王矣。百姓皆以王为爱也,臣固知王之不忍也。"

王曰:"然;诚有百姓者。齐国虽褊小,吾何爱一牛?即不忍其觳觫,若无罪而就死地,故以羊易之也。"

曰:"王无异于百姓之以王为爱也。以小易大,彼恶知之?王若隐其无罪而就死地,则牛羊何择焉?"

王笑曰:"是诚何心故?我非爱其财而易之以羊也。宜乎百姓之谓我爱也。"

曰:"无伤也,是乃仁术也,见牛未见羊也。君子之于禽兽也,见其生,不忍见其死;闻其声,不忍食其肉。是以君子远庖厨也。"

王说曰:"诗云:'他人有心,予忖度之。'夫子之谓也。夫我乃行之,反而求之,不得吾心。夫子言之,于我心有戚戚焉。此心之所以合于王者,何也?"

曰:"有复于王者曰:'吾力足以举百钧,而不足以举一羽;明足以察秋毫之末,而不见舆薪,则王许之乎?"

曰:"否。"

"今恩足以及禽兽,而功不至于百姓者,独何与?然则一羽之不举,为不用力焉;舆薪之不见,为不用明焉;百姓之不见保,为不用恩焉。故王之不王,不为也,非不能也。"

曰:"不为者与不能者之形何以异?"

曰:"挟太山以超北海,语人曰,'我不能。'是诚不能也。为长者折枝,语人曰:'我不能。'是不为也,非不能也。故王之不王,非挟太山以超北海之类也;王之不王,是折枝之类也。"

"老吾老,以及人之老;幼吾幼,以及人之幼。天下可运于掌。诗云:'刑于寡妻,至于兄弟,以御于家邦。'言举斯心加诸彼而已。故推恩足以保四海,不推恩无以保妻子。古之人所以大过人者,无他焉,善推其所为而已矣。今恩足以及禽兽,而功不至于百姓者,独何与?"

"权,然后知轻重;度,然后知长短。物皆然,心为甚。王请度之!"

"抑王兴甲兵,危士臣,构怨于诸侯,然后快于心与?"

王曰:"否;吾何快于是?将以求吾所大欲也。"

曰:"王之所大欲可得闻与?"

王笑而不言。

曰:"为肥甘不足于口与?轻暖不足于体与?抑为采色不足视于目与?声音不足听于耳与?便嬖不足使令于前与?王之诸臣皆足以供之,而王岂为是哉?"

曰:"否;吾不为是也。"

曰："然则王之所大欲可知已，欲辟土地，朝秦楚，莅中国而抚四夷也。以若所为求若所欲，犹缘木而求鱼也。"

王曰："若是其甚与？"

曰："殆有甚焉。缘木求鱼，虽不得鱼，无后灾。以若所为求若所欲，尽心力而为之，后必有灾。"

曰："可得闻与？"

曰："邹人与楚人战，则王以为孰胜？"

曰："楚人胜。"

曰："然则小固不可以敌大，寡固不可以敌众，弱固不可以敌强。海内之地方千里者九，齐集有其一。以一服八，何以异于邹敌楚哉？盖亦反其本矣。"

"今王发政施仁，使天下仕者皆欲立于王之朝，耕者皆欲耕于王之野，商贾皆欲藏于王之市，行旅皆欲出于王之塗，天下之欲疾其君者皆欲赴愬于王。其若是，孰能御之？"

王曰："吾惛，不能进于是矣。愿夫子辅吾志，明以教我。我虽不敏，请尝试之。"

曰："无恒产而有恒心者，惟士为能。若民，则无恒产，因无恒心。苟无恒心，放辟邪侈，无不为己。及陷于罪，然后从而刑之，是罔民也。焉有仁人在位罔民而可为也？是故明君制民之产，必使仰足以事父母，俯足以畜妻子，乐岁终身饱，凶年免于死亡；然后驱而之善，故民之从之也轻。"

"今也制民之产，仰不足以事父母，俯不足以畜妻子；乐岁终身苦，凶年不免于死亡。此惟救死而恐不赡，奚暇治礼义哉？"

"王欲行之，则盍反其本矣：五亩之宅，树之以桑，五十者可以衣帛矣。鸡豚狗彘之畜，无失其时，七十者可以食肉矣。百亩之田，勿夺其时，八口之家可以无饥矣。谨庠序之教，申之以孝悌之义，颁白者不负戴于道路矣。老者衣帛食肉，黎民不饥不寒，然而不王者，未之有也。"

3-2

公孙丑问曰："夫子加齐之卿相，得行道焉，虽由此霸王，不异矣。如此，则动心否乎？"

孟子曰："否；我四十不动心。"

曰："若是，则夫子过孟贲远矣。"

曰："是不难，告子先我不动心。"

曰："不动心有道乎？"

曰："有。北宫黝之养勇也：不肤桡，不目逃，思以一豪挫于人，若挞之于市朝；不受于褐宽博，亦不受于万乘之君；视刺万乘之君，若刺褐夫；无严诸侯，恶声至，必反之。孟施舍之所养勇也，曰：'视不胜犹胜也；量敌而后进，虑胜而后会，是畏三军者也。舍岂能为必胜哉？能无惧而已矣。'孟施舍似曾子，北宫黝似子夏。夫二子之勇，未知其孰贤，然而孟施舍守约也。昔者曾子谓子襄曰：'子好勇乎？吾尝闻大勇于夫子矣：自反而不缩，虽褐宽博，吾不惴焉；自反而缩，虽千万人，吾往矣。'孟施舍之守气，又不如曾子之守约也。"

曰："敢问夫子之不动心与告子之不动心，可得闻与？"

"告子曰：'不得于言，勿求于心；不得于心，勿求于气。'不得于心，勿求于气，可；不得于言，勿求于心，不可。夫志，气之帅也；气，体之充也。夫志至焉，气次焉；故曰：'持其志，无暴其气。'"

"既曰：'志至焉，气次焉。'又曰：'持其志，无暴其气'何也？"

曰："志壹则动气，气壹则动志也。今夫蹶者趋者，是气也，而反动其心。"

"敢问夫子恶乎长？"

曰："我知言，我善养吾浩然之气。"

"敢问何谓浩然之气？"

曰："难言也。其为气也，至大至刚，以直养而无害，则塞于天地之间。其为气也，配义与道；无是，馁也。是集义所生者，非义袭而取之也。行有不慊于心，则馁矣。我故曰，告子未尝知义，以其外之也。必有事焉，而勿正，心勿忘，勿助长也。无若宋人然：宋人有闵其苗之不长而揠之者，芒芒然归，谓其人曰：'今日病矣！予助苗长矣！'其子趋而往视之，苗则槁矣。天下之不助苗长者寡矣。以为无益而舍之者，不耘苗者也；助之长者，揠苗者也——非徒无益，而又害之。"……

3-4

孟子曰："仁则荣，不仁则辱；今恶辱而居不仁，是犹恶湿而居下也。如恶之，莫如贵德而尊士，贤者在位，能者在职；国家闲暇，及是时，明其政刑。虽大国，必畏之矣。诗云：'迨天之未阴雨，彻彼桑土，绸缪牖户。今此下民，或敢侮予？'孔子曰：'为此诗者，其知道乎！能治其国家，谁敢侮之？'今国家闲暇，及是时，般乐怠敖，是自求祸也。祸福无不自己求之者。诗云：'永言配命，自求多福。'太甲曰：'天作孽，犹可违；自作孽，不可活。'此之谓也。"

3-6

孟子曰："人皆有不忍人之心。先王有不忍人之心，斯有不忍人之政矣。以不忍人之心，行不忍人之政，治天下可运之掌上。所以谓人皆有不忍人之心者，今人乍见孺子将入于井，皆有怵惕恻隐之心——非所以内交于孺子之父母也，非所以要誉于乡党朋友也，非恶其声而然也。由是观之，无恻隐之心，非人也；无羞恶之心，非人也；无辞让之心，非人也；无是非之心，非人也。恻隐之心，仁之端也；羞恶之心，义之端也；辞让之心，礼之端也；是非之心，智之端也。人之有是四端也，犹其有四体也。有是四端而自谓不能者，自贼者也；谓其君不能者，贼其君者也。凡有四端于我者，知皆扩而充之矣，若火之始然，泉之始达。苟能充之，足以保四海；苟不充之，不足以事父母。"

3-7

孟子曰："矢人岂不仁于函人哉？矢人唯恐不伤人，函人唯恐伤人。巫匠亦然。故术不可不慎也。孔子曰：'里仁为美。择不处仁，焉得智？'夫仁，天之尊爵也，人之安宅也。莫之御而不仁，是不智也。不仁、不智，无礼、无义，人役也。人役而耻为役，由弓人而耻为弓，矢人而耻为矢也。如耻之，莫如为仁。仁者如射：射者正己而后发；发而不中，不怨胜己者，反求诸己而已矣。"

4-1

孟子曰："天时不如地利，地利不如人和。三里之城，七里之郭，环而攻之而不胜。夫环而攻之，必有得天时者矣；然而不胜者，是天时不如地利也。城非不高也，池非不深也，兵革非不坚利也，米粟非不多也；委而去之，是地利不如人和也。故曰：域民不以封疆之界，固国不以山溪之险，威天下不以兵革之利。得道者多助，失道者寡助。寡助之至，亲戚畔之；多助之至，天下顺之。以天下之所顺，攻亲戚之所畔；故君子有不战，战必胜矣。"

7-1

孟子曰："离娄之明、公输子之巧，不以规矩，不能成方圆；师旷之聪，不以六律，不能正五音；尧舜之道，不以仁政，不能平治天下。今有仁心仁闻而民不被其泽、不可法于后世者，不行先王之道也。故曰，徒善不足以为政，徒法不能以自行。诗云，'不愆不忘，率由旧章。'遵先王之法而过者，未之有也。圣人既竭目力焉，继之以规矩准绳，以为方员平直，不可胜用也；既竭耳力焉，继之以六律正五音，不可胜用也；既竭心思焉，继之以不忍人之政，而仁覆天下矣。故曰，为高必因丘陵，为下必因川泽；为政不因先王之道，可谓智乎？是以惟仁者宜在高位。不仁而在高位，是播其恶于众也。上无道揆也，下无法守也，朝不信道，工不信度，君子犯义，小人犯刑，国之所存者幸也。故曰，城郭不完，兵甲不多，非国之灾也；田野不辟，货财不聚，非国之害也。上无礼，下无学，贼民兴，丧无日矣。诗曰：'天之方蹶，无然泄泄。'泄泄犹沓沓也。事君无义，进退无礼，言则非先王之道者，犹沓沓也。故曰，责难于君谓之恭，陈善闭邪谓之敬，吾君不能谓之贼。"

7-4

孟子曰："爱人不亲，反其仁；治人不治，反其智；礼人不答，反其敬——行有不得者皆反求诸己，其身正而天下归之。诗云：'永言配命，自求多福。'"

7-5

孟子曰："人有恒言，皆曰，'天下国家。'天下之本在国，国之本在家，家之本在身。"

7-9

孟子曰："桀纣之失天下也，失其民也；失其民者，失其心也。得天下有道：得其民，斯得天下矣；得其民有道：得其心，斯得民矣；得其心有道：所欲与之聚之，所恶勿施，尔也。民之归仁也，犹水之就下、兽之走圹也。故为渊驱鱼者，獭也；为丛驱爵者，鹯也；为汤武驱民者，桀与纣也。今天下之君有好仁者，则诸侯皆为之驱矣。虽欲无王，不可得已。今之欲王者，犹七年之病求三年之艾也。苟为不畜，终身不得。苟不志于仁，终身忧辱，以陷于死亡。诗云，'其何能淑，载胥及溺。'此之谓也。"

7-10

孟子曰："自暴者，不可与有言也；自弃者，不可与有为也。言非礼义，谓之自暴也；吾身不能居仁由义，谓之自弃也。仁，人之安宅也；义，人之正路也。旷安宅而弗居，舍正路而不由，哀哉！"

7-15

孟子曰："存乎人者，莫良于眸子。眸子不能掩其恶。胸中正，则眸子瞭焉；胸中不正，则眸子眊焉。听其言也，观其眸子，人焉廋哉？"

7-16

孟子曰："恭者不侮人，俭者不夺人。侮夺人之君，惟恐不顺焉，恶得为恭俭？恭俭岂可以声音笑貌为哉？"

7-17

淳于髡曰："男女授受不亲，礼与？"

孟子曰："礼也。"

曰："嫂溺，则援之以手乎？"

曰："嫂溺不援，是豺狼也。男女授受不亲，礼也；嫂溺，援之以手者，权也。"

曰："今天下溺矣，夫子之不援，何也？"

曰："天下溺，援之以道；嫂溺，援之以手——子欲手援天下乎？"

7-20

孟子曰："人不足与适也，政不足闲也；唯大人为能格君心之非。君仁，莫不仁；君义，莫不义；君正，莫不正。一正君而国定矣。"

7-21

孟子曰："有不虞之誉，有求全之毁。"

7-23

孟子曰："人之患在好为人师。"

8-8

孟子曰："人有不为也，而后可以有为。"

8-11

孟子曰："大人者，言不必信，行不必果，惟义所在。"

8-12

孟子曰："大人者，不失其赤子之心者也。"

8-14

孟子曰："君子深造之以道，欲其自得之也。自得之，则居之安；居之安，则资之深；资之深，则取之左右逢其原，故君子欲其自得之也。"

8-15

孟子曰："博学而详说之，将以反说约也。"

8-19

孟子曰："人之所以异于禽兽者几希，庶民去之，君子存之。舜明于庶物，察于人伦，由仁义行，非行仁义也。"

8-24

逢蒙学射于羿，尽羿之道，思天下惟羿为愈己，于是杀羿。孟子曰："是亦羿有罪焉。"

公明仪曰："宜若无罪焉。"

曰："薄乎云尔，恶得无罪？郑人使子濯孺子侵卫，卫使庾公之斯追之。子濯孺子曰：'今日我疾作，不可以执弓，吾死矣夫！'问其仆曰：'追我者谁也？'其仆曰：'庾公之斯也。'曰：'吾生矣。'其仆曰：'庾公之斯，卫之善射者也；夫子曰吾生，何谓也？'曰：'庾公之斯学射于尹公之他，尹公之他学射于我。夫尹公之他，端人也，其取友必端矣。'庾公之斯至，曰：'夫子何为不执弓？'曰：'今日我疾作，不可以执弓。'曰：'小人学射于尹公之他，尹公之他学射于夫子。我不忍以夫子之道反害夫子。虽然，今日之事，君事也，我不敢废。'抽矢，扣轮，去其金，发乘矢而后反。"

8-25

孟子曰："西子蒙不洁，则人皆掩鼻而过之；虽有恶人，齐戒沐浴，则可以祀上帝。"

8-28

孟子曰："君子所以异于人者，以其存心也。君子以仁存心，以礼存心。仁者爱人，有礼者敬人。爱人者，人恒爱之；敬人者，人恒敬之。有人于此，其待我以横逆，则君子必自反也：我必不仁也，必无礼也，此物奚宜至哉？其自反而仁矣，自反而有礼矣，其横逆由是也，君子必自反也，我必不忠。自反而忠矣，其横逆由是也，君子曰：'此亦妄人也已矣。如此，则与禽兽奚择哉？于禽兽又何难焉？'是故君子有终身之忧，无一朝之患也。乃若所忧则有之：舜，人也；我，亦人也。舜为法于天下，可传于后世，我由未免为乡人也，是则可忧也。忧之如何？如舜而已矣。若夫君子所患则亡矣。非仁无为也，非礼无行也。如有一朝之患，则君子不患矣。"

8-29

禹、稷当平世，三过其门而不入，孔子贤之。颜子当乱世，居于陋巷，一箪食，一瓢饮，人不堪其忧，颜子不改其乐，孔子贤之。孟子曰："禹、稷、颜回同道。禹思天下有溺者，由己溺之也；稷思天下有饥者，由己饥之也，是以如是其急也。禹、稷、颜子易地则皆然。今有同室之人斗者，救之，虽被发缨冠而救之，可也；乡邻有斗者，被发缨冠而往救之，则惑也；虽闭户可也。

9-2

万章问曰："诗云，'娶妻如之何？必告父母'。信斯言也，宜莫如舜。舜之不告而娶，何也？"

孟子曰："告则不得娶。男女居室，人之大伦也。如告，则废人之大伦，以怼父母，是以不告也。"

万章曰："舜之不告而娶，则吾既得闻命矣；帝之妻舜而不告，何也？"

曰："帝亦知告焉则不得妻也。"

万章曰："父母使舜完廪，捐阶，瞽瞍焚廪。使浚井，出，从而掩之。象曰：'谟盖都君咸我绩，牛羊父母，仓廪父母，干戈朕，琴朕，弤朕，二嫂使治朕栖。'象往入舜宫，舜在牀琴。象曰：'郁陶思君尔。'忸怩。舜曰：'惟兹臣庶，汝其于予治。'不识舜不知象之将杀己与？"

曰："奚而不知也？象忧亦忧，象喜亦喜。"

曰："然则舜伪喜者与？"

曰："否；昔者有馈生鱼于郑子产，子产使校人畜之池。校人烹之，反命曰：'始舍之，圉圉焉；少则洋洋焉；攸然而逝。'子产曰：'得其所哉！得其所哉！'校人出，曰：'孰谓子产智？予既烹而食之，曰，得其所哉，得其所哉。'故君子可欺以其方，难罔以非其道。彼以爱兄之道来，故诚信而喜之，奚伪焉？"

11-1

告子曰："性犹杞柳也，义犹杯棬也；以人性为仁义，犹以杞柳为杯棬。"

孟子曰："子能顺杞柳之性而以为杯棬乎？将戕贼杞柳而后以为杯棬也？如将戕贼杞柳而以为杯棬，则亦将戕贼人以为仁义与？率天下之人而祸仁义者，必子之言夫！"

11-2

告子曰："性犹湍水也，决诸东方则东流，决诸西方则西流。人性之无分于善不善也，犹水之无分于东西也。"

孟子曰："水信无分于东西，无分于上下乎？人性之善也，犹水之就下也。人无有不善，水无有不下。今夫水，搏而跃之，可使过颡；激而行之，可使在山。是岂水之性哉？其势则然也。人之可使为不善，其性亦犹是也。"

11-3

告子曰："生之谓性。"

孟子曰："生之谓性也，犹白之谓白与？"

曰："然。"

"白羽之白也，犹白雪之白；白雪之白犹白玉之白与？"

曰："然。"

"然则犬之性犹牛之性，牛之性犹人之性与？"

11-4

告子曰："食色，性也。仁，内也，非外也；义，外也，非内也。"

孟子曰："何以谓仁内义外也？"

曰："彼长而我长之，非有长于我也；犹彼白而我白之，从其白于外也，故谓之外也。"

曰："异于白马之白也，无以异于白人之白也；不识长马之长也，无以异于长人之长与？且谓长者义乎？长之者义乎？"

曰："吾弟则爱之，秦人之弟则不爱也，是以我为悦者也，故谓之内。长楚人之长，亦长吾之长，是以长为悦者也，故谓之外也。"

曰："耆秦人之炙，无以异于耆吾炙，夫物则亦有然者也，然则耆炙亦有外与？"

11-6

公都子曰："告子曰：'性无善无不善也。'或曰：'性可以为善，可以为不善；是故文武兴，则民好善；幽厉兴，则民好暴。'或曰：'有性善，有性不善；是故以尧为君而有象；以瞽瞍为父而有舜；以纣为兄之子，且以为君，而有微子启、王子比干。'今曰'性善'，然则彼皆非与？"

孟子曰："乃若其情，则可以为善矣，乃所谓善也。若夫为不善，非才之罪也。恻隐之心，人皆有之；羞恶之心，人皆有之；恭敬之心，人皆有之；是非之心，人皆有之。恻隐之心，仁也；羞恶之心，义也；恭敬之心，礼也；是非之心，智也。仁义礼智，非由外铄我也，我固有之也，弗思耳矣。故曰，'求则得之，舍则失之。'或相倍蓰而无算者，不能尽其才者也。诗曰，'天生蒸民，有物有则。民之秉彝，好是懿德。'孔子曰：'为此诗者，其知道乎！故有物必有则；民之秉彝也，故好是懿德。'"

11-7

孟子曰："富岁，子弟多赖；凶岁，子弟多暴，非天之降才尔殊也，其所以陷溺其心者然也。今夫𪎭麦，播种而耰之，其地同，树之时又同，浡然而生，至于日至之时，皆熟矣。虽有不同，则地有肥硗，雨露之养、人事之不齐也。故凡同类者，举相似也，何独至于人而疑之？圣人，与我同类者。故龙子曰：'不知足而为屦，我知其不为蒉也。'屦之相似，天下之足同也。口之于味，有同耆也；易牙先得我口之所耆者也。如使口之于味也，其性与人殊，若犬马之与我不同类也，则天下何耆皆从易牙之于味也？至于味，天下期于易牙，是天下之口相似也。惟耳亦然。至于声，天下期于师旷，是天下之耳相似也。惟目亦然。至于子都，天下莫不知其姣也。不知子都之姣者，无目者也。故曰，口之于味也，有同耆焉；耳之于声也，有同听焉；目之于色也，有同美焉。至于心，独无所同然乎？心之所同然者何也？谓理也，义也。圣人先得我心之所同然耳。故理义之悦我心，犹刍豢之悦我口。”

11-8

孟子曰：“牛山之木尝美矣，以其郊于大国也，斧斤伐之，可以为美乎？是其日夜之所息，雨露之所润，非无萌蘗之生焉，牛羊又从而牧之，是以若彼濯濯也。人见其濯濯也，以为未尝有材焉，此岂山之性也哉？虽存乎人者，岂无仁义之心哉？其所以放其良心者，亦犹斧斤之于木也，旦旦而伐之，可以为美乎？其日夜之所息，平旦之气，其好恶与人相近也者几希，则其旦昼之所为，有梏亡之矣。梏之反覆，则其夜气不足以存；夜气不足以存，则其违禽兽不远矣。人见其禽兽也，而以为未尝有才焉者，是岂人之情也哉？故苟得其养，无物不长；苟失其养，无物不消。孔子曰：‘操则存，舍则亡；出入无时，莫知其乡。’惟心之谓与？”

11-9

孟子曰：“无或乎王之不智也。虽有天下易生之物也，一日暴之，十日寒之，未有能生者也。吾见亦罕矣，吾退而寒之者至矣，吾如有萌焉何哉？今夫弈之为数，小数也；不专心致志，则不得也。弈秋，通国之善弈者也。使弈秋诲二人弈，其一人专心致志，惟弈秋之为听。一人虽听之，一心以为有鸿鹄将至，思援弓缴而射之，虽与之俱学，弗若之矣。为是其智弗若与？曰：非然也。”

11-10

孟子曰：“鱼，我所欲也，熊掌亦我所欲也；二者不可得兼，舍鱼而取熊掌者也。生亦我所欲也，义亦我所欲也；二者不可得兼，舍生而取义者也。生亦我所欲，所欲有甚于生者，故不为苟得也；死亦我所恶，所恶有甚于死者，故患有所不辟也。如使人之所欲莫甚于生，则凡可以得生者，何不用也？使人之所恶莫甚于死者，则凡可以辟患者，何不为也？由是则生而有不用也，由是则可以辟患而有不为也，是故所欲有甚于生者，所恶有甚于死者。非独贤者有是心也，人皆有之，贤者能勿丧耳。一箪食，一豆羹，得之则生，弗得则死，呼尔而与之，行道之人弗受；蹴尔而与之，乞人不屑也。万钟则不辩礼义而受之。万钟于我何加焉？为宫室之美、妻妾之奉、所识穷乏者得我与？乡为身死而不受，今为宫室之美为之；乡为身死而不受，今为妻妾之奉为之；乡为身死而不受，今为所识穷乏者得我而为之，是亦不可以已乎？此之谓失其本心。"

11-11

孟子曰："仁，人心也；义，人路也。舍其路而弗由，放其心而不知求，哀哉！人有鸡犬放，则知求之；有放心而不知求。学问之道无他，求其放心而已矣。"

11-12

孟子曰："今有无名之指屈而不信，非疾痛害事也，如有能信之者，则不远秦楚之路，为指之不若人也。指不若人，则知恶之；心不若人，则不知恶，此之谓不知类也。"

11-13

孟子曰："拱把之桐梓，人苟欲生之，皆知所以养之者。至于身，而不知所以养之者，岂爱身不若桐梓哉？弗思甚也。"

11-15

公都子问曰："钧是人也，或为大人，或为小人，何也？"

孟子曰："从其大体为大人，从其小体为小人。"

曰："钧是人也，或从其大体，或从其小体，何也？"

曰："耳目之官不思，而蔽于物。物交物，则引之而已矣。心之官则思，思则得之，不思则不得也。此天之所与我者。先立乎其大者，则其小者不能夺也。此为大人而已矣。"

11-19

孟子曰："五谷者，种之美者也；苟为不熟，不如荑稗。夫仁，亦在乎熟之而已矣。"

11-20

孟子曰："羿之教人射，必志于彀；学者亦必志于彀。大匠诲人必以规矩，学者亦必以规矩。"

12-2

曹交问曰："人皆可以为尧舜，有诸？"

孟子曰："然。"

"交闻文王十尺，汤九尺，今交九尺四寸以长，食粟而已，如何则可？"

曰："奚有于是？亦为之而已矣。有人于此，力不能胜一匹雏，则为无力人矣；今曰举百钧，则为有力人矣。然则举乌获之任，是亦为乌获而已矣。夫人岂以不胜为患哉？弗为耳。徐行后长者谓之弟，疾行先长者谓之不弟。夫徐行者，岂人所不能哉？所不为也。尧舜之道，孝弟而已矣。子服尧之服，诵尧之言，行尧之行，是尧而已矣。子服桀之服，诵桀之言，行桀之行，是桀而已矣。"

曰："交得见于邹君，可以假馆，愿留而受业于门。"

曰："夫道若大路然，岂难知哉？人病不求耳。子归而求之，有余师。"

12-13

鲁欲使乐正子为政。孟子曰："吾闻之，喜而不寐。"

公孙丑曰："乐正子强乎？"

曰："否。"

"有知虑乎？"

曰："否。"

"多闻识乎？"

曰："否。"

"然则奚为喜而不寐？"

曰："其为人也好善。"

"好善足乎？"

曰："好善优于天下，而况鲁国乎？夫苟好善，则四海之内皆将轻千里而来告之以善；夫苟不好善，则人将曰：'訑訑，予既已知之矣。'訑訑之声音颜色距人于千里之外。士止于千里之外，则谗谄面谀之人至矣。与谗谄面谀之人居，国欲治，可得乎？"

12-15

孟子曰："舜发于畎亩之中，傅说举于版筑之间，胶鬲举于鱼盐之中，管夷吾举于士，孙叔敖举于海，百里奚举于市。故天将降大任于是人也，必先苦其心志，劳其筋骨，饿其体肤，空乏其身，行拂乱其所为，所以动心忍性，曾益其所不能。人恒过，然后能改；困于心，衡于虑，而后作；征于色，发于声，而后喻。入则无法家拂士，出则无敌国外患者，国恒亡。然后知生于忧患而死于安乐也。"

12-16

孟子曰："教亦多术矣，予不屑之教诲也者，是亦教诲之而已矣。"

13-1

孟子曰："尽其心者，知其性也。知其性，则知天矣。存其心，养其性，所以事天也。夭寿不贰，修身以俟之，所以立命也。"

13-3

孟子曰："求则得之，舍则失之，是求有益于得也，求在我者也。求之有道，得之有命，是求无益于得也，求在外者也。"

13-4

孟子曰："万物皆备于我矣。反身而诚，乐莫大焉。强恕而行，求仁莫近焉。"

13-5

孟子曰："行之而不著焉，习矣而不察焉，终身由之而不知其道者，众也。"

13-6

孟子曰："人不可以无耻，无耻之耻，无耻矣。"

13-7

孟子曰："耻之于人大矣，为机变之巧者，无所用耻焉。不耻不若人，何若人有？"

13-9

孟子谓宋勾践曰："子好遊乎？吾语子遊。人知之，亦嚣嚣；人不知，亦嚣嚣。"

曰："何如斯可以嚣嚣矣？"

曰："尊德乐义，则可以嚣嚣矣。故士穷不失义，达不离道。穷不失义，故士得己焉；达不离道，故民不失望焉。古之人，得志，泽加于民；不得志，修身见于世。穷则独善其身，达则兼善天下。"

13-13

孟子曰："霸者之民驩虞如也，王者之民皞皞如也。杀之而不怨，利之而不庸，民日迁善而不知为之者。夫君子所过者化，所存者神，上下与天地同流，岂曰小补之哉？"

13-14

孟子曰："仁言不如仁声之入人深也，善政不如善教之得民也。善政，民畏之；善教，民爱之。善政得民财，善教得民心。"

13-15

孟子曰："人之所不学而能者，其良能也；所不虑而知者，其良知也。孩提之童无不知爱其亲者，及其长也，无不知敬其兄也。亲亲，仁也；敬长，义也；无他，达之天下也。"

13-16

孟子曰："舜之居深山之中，与木石居，与鹿豕游，其所以异于深山之野人者几希；及其闻一善言，见一善行，若决江河，沛然莫之能御也。"

13-17

孟子曰："无为其所不为，无欲其所不欲，如此而已矣。"

13-18

孟子曰："人之有德慧术知者，恒存乎疢疾。独孤臣孽子，其操心也危，其虑患也深，故达。"

13-20

孟子曰："君子有三乐，而王天下不与存焉。父母俱存，兄弟无故，一乐也；仰不愧于天，俯不怍于人，二乐也；得天下英才而教育之，三乐也。君子有三乐，而王天下不与存焉。"

13-21

孟子曰："广土众民，君子欲之，所乐不存焉；中天下而立，定四海之民，君子乐之，所性不存焉。君子所性，虽大行不加焉，虽穷居不损焉，分定故也。君子所性，仁义礼智根于心，其生色也睟然，见于面，盎于背，施于四体，四体不言而喻。"

13-24

孟子曰："孔子登东山而小鲁，登泰山而小天下，故观于海者难为水，游于圣人之门者难为言。观水有术，必观其澜。日月有明，容光必照焉。流水之为物也，不盈科不行；君子之志于道也，不成章不达。"

13-26

孟子曰："杨子取为我，拔一毛而利天下，不为也。墨子兼爱，摩顶放踵利天下，为之。子莫执中。执中为近之。执中无权，犹执一也。所恶执一者，为其贼道也，举一而废百也。"

13-27

孟子曰："饥者甘食，渴者甘饮，是未得得饮食之正也，饥渴害之也。岂惟口腹有饥渴之害？人心亦皆有害。人能无以饥渴之害为心害，则不及人不为忧矣。"

13-29

孟子曰："有为者辟若掘井，掘井九轫而不及泉，犹为弃井也。"

13-40

孟子曰："君子之所以教者五：有如时雨化之者，有成德者，有达财者，有答问者，有私淑艾者。此五者，君子之所以教也。"

13-41

公孙丑曰："道则高矣，美矣，宜若登天然，似不可及也；何不使彼为可几及而日孳孳也？"

孟子曰："大匠不为拙工改废绳墨，羿不为拙射变其彀率。君子引而不发，跃如也。中道而立，能者从之。"

13-44

孟子曰："于不可已而已者，无所不已。于所厚者薄，无所不薄也。其进锐者，其退速。"

13-45

孟子曰："君子之于物也，爱之而弗仁；于民也，仁之而弗亲。亲亲而仁民，仁民而爱物。"

14-5

孟子曰："梓匠轮舆能与人规矩，不能使人巧。"

14-15

孟子曰："圣人，百世之师也，伯夷、柳下惠是也。故闻伯夷之风者，顽夫廉，懦夫有立志；闻柳下惠之风者，薄夫敦，鄙夫宽。奋乎百世之上，百世之下，闻者莫不兴起也。非圣人而能若是乎？——而况于亲炙之者乎？"

14-16

孟子曰："仁也者，人也。合而言之，道也。"

14-21

孟子谓高子曰："山径之蹊，间介然用之而成路；为间不用，则茅塞之矣。今茅塞子之心矣。"

14-24

孟子曰："口之于味也，目之于色也，耳之于声也，鼻之于臭也，四肢之于安佚也，性也，有命焉，君子不谓性也。仁之于父子也，义之于君臣也，礼之于宾主也，知之于贤者也，圣人之于天道也，命也，有性焉，君子不谓命也。"

14-25

浩生不害问曰："乐正子何人也？"

孟子曰："善人也，信人也。"

"何谓善？何谓信？"

曰："可欲之谓善，有诸己之谓信，充实之谓美，充实而有光辉之谓大，大而化之之谓圣，圣而不可知之之谓神。乐正子，二之中、四之下也。"

14-31

孟子曰："人皆有所不忍，达之于其所忍，仁也；人皆有所不为，达之于其所为，义也。人能充无欲害人之心，而仁不可胜用也；人能充无穿踰之心，而义不可胜用也；人能充无受尔汝之实，无所往而不为义也。士未可以言而言，是以言餂之也；可以言而不言，是以不言餂之也，是皆穿踰之类也。"

14-32

孟子曰："言近而指远者，善言也；守约而施博者，善道也。君子之言也，不下带而道存焉；君子之守，修其身而天下平。人病舍其田而芸人之田——所求于人者重，而所以自任者轻。"

14-33

孟子曰："尧舜，性者也；汤武，反之也。动容周旋中礼者，盛德之至也。哭死而哀，非为生者也。经德不回，非以干禄也；言语必信，非以正行也。君子行法，以俟命而已矣。"

14-35

孟子曰："养心莫善于寡欲。其为人也寡欲，虽有不存焉者，寡矣；其为人也多欲，虽有存焉者，寡矣。"

中　庸

天命之谓性，率性之谓道，修道之谓教。

道也者，不可须臾离也；可离非道也。是故君子戒慎乎其所不睹，恐惧乎其所不闻。莫见乎隐，莫显乎微。故君子慎其独也。

喜怒哀乐之未发，谓之中。发而皆中节，谓之和。中也者，天下之大本也。和也者，天下之达道也。致中和，天地位焉，万物育焉。

仲尼曰："君子中庸，小人反中庸。"君子之中庸也，君子而时中。小人之中庸也（也有书作"小人之反中庸也"），小人而无忌惮也。

子曰："中庸其至矣乎！民鲜能久矣。"

子曰："道之不行也，我知之矣：知者过之，愚者不及也。道之不明也，我知之矣：贤者过之；不肖者不及也。人莫不饮食也，鲜能知味也。"

子曰："道其不行矣夫。"

子曰："舜其大知也与！舜好问而好察迩言，隐恶而扬善，执其两端，用其中于民。其斯以为舜乎！"

子曰："人皆曰予知，驱而纳诸罟擭陷阱之中，而莫之知辟也。人皆曰予知，择乎中庸，而不能期月守也。"

子曰："回之为人也，择乎中庸，得一善，则拳拳服膺而弗失之矣。"

子曰："天下国家可均也，爵禄可辞也，白刃可蹈也，中庸不可能也。"

子路问强。子曰："南方之强与？北方之强与？抑而强与？宽柔以教，不报无道，南方之强也，君子居之。衽金革，死而不厌，北方之强也，而强者居之。故君子和而不流，强哉矫。中立而不倚，强哉矫。国有道，不变塞焉，强哉矫。国无道，至死不变，强哉矫。"

子曰："素隐行怪，后世有述焉，吾弗为之矣。君子遵道而行，半塗而废，吾弗能已矣。君子依乎中庸，遁世不见知而不悔，唯圣者能之。"

君子之道，费而隐。夫妇之愚，可以与知焉，及其至也，虽圣人亦有所不知焉。夫妇之不肖，可以能行焉，及其至也，虽圣人亦有所不能焉。天地之大也，人犹有所憾。故君子语大，天下莫能载焉；语小，天下莫能破焉。诗云："鸢飞戾天，鱼跃于渊。"言其上下察也。君子之道，造端乎夫妇，及其至也，察乎天地。

子曰："道不远人。人之为道而远人，不可以为道。诗云：'伐柯伐柯，其则不远。'执柯以伐柯，睨而视之，犹以为远。故君子以人治人，改而止。"

忠恕违道不远。施诸己而不愿，亦勿施于人。

君子之道四，丘未能一焉：所求乎子以事父，未能也；所求乎臣以事君，未能也；所求乎弟以事兄，未能也；所求乎朋友先施之，未能也。庸德之行，庸言之谨；有所不足，不敢不勉；有余，不敢尽。言顾行，行顾言。君子胡不慥慥尔。

君子素其位而行，不愿乎其外。素富贵行乎富贵；素贫贱行乎贫贱；素夷狄行乎夷狄；素患难行乎患难。君子无入而不自得焉。

在上位不陵下；在下位不援上；正己而不求于人，则无怨。上不怨天，下不尤人。故君子居易以俟命，小人行险以徼幸。

子曰："射有似乎君子。失诸正鹄，反求诸其身。"

君子之道，辟如行远必自迩，辟如登高必自卑。诗曰："妻子好合，如鼓瑟琴。兄弟既翕，和乐且耽。宜尔室家，乐尔妻帑。"子曰："父母其顺矣乎。"

子曰："鬼神之为德，其盛矣乎。视之而弗见，听之而弗闻，体物而不可遗。使天下之人，齐明盛服，以承祭祀。洋洋乎如在其上，如在其左右。诗曰：'神之格思，不可度思，矧可射思？'夫微之显。诚之不可揜如此夫。"

子曰："舜其大孝也与！德为圣人，尊为天子，富有四海之内。宗庙飨之，子孙保之。故大德必得其位，必得其禄，必得其名，必得其寿。故天之生物，必因其材而笃焉。故栽者培之，倾者覆之。诗曰：'嘉乐君子，宪宪令德，宜民宜人。受禄于天。保佑命之，自天申之。'故大德者必受命。"

子曰："无忧者，其唯文王乎。以王季为父，以武王为子。父作之，子述之。武王缵大王、王季、文王之绪。壹戎衣而有天下，身不失天下之显名。尊为天子。富有四海之内。宗庙飨之，子孙保之。武王末受命，周公成文武之德，追王大王、王季，上祀先公以天子之礼。斯礼也，达乎诸侯大夫，及士庶人。父为大夫，子为士；葬以大夫，祭以士。父为士，子为大夫；葬以士，祭以大夫。期之丧，达乎大夫；三年之丧，达乎天子；父母之丧，无贵贱一也。”

子曰：“武王周公，其达孝矣乎。夫孝者，善继人之志，善述人之事者也。春秋修其祖庙，陈其宗器，设其裳衣，荐其时食。宗庙之礼，所以序昭穆也。序爵，所以辨贵贱也。序事，所以辨贤也。旅酬下为上，所以逮贱也。燕毛，所以序齿也。践其位，行其礼，奏其乐，敬其所尊，爱其所亲，事死如事生，事亡如事存，孝之至也。郊社之礼，所以事上帝也。宗庙之礼，所以祀乎其先也。明乎郊社之礼，禘尝之义，治国其如示诸掌乎。”

哀公问政。子曰：“文武之政，布在方策。其人存，则其政举；其人亡，则其政息。人道敏政，地道敏树。夫政也者，蒲卢也。故为政在人，取人以身，修身以道，修道以仁。仁者人也，亲亲为大。义者宜也，尊贤为大。亲亲之杀，尊贤之等，礼所生也。在下位不获乎上，民不可得而治矣。故君子不可以不修身。思修身，不可以不事亲。思事亲，不可以不知人。思知人，不可以不知天。

“天下之达道五，所以行之者三，曰：君臣也、父子也、夫妇也、昆弟也、朋友之交也。五者，天下之达道也。知、仁、勇三者，天下之达德也。所以行之者一也。或生而知之，或学而知之，或困而知之，及其知之一也。或安而行之，或利而行之，或勉强而行之，及其成功一也。”

子曰：“好学近乎知，力行近乎仁，知耻近乎勇。知斯三者，则知所以修身。知所以修身，则知所以治人。知所以治人，则知所以治天下国家矣。”

凡为天下国家有九经，曰：修身也，尊贤也，亲亲也，敬大臣也，体群臣也，子庶民也，来百工也，柔远人也，怀诸侯也。修身则道立，尊贤则不惑。亲亲则诸父昆弟不怨，敬大臣则不眩，体群臣则士之报礼重，子庶民则百姓劝，来百工则财用足，柔远人则四方归之，怀诸侯则天下畏之。齐明盛服，非礼不动：所以修身也。去谗远色，贱货而贵德，所以劝贤也。尊其位，重其禄，同其好恶，所以劝亲亲也。官盛任使，所以劝大臣也。忠信重禄，所以劝士也。时使薄敛，所以劝百姓也。日省月试，既禀称事，所以劝百工也。送往迎来，嘉善而矜不能，所以柔远人也。继绝世，举废国，治乱持危，朝聘以时，厚往而薄来，所以怀诸侯也。凡为天下国家有九经，所以行之者一也。

凡事豫则立，不豫则废。言前定则不跲；事前定则不困；行前定则不疚；道前定则不穷。

在下位不获乎上，民不可得而治矣。获乎上有道：不信乎朋友，不获乎上矣。信乎朋友有道：不顺乎亲，不信乎朋友矣。顺乎亲有道：反者身不诚，不顺乎亲矣。诚身有道：不明乎善，不诚乎身矣。

诚者，天之道也。诚之者，人之道也。诚者，不勉而中，不思而得：从容中道，圣人也。诚之者，择善而固执之者也。博学之，审问之，慎思之，明辨之，笃行之。有弗学，学之弗能，弗措也。有弗问，问之弗知，弗措也。有弗思，思之弗得，弗措也。有弗辨，辨之弗明，弗措也。有弗行，行之弗笃，弗措也。人一能之，己百之。人十能之，己千之。果能此道矣，虽愚必明，虽柔必强。"

自诚明，谓之性；自明诚，谓之教。诚则明矣，明则诚矣。

唯天下至诚为能尽其性。能尽其性，则能尽人之性。能尽人之性，则能尽物之性。能尽物之性，则可以赞天地之化育。可以赞天地之化育，则可以与天地参矣。

其次致曲，曲能有诚，诚则形，形则著，著则明，明则动，动则变，变则化。唯天下至诚为能化。

至诚之道，可以前知。国家将兴，必有祯祥；国家将亡，必有妖孽。见乎蓍龟，动乎四体。祸福将至，善必先知之；不善必先知之。故至诚如神。

诚者自成也，而道自道也。诚者，物之终始。不诚无物。是故君子诚之为贵。

诚者，非自成己而已也。所以成物也。成己，仁也。成物，知也。性之德也，合外内之道也。故时措之宜也。

故至诚无息。不息则久，久则征。征则悠远。悠远则博厚，博厚则高明。博厚所以载物也，高明所以覆物也，悠久所以成物也。博厚配地，高明配天，悠久无疆。如此者，不见而章，不动而变，无为而成。天地之道可一言而尽也：其为物不贰，则其生物不测。天地之道，博也，厚也，高也，明也，悠也，久也。

今夫天，斯昭昭之多，及其无穷也，日月星辰系焉，万物覆焉。今夫地，一撮土之多，及其广厚，载华岳而不重，振河海而不洩，万物载焉。今夫山，一卷石之多，及其广大，草木生之，禽兽居之，宝藏兴焉。今夫水，一勺之多，及其不测，鼋鼍蛟龙鱼鳖生焉，货财殖焉。

诗云："惟天之命，于穆不已。"盖曰，天之所以为天也。"于乎不显，文王之德之纯。"盖曰，文王之所以为文也。纯亦不已。

大哉圣人之道！洋洋乎，发育万物，峻极于天。优优大哉，礼仪三百，威仪三千。待其人然后行。故曰："苟不至德，至道不凝焉。"故君子尊德性而道问学，致广大而尽精微，极高明而道中庸。温故而知新，敦厚以崇礼。是故居上不骄，为下不倍。国有道，其言足以兴；国无道，其默足以容。诗曰："既明且哲，以保其身。"其此之谓与！

子曰："愚而好自用，贱而好自专。生乎今之世，反古之道。如此者，灾及其身者也。"

非天子不议礼，不制度，不考文。今天下车同轨，书同文，行同伦。虽有其位，苟无其德，不敢作礼乐焉。虽有其德，苟无其位，亦不敢作礼乐焉。

子曰："吾说夏礼，杞不足征也。吾学殷礼，有宋存焉。吾学周礼，今用之。吾从周。"

"王天下有三重焉，其寡过矣乎！上焉者，虽善无征，无征不信，不信民弗从。下焉者，虽善不尊，不尊不信，不信民弗从。故君子之道，本诸身，征诸庶民。考诸三王而不缪，建诸天地而不悖。质诸鬼神而无疑，百世以俟圣人而不惑。质诸鬼神而无疑，知天也。百世以俟圣人而不惑，知人也。是故君子动而世为天下道，行而世为天下法，言而世为天下则。远之则有望；近之则不厌。诗曰：'在彼无恶，在此无射；庶几夙夜，以永终誉。'君子未有不如此，而蚤有誉于天下者也。"

仲尼祖述尧舜，宪章文武。上律天时，下袭水土。辟如天地之无不持载，无不覆帱。辟如四时之错行，如日月之代明。万物并育而不相害，道并行而不相悖。小德川流，大德敦化。此天地之所以为大也。

唯天下至圣，为能聪明睿知，足以有临也；宽裕温柔，足以有容也；发强刚毅，足以有执也；齐庄中正，足以有敬也；文理密察，足以有别也。

溥博渊泉，而时出之。溥博如天，渊泉如渊。见而民莫不敬，言而民莫不信，行而民莫不说。

是以声名洋溢乎中国，施及蛮貊。舟车所至，人力所通，天之所覆，地之所载，日月所照，霜露所队，凡有血气者，莫不尊亲。故曰配天。

唯天下至诚，为能经纶天下之大经，立天下之大本，知天地之化育。夫焉有所倚？

肫肫其仁！渊渊其渊！浩浩其天！

苟不固聪明圣知达天德者，其孰能知之？

诗曰："衣锦尚絅"。恶其文之著也。故君子之道，闇然而日章；小人之道，的然而日亡。君子之道，淡而不厌，简而文，温而理，知远之近，知风之自，知微之显，可与入德矣。

诗云："潜虽伏矣，亦孔之昭。"故君子内省不疚，无恶于志。君子之所不可及者，其唯人之所不见乎。

诗云："相在尔室，尚不愧于屋漏。"故君子不动而敬，不言而信。

诗曰："奏假无言，时靡有争。"是故君子不赏而民劝，不怒而民威于鈇钺。

诗曰："不显惟德，百辟其刑之。"是故君子笃恭而天下平。

诗云："予怀明德，不大声以色。"子曰："声色之于以化民，末也。"

诗曰："德輶如毛。"毛犹有伦。上天之载，无声无臭。至矣。

《论语》选编

1-1

子曰："学而时习之，不亦说乎？有朋自远方来，不亦乐乎？人不知，而不愠，不亦君子乎？"

1-4

曾子曰："吾日三省吾身——为人谋而不忠乎？与朋友交而不信乎？传不习乎？"

1-10

子禽问于子贡曰："夫子至于是邦也，必闻其政，求之与？抑与之与？"子贡曰："夫子温、良、恭、俭、让以得之。夫子之求之也，其诸异乎人之求之与？"

1-14

子曰："君子食无求饱，居无求安，敏于事而慎于言，就有道而正焉，可谓好学也已。"

1-15

子贡曰："贫而无谄，富而无骄，何如？"子曰："可也；未若贫而乐，富而好礼者也。"

子贡曰："诗云：'如切如磋，如琢如磨'，其斯之谓与？"子曰："赐也，始可与言诗已矣，告诸往而知来者。"

2-4

子曰："吾十有五而志于学，三十而立，四十而不惑，五十而知天命，六十而耳顺，七十而从心所欲，不逾矩。"

2-9

子曰："吾与回言终日，不违，如愚。退而省其私，亦足以发，回也不愚。"

2-10

子曰："视其所以，观其所由，察其所安。人焉廋哉？人焉廋哉？"

2-11

子曰："温故而知新，可以为师矣。"

2-15

子曰："学而不思则罔，思而不学则殆。"

2-17

子曰："由！诲女知之乎！知之为知之，不知为不知，是知也。"

2-18

子张学干禄。子曰："多闻阙疑，慎言其余，则寡尤；多见阙殆，慎行其余，则寡悔。言寡尤，行寡悔，禄在其中矣。"

3-3

子曰："人而不仁，如礼何？人而不仁，如乐何？"

4-5

子曰："富与贵，是人之所欲也；不以其道得之，不处也。贫与贱，是人之所恶也；不以其道得之，不去也。君子去仁，恶乎成名？君子无终食之间违仁，造次必于是，颠沛必于是。"

4-8

子曰："朝闻道，夕死可矣。"

4-14

子曰："不患无位，患所以立。不患莫己知，求为可知也。"

4-15

子曰："参乎！吾道一以贯之。"曾子曰："唯。"

子出，门人问曰："何谓也？"曾子曰："夫子之道，忠恕而已矣。"

4-16

子曰："君子喻于义，小人喻于利。"

4-24

子曰："君子欲讷于言而敏于行。"

5-9

子谓子贡曰："女与回也孰愈？"对曰："赐也何敢望回？回也闻一以知十，赐也闻一以知二。"子曰："弗如也；吾与女弗如也。"

5-25

子曰："巧言、令色、足恭，左丘明耻之，丘亦耻之。匿怨而友其人，左丘明耻之，丘亦耻之。"

5-26

颜渊季路侍。子曰："盍各言尔志？"

子路曰："愿车马衣轻裘与朋友共敝之而无憾。"

颜渊曰："愿无伐善，无施劳。"

子路曰："愿闻子之志。"

子曰："老者安之，朋友信之，少者怀之。"

5-27

子曰："已矣乎，吾未见能见其过而内自讼者也。"

6-13

子谓子夏曰："女为君子儒！无为小人儒！"

6-18

子曰："质胜文则野，文胜质则史。文质彬彬，然后君子。"

6-21

子曰："中人以上，可以语上也；中人以下，不可以语上也。"

7-1

子曰："述而不作，信而好古，窃比于我老彭。"

7-2

子曰："默而识之，学而不厌，诲人不倦，何有于我哉？"

7-3

子曰："德之不修，学之不讲，闻义不能徙，不善不能改，是吾忧也。"

7-6

子曰："志于道，据于德，依于仁，遊于艺。"

7-8

子曰："不愤不启，不悱不发。举一隅不以三隅反，则不复也。"

7-19

叶公问孔子于子路，子路不对。子曰："女奚不曰，其为人也，发愤忘食，乐以忘忧，不知老之将至云尔。"

7-24

子曰："二三子以我为隐乎？吾无隐乎尔。吾无行而不与二三子者，是丘也。"

7-37

子曰:"君子坦荡荡,小人长戚戚。"

8-2

子曰:"恭而无礼则劳,慎而无礼则葸,勇而无礼则乱,直而无礼则绞。君子笃于亲,则民兴于仁;故旧不遗,则民不偷。"

8-3

曾子有疾,召门弟子曰:"启予足!启予手!《诗》云,'战战兢兢,如临深渊,如履薄冰。'而今而后,吾知免夫!小子!"

8-5

曾子曰:"以能问于不能,以多问于寡;有若无,实若虚,犯而不校——昔者吾友尝从事于斯矣。"

8-7

曾子曰:"士不可以不弘毅,任重而道远。仁以为己任,不亦重乎?死而后已,不亦远乎?"

8-8

子曰:"兴于诗,立于礼,成于乐。"

8-17

子曰:"学如不及,犹恐失之。"

9-4

子绝四——毋意,毋必,毋固,毋我。

9-18

子曰:"吾未见好德如好色者也。"

9-19

子曰:"譬如为山,未成一篑,止,吾止也。譬如平地,虽覆一篑,进,吾往也。"

9-22

子曰:"苗而不秀者有矣夫!秀而不实者有矣夫!"

9-23

子曰:"后生可畏,焉知来者之不如今也?四十、五十而无闻焉,斯亦不足畏也已。"

9-27

子曰："衣敝缊袍，与衣狐貉者立，而不耻者，其由也与？'不忮不求，何用不臧？'"子路终身诵之。子曰："是道也，何足以臧？"

9-28

子曰："岁寒，然后知松柏之后彫也。"

9-29

子曰："知者不惑，仁者不忧，勇者不惧。"

10-2

朝，与下大夫言，侃侃如也；与上大夫言，訚訚如也。君在，踧踖如也，与与如也。

10-17

厩焚。子退朝，曰："伤人乎？"不问马。

11-1

子曰："先进于礼乐，野人也；后进于礼乐，君子也。如用之，则吾从先进。"

11-15

子曰："由之瑟奚为于丘之门？"门人不敬子路。子曰："由也升堂矣，未入于室也。"

11-25

子路使子羔为费宰。子曰："贼夫人之子。"

子路曰："有民人焉，有社稷焉，何必读书，然后为学？"

子曰："是故恶夫佞者。"

12-1

颜渊问仁。子曰："克己复礼为仁。一日克己复礼，天下归仁焉。为仁由己，而由人乎哉？"

颜渊曰："请问其目。"子曰："非礼勿视，非礼勿听，非礼勿言，非礼勿动。"

颜渊曰："回虽不敏，请事斯语矣。"

12-2

仲弓问仁。子曰："出门如见大宾，使民如承大祭。己所不欲，勿施于人。在邦无怨，在家无怨。"

仲弓曰："雍虽不敏，请事斯语矣。"

12-3

司马牛问仁。子曰："仁者，其言也讱。"

曰："其言也讱，斯谓之仁已乎？"子曰："为之难，言之得无讱乎？"

12-4

司马牛问君子。子曰："君子不忧不惧。"

曰："不忧不惧，斯谓之君子已乎？"子曰："内省不疚，夫何忧何惧？"

12-6

子张问明。子曰："浸润之谮，肤受之愬，不行焉，可谓明也已矣。浸润之谮，肤受之愬，不行焉，可谓远也已矣。"

12-7

子贡问政。子曰："足食，足兵，民信之矣。"

子贡曰："必不得已而去，于斯三者何先？"曰："去兵。"

子贡曰："必不得已而去，于斯二者何先？"曰："去食。自古皆有死，民无信不立。"

12-8

棘子成曰："君子质而已矣，何以文为？"子贡曰："惜乎，夫子之说君子也！驷不及舌。文犹质也，质犹文也。虎豹之鞟犹犬羊之鞟。"

12-10

子张问崇德辨惑。子曰："主忠信，徙义，崇德也。爱之欲其生，恶之欲其死。既欲其生，又欲其死，是惑也。'诚不以富，亦祗以异。'"

12-13

子曰："听讼，吾犹人也。必也使无讼乎！"

12-14

子张问政。子曰："居之无倦，行之以忠。"

12-15

子曰："博学于文，约之以礼，亦可以弗畔矣夫！"

12-16

子曰："君子成人之美，不成人之恶。小人反是。"

12-17

季康子问政于孔子。孔子对曰："政者，正也。子帅以正，孰敢不正？"

12-18

季康子患盗，问于孔子。孔子对曰："苟子之不欲，虽赏之不窃。"

12-19

季康子问政于孔子曰："如杀无道，以就有道，何如？"孔子对曰："子为政，焉用杀？子欲善而民善矣。君子之德风，小人之德草。草上之风，必偃。"

12-21

樊迟从游于舞雩之下，曰："敢问崇德，修慝，辨惑。"子曰："善哉问！先事后得，非崇德与？攻其恶，无攻人之恶，非修慝与？一朝之忿，忘其身，以及其亲，非惑与？"

12-22

樊迟问仁。子曰："爱人。"问知。子曰："知人。"

樊迟未达。子曰："举直错诸枉，能使枉者直。"

樊迟退，见子夏曰："乡也吾见于夫子而问知，子曰，'举直错诸枉，能使枉者直'，何谓也？"

子夏曰："富哉言乎！舜有天下，选于众，举皋陶，不仁者远矣。汤有天下，选于众，举伊尹，不仁者远矣。"

12-24

曾子曰："君子以文会友，以友辅仁。"

13-6

子曰："其身正，不令而行；其身不正，虽令不从。"

13-9

子适卫，冉有仆。子曰："庶矣哉！"

冉有曰："既庶矣，又何加焉？"曰："富之。"

曰："既富矣，又何加焉？"曰："教之。"

13-13

"苟正其身矣，于从政乎何有？不能正其身，如正人何？"

13-17

子夏为莒父宰，问政。子曰："无欲速，无见小利。欲速，则不达；见小利，则大事不成。"

13-19

樊迟问仁。子曰："居处恭，执事敬，与人忠。虽之夷狄，不可弃也。"

13-21

子曰："不得中行而与之，必也狂狷乎！狂者进取，狷者有所不为也。"

13-22

子曰："南人有言曰：'人而无恒，不可以作巫医。'善夫！"

"不恒其德，或承之羞。"子曰："不占而已矣。"

13-23

子曰："君子和而不同，小人同而不和。"

13-24

子贡问曰："乡人皆好之，何如？"子曰："未可也。"

"乡人皆恶之，何如？"子曰："未可也；不如乡人之善者好之，其不善者恶之。"

13-25

子曰："君子易事而难说也。说之不以道，不说也；及其使人也，器之。小人难事而易说也。说之虽不以道，说也；及其使人也，求备焉。"

13-26

子曰："君子泰而不骄，小人骄而不泰。"

13-27

子曰："刚、毅、木、讷近仁。"

13-28

子路问曰："何如斯可谓之士矣？"子曰："切切偲偲，怡怡如也，可谓士矣。朋友切切偲偲，兄弟怡怡。"

子曰："古之学者为己，今之学者为人。"

14-25

蘧伯玉使人于孔子。孔子与之坐而问焉，曰："夫子何为？"对曰："夫子欲寡其过而未能也。"

使者出。子曰："使乎！使乎！"

14-28

子曰："君子道者三，我无能焉：仁者不忧，知者不惑，勇者不惧。"子贡曰："夫子自道也。"

14-29

子贡方人。子曰："赐也贤乎哉？夫我则不暇。"

14-30

子曰："不患人之不己知，患其不能也。"

14-32

微生亩谓孔子曰："丘何为是栖栖者与？无乃为佞乎？"孔子曰："非敢为佞也，疾固也。"

14-44

阙党童子将命。或问之曰："益者与？"子曰："吾见其居于位也。见其与先生并行也。非求益者也，欲速成者也。"

15-8

子曰："可与言而不与之言，失人；不可与言而与之言，失言。知者不失人，亦不失言。"

15-9

子曰："志士仁人，无求生以害仁，有杀身以成仁。"

15-15

子曰："躬自厚而薄责于人，则远怨矣。"

15-17

子曰："羣居终日，言不及义，好行小慧，难矣哉！"

15-18

子曰："君子义以为质，礼以行之，孙以出之，信以成之。君子哉！"

15-19

子曰："君子病无能焉，不病人之不己知也。"

15-20

子曰："君子疾没世而名不称焉。"

15-21

子曰："君子求诸己，小人求诸人。"

15-22

子曰："君子矜而不争，群而不党。"

15-23

子曰："君子不以言举人，不以人废言。"

15-27

子曰："巧言乱德。小不忍，则乱大谋。"

15-28

子曰："众恶之，必察焉；众好之，必察焉。"

15-29

子曰："人能弘道，非道弘人。"

15-30

子曰："过而不改，是谓过矣。"

15-32

子曰："君子谋道不谋食。耕也，馁在其中矣；学也，禄在其中矣。君子忧道不忧贫。"

15-33

子曰："知及之，仁不能守之；虽得之，必失之。知及之，仁能守之。不庄以涖之，则民不敬。知及之，仁能守之，庄以涖之，动之不以礼，未善也。"

15-35

子曰："民之于仁也，甚于水火。水火，吾见蹈而死者矣，未见蹈仁而死者也。"

15-38

子曰："事君，敬其事而后其食。"

子曰："有教无类。"

16-4

孔子曰："益者三友，损者三友。友直，友谅，友多闻，益矣。友便辟，友善柔，友便佞，损矣。"

16-5

孔子曰："益者三乐，损者三乐。乐节礼乐，乐道人之善，乐多贤友，益矣。乐骄乐，乐佚游，乐晏乐，损矣。"

16-6

孔子曰："侍于君子有三愆：言未及之而言谓之躁，言及之而不言谓之隐，未见颜色而言谓之瞽。"

16-7

孔子曰："君子有三戒：少之时，血气未定，戒之在色；及其壮也，血气方刚，戒之在鬪；及其老也，血气既衰，戒之在得。"

16-8

孔子曰："君子有三畏：畏天命，畏大人，畏圣人之言。小人不知天命而不畏也，狎大人，侮圣人之言。"

16-9

孔子曰："生而知之者上也，学而知之者次也；困而学之，又其次也；困而不学，民斯为下矣。"

16-10

孔子曰："君子有九思：视思明，听思聪，色思温，貌思恭，言思忠，事思敬，疑思问，忿思难，见得思义。"

16-11

孔子曰："见善如不及，见不善如探汤。吾见其人矣，吾闻其语矣。隐居以求其志，行义以达其道。吾闻其语矣，未见其人也。"

16-13

陈亢问于伯鱼曰："子亦有异闻乎？"

对曰："未也。尝独立，鲤趋而过庭。曰：'学诗乎？'对曰：'未也。''不学诗，无以言。'鲤退而学诗。他日，又独立，鲤趋而过庭。曰：'学礼乎？'对曰：'未也。''不学礼，无以立。'鲤退而学礼。闻斯二者。"

陈亢退而喜曰："问一得三，闻诗，闻礼，又闻君子之远其子也。"

17-2

子曰："性相近也，习相远也。"

17-3

子曰："唯上知与下愚不移。"

17-6

子张问仁于孔子。孔子曰："能行五者于天下为仁矣。"

"请问之。"曰："恭，宽，信，敏，惠。恭则不侮，宽则得众，信则人任焉，敏则有功，惠则足以使人。"

17-8

子曰："由也！女闻六言六蔽矣乎？"对曰："未也。"

"居！吾语女。好仁不好学，其蔽也愚；好知不好学，其蔽也荡；好信不好学，其蔽也贼；好直不好学，其蔽也绞；好勇不好学，其蔽也乱；好刚不好学，其蔽也狂。"

17-9

子曰："小子何莫学夫诗？诗，可以兴，可以观，可以群，可以怨。迩之事父，远之事君；多识于鸟兽草木之名。"

17-14

子曰："道听而塗说，德之弃也。"

17-15

子曰："鄙夫可与事君也与哉？其未得之也，患得之（当作患不得之）。既得之，患失之。苟患失之，无所不至矣。"

17-18

子曰："恶紫之夺朱也，恶郑声之乱雅乐也，恶利口之覆邦家者。"

17-19

子曰："予欲无言。"子贡曰："子如不言，则小子何述焉？"子曰："天何言哉？四时行焉，百物生焉，天何言哉？"

17-22

子曰："饱食终日，无所用心，难矣哉！不有博弈者乎？为之，犹贤乎已。"

子路曰:"君子尚勇乎?"子曰:"君子义以为上,君子有勇而无义为乱,小人有勇而无义为盗。"

17-24

子贡曰:"君子亦有恶乎?"子曰:"有恶:恶称人之恶者,恶居下流(流字衍文)而讪上者,恶勇而无礼者,恶果敢而窒者。"

曰:"赐也亦有恶乎?""恶徼以为知者,恶不孙以为勇者,恶讦以为直者。"

18-5

楚狂接舆歌而过孔子曰:"凤兮凤兮!何德之衰?往者不可谏,来者犹可追。已而,已而!今之从政者殆而!"

孔子下,欲与之言。趋而辟之,不得与之言。

18-8

逸民:伯夷、叔齐、虞仲、夷逸、朱张、柳下惠、少连。子曰:"不降其志,不辱其身,伯夷、叔齐与!"谓"柳下惠、少连,降志辱身矣,言中伦,行中虑,其斯而已矣。"谓"虞仲、夷逸,隐居放言,身中清,废中权。我则异于是,无可无不可。"

19-2

子张曰:"执德不弘,信道不笃,焉能为有?焉能为亡?"

19-3

子夏之门人问交于子张。子张曰:"子夏云何?"

对曰:"子夏曰:'可者与之,其不可者拒之。'"

子张曰:"异乎吾所闻:君子尊贤而容众,嘉善而矜不能。我之大贤与,于人何所不容?我之不贤与,人将拒我,如之何其拒人也?"

19-4

子夏曰:"虽小道,必有可观者焉;致远恐泥,是以君子不为也。"

19-5

子夏曰:"日知其所亡,月无忘其所能,可谓好学也已矣。"

19-6

子夏曰:"博学而笃志,切问而近思,仁在其中矣。"

19-7

子夏曰：“百工居肆以成其事，君子学以致其道。”

19-8

子夏曰：“小人之过也必文。”

19-9

子夏曰：“君子有三变：望之俨然，即之也温，听其言也厉。”

19-13

子夏曰：“仕而优则学，学而优则仕。”

19-21

子贡曰：“君子之过也，如日月之食焉：过也，人皆见之；更也，人皆仰之。”

19-22

卫公孙朝问于子贡曰：“仲尼焉学？”子贡曰：“文武之道，未坠于地，在人。贤者识其大者，不贤者识其小者。莫不有文武之道焉。夫子焉不学？而亦何常师之有？”

20-2

子张问于孔子曰：“何如斯可以从政矣？”

子曰：“尊五美，屏四恶，斯可以从政矣。”

子张曰：“何谓五美？”

子曰：“君子惠而不费，劳而不怨，欲而不贪，泰而不骄，威而不猛。”

子张曰：“何谓惠而不费？”

子曰：“因民之所利而利之，斯不亦惠而不费乎？择可劳而劳之，又谁怨？欲仁而得仁，又焉贪？君子无众寡，无小大，无敢慢，斯不亦泰而不骄乎？君子正其衣冠，尊其瞻视，俨然人望而畏之，斯不亦威而不猛乎？”

子张曰：“何谓四恶？”

子曰：“不教而杀谓之虐；不戒视成谓之暴；慢令致期谓之贼；犹之与人也，出纳之吝谓之有司。”

20-3

孔子曰：“不知命，无以为君子也；不知礼，无以立也；不知言，无以知人也。”

大 同 篇

　　大道之行也，天下为公，选贤与能，讲信修睦。故人不独亲其亲，不独子其子，使老有所终，壮有所用，幼有所长，矜寡孤独废疾者皆有所养，男有分，女有归。货恶其弃于地也，不必藏于已；力恶其不出于身也，不必为已。是故谋闭而不兴，盗窃乱贼而不作，故外户而不闭。是谓大同。

小　康　篇

　　今大道既隐，天下为家。各亲其亲，各子其子，货力为己。大人世及以为礼，城郭沟池以为固。礼义以为纪，以正君臣，以笃父子，以睦兄弟，以和夫妇，以设制度，以立田里，以贤勇知，以功为己。故谋用是作，而兵由此起。禹、汤、文、武、成王、周公，由此其选也。此六君子者，未有不谨于礼者也。以著其义，以考其信，著有过，刑仁讲让，示民有常。如有不由此者，在埶者去，众以为殃。是谓小康。

乾 坤

周易·乾

（乾为天）乾上乾下

《乾》：元亨利贞。

初九：潜龙勿用。

九二：见龙在田，利见大人。

九三：君子终日乾乾，夕惕若厉，无咎。

九四：或跃在渊，无咎。

九五：飞龙在天，利见大人。

上九：亢龙有悔。

用九：见群龙无首，吉。

周易·坤

（坤为地）坤上坤下

《坤》：元亨。利牝马之贞。君子有攸往，先迷，后得主利。西南得朋，东北丧朋。安贞吉。

初六：履霜坚冰至。

六二：直方大，不习无不利。

六三：含章可贞，或从王事，无成有终。

六四：括囊，无咎无誉。

六五：黄裳元吉。

上六：龙战于野，其血玄黄。

用六：利永贞。

《系辞》上下传

上　传

天尊地卑，乾坤定矣。卑高以陈，贵贱位矣。动静有常，刚柔断矣。方以类聚，物以群分，吉凶生矣。在天成象，在地成形，变化见矣。

是故，刚柔相摩，八卦相荡。鼓之以雷霆，润之以风雨。日月运行，一寒一暑。乾道成男，坤道成女。乾知大始，坤作成物。乾以易知，坤以简能。易则易知，简则易从。易知则有亲，易从则有功。有亲则可久，有功则可大。可久则贤人之德，可大则贤人之业。易简而天下之理得矣。天下之理得，而成位乎其中矣。

圣人设卦观象，系辞焉而明吉凶，刚柔相推而生变化。是故，吉凶者，失得之象也。悔吝者，忧虞之象也。变化者，进退之象也。刚柔者，昼夜之象也。六爻之动，三极之道也。是故，君子所居而安者。易之序也，所乐而玩者，爻之辞也。是故，君子居则观其象而玩其辞，动则观其变而玩其占，是以自天佑之，吉无不利。

象者，言乎象者也，爻者，言乎变者也。吉凶者，言乎其失得也。悔吝者，言乎其小疵也。无咎者，善补过也。是故，列贵贱者存乎位，齐小大者存乎卦，辩吉凶者存乎辞，忧悔吝者存乎介，震无咎者存乎悔。是故卦有小大，辞有险易。辞也者，各指其所之。

易与天地准，故能弥纶天地之道。仰以观于天文，俯以察于地理，是故知幽明之故。原始反终，故知死生之说。精气为物，游魂为变，是故知鬼神之情状。与天地相似，故不违。知周乎万物而道济天下，故不过。旁行而不流，乐天知命，故不忧。安土敦乎仁，故能爱，范围天地之化而不过，曲成万物而不遗，通乎昼夜之道而知，故神无方而易无体。

一阴一阳之谓道，继之者善也，成之者性也。仁者见之谓之仁，知者见之谓之知，百姓日用而不知，故君子之道鲜矣！显诸仁，藏诸用，鼓万物而不与圣人同忧，盛德大业，至矣哉！富有之谓大业，日新之谓盛德。生生之谓易，成象之谓乾，效法之谓坤，极数知来之谓占，通变之谓事，阴阳不测之谓神。

夫易广矣大矣！以言乎远则不御，以言乎迩则静而正，以言乎天地之间则备矣。夫乾，其静也专，其动也直，是以大生焉。夫坤，其静也翕，其动也辟，是以广生焉。广大配天地，变通配四时，阴阳之义配日月，易简之善配至德。

子曰："易其至矣乎！夫易，圣人所以崇德而广业也。知崇礼卑，崇效天，卑法地，天地设位而易行乎其中矣。成性存存，道义之门。"
……

易有圣人之道四焉：以言者尚其辞，以动者尚其变，以制器者尚其象，以卜筮者尚其占，是以君子将有为也。将有行也，问焉而以言，其受命也如响。无有远近幽深，遂知来物。非天下之至精，其孰能与于此？参伍以变，错综其数。通其变，遂成天下之文；极其数，遂定天下之象。非天下之至变，其孰能与于此？易，无思也，无为也，寂然不动，感而遂通，天下之故。非天下之至神，其孰能与于此。

夫易，圣人之所以极深而研几也。唯深也，故能通天下之志；唯几也，故能成天下之务；唯神也，故不疾而速，不行而至。子曰："易有圣人之道四焉"者，此之谓也。

子曰："夫易，何为者也？夫易，开物成务，冒天下之道，如斯而已者也。"是故，圣人以通天下之志，以定天下之业，以断天下之疑。是故，蓍之德圆而神，卦之德方以知，六爻之义易以贡，圣人以此洗心，退藏于密，吉凶与民同患。神以知来，知以藏往，其孰能与此哉？古之聪明睿知，神武而不杀者夫？是以明于天之道，而察于民之故，是兴神物，以前民用。圣人以此斋戒，以神明其德夫。是故，阖户谓之坤，辟户谓之乾，一阖一辟谓之变，往来不穷谓之通。见乃谓之象。形乃谓之器，制而用之谓之法，利用出入，民咸用之谓之神。是故，易有太极，是生两仪，两仪生四象，四象生八卦，八卦定吉凶，吉凶生大业。是故，法象莫大乎天地；变通莫大乎四时；悬象著明莫大乎日月；崇高莫大乎富贵；备物致用，立成器以为天下利，莫大乎圣人；探赜索隐，钩深致远，以定天下之吉凶，成天下之亹（mén）亹者，莫大乎蓍龟。是故，天生神物，圣人则之。天地变化，圣人效之。天垂象，见吉凶，圣人象之，河出图，洛出书，圣人则之。易有四象，所以示也。系辞焉，所以告也。定之以吉凶，所以断也。

易曰："自天佑之，吉无不利。"子曰："佑者助也，天之所助者顺也。人之所助者信也。履信思乎顺，又以尚贤也。是以自天佑之，吉无不利也。"子曰："书不尽言，言不尽意。"然则圣人之意其不可见乎？子曰："圣人立象以尽意，设卦以尽情伪，系辞焉以尽其言，变而通之以尽利，鼓之舞之以尽神。"乾坤其易之缊邪？乾坤成列，而易立乎其中矣。乾坤毁，则无以见易。易不可见，则乾坤或几乎息矣。是故，形而上者谓之道，形而下者谓之器。化而裁之谓之变，推而行之谓之通，举而措之天下之民，谓之事业。是故夫象，圣人有以见天下之赜，而拟诸其形容，象其物宜，是故谓之象。圣人有以见天下之动，而观其会通，以行其典礼，系辞焉以断其吉凶，是故谓之爻。极天下之赜者存乎卦，鼓天下之动者存乎辞，化而裁之存乎变，推而行之存乎通，神而明之，存乎其人，默而成之，不言而信，存乎德行。

下　传

八卦成列，象在其中矣，因而重之，爻在其中矣，刚柔相推，变在其中矣。系辞焉而命之，动在其中矣。吉凶悔吝者，生乎动者也，刚柔者，立本者也。变通者，趣时者也。吉凶者，贞胜者也。天地之道，贞观者也。日月之道，贞明者也。天下之动，贞夫一者也。夫乾确然，示人易矣。夫坤隤然，示人简矣。爻也者，效此者也。象也者，像此者也。爻象动乎内，吉凶见乎外，功业见乎变，圣人之情见乎辞。天地之大德曰生，圣人之大宝曰位。何以守位曰仁。何以聚人曰财。理财正辞，禁民为非曰义。

……

易曰："憧憧往来，朋从尔思。"子曰："天下何思何虑？天下同归而殊塗，一致而百虑，天下何思何虑？""日往则月来，月往则日来，日月相推而明生焉。寒往则暑来，暑往则寒来，寒暑相推而岁成焉。往者屈也，来者信也，屈信相感而利生焉。""尺蠖之屈，以求信也。龙蛇之蛰，以存身也。精义入神，以致用也。利用安身，以崇德也。过此以往，未之或知也。穷神知化，德之盛也。"

……

子曰："德薄而位尊，知小而谋大，力小而任重，鲜不及矣。易曰：'鼎折足，覆公餗，其形渥，凶。'言不胜其任也。"

子曰："知几其神乎？君子上交不谄，下交不渎，其知几乎？几者动之微，吉之先见者也。君子见几而作，不俟终日。易曰：'介于石，不终日，贞吉。'介如石焉，宁用终日，断可识矣。君子知微知彰，知柔知刚，万夫之望。"

子曰："颜氏之子，其殆庶几乎？有不善未尝不知，知之未尝复行也。易曰：'不远复，无只悔，元吉。'""天地因缊，万物化醇。男女构精，万物化生。易曰：'三人行则损一人，一人行则得其友。'言致一也。"

子曰："君子安其身而后动，易其心而后语，定其交而后求。君子修此三者，故全也。危以动，则民不与也。惧以语，则民不应也。无交而求，则民不与也。莫之与，则伤之者至矣。易曰：'莫益之，或击之。立心勿恒，凶。'"

子曰："乾坤其易之门邪？"乾，阳物也；坤，阴物也。阴阳合德，而刚柔有体，以体天地之撰，以通神明之德。其称名也杂而不越。于稽其类，其衰世之意邪？""夫易，彰往而察来，而微显阐幽。开而当名，辨物正言，断辞则备矣。其称名也小，其取类也大，其旨远，其辞文，其言曲而中，其事肆而隐，因贰以济民行，以明失得之报。"

易之兴也，其于中古乎？作易者，其有忧患乎？是故，履，德之基也。谦，德之柄也。复，德之本也。恒，德之固也。损，德之修也。益，德之裕也。困，德之辨也。井，德之地也。巽，德之制也。履和而至。谦尊而光。复小而辨于物。恒杂而不厌。损先难而后易。益长裕而不设。困穷而通。井居其所而迁。巽称而隐。履以和行，谦以制礼，复以自知。恒以一德。损以远害，益以兴利，困以寡怨，井以辨义，巽以行权。

易之为书也不可远，为道也屡迁，变动不居，周流六虚，上下无常，刚柔相易，不可为典要，唯变所适。其出入以度，外内使知惧。又明于忧患与故，无有师保，如临父母。初率其辞，而揆其方，既有典常。苟非其人，道不虚行。

易之为书也，原始要终，以为质也。六爻相杂，唯其时物也。其初难知，其上易知，本末也。初辞拟之，卒成之终。若夫杂物撰德，辨是与非，则非其中爻不备。噫！亦要存亡吉凶，则居可知矣。知者观其彖辞，则思过半矣。二与四同功，而异位，其善不同。二多誉，四多惧，近也。柔之为道，不利远者，其要无咎，其用柔中也。三与五同功，而异位，三多凶，五多功，贵贱之等也。其柔危，其刚胜邪？

易之为书也，广大悉备，有天道焉，有人道焉，有地道焉。兼三才而两之，故六；六者非它也，三材之道也。道有变动，故曰爻。爻有等，故曰物。物相杂，故曰文。文不当，故吉凶生焉。

易之兴也，其当殷之末世，周之盛德邪？当文王与纣之事邪？是故其辞危。危者使平，易者使倾。其道甚大，百物不废，惧以终始，其要无咎，此之谓易之道也。

夫乾，天下之至健也，德行恒易以知险。夫坤，天下之至顺也，德行恒简以知阻。能说诸心，能研诸侯之虑。定天下之吉凶，成天下之亹亹者。是故，变化云为，吉事有祥，象事知器，占事知来。天地设位，圣人成能，人谋鬼谋，百姓与能。

八卦以象告，爻象以情言，刚柔杂居，而吉凶可见矣。变动以利言，吉凶以情迁。是故，爱恶相攻而吉凶生，远近相取而悔吝生，情伪相感而利害生。凡易之情，近而不相得则凶，或害之，悔且吝。将叛者其辞惭，中心疑者其辞枝，吉人之辞寡，躁人之辞多，诬善之人其辞游，失其守者其辞屈。

性　恶

荀　子[①]

人之性恶，其善者伪也。

今人之性，生而有好利焉，顺是，故争夺生而辞让亡焉；生而有疾恶焉，顺是，故残贼生而忠信亡焉；生而有耳目之欲，有好声色焉，顺是，故淫乱生而礼义文理亡焉。然则从人之性，顺人之情，必出于争夺，合于犯分乱理而归于暴。故必将有师法之化，礼义之道，然后出于辞让，合于文理，而归于治。用此观之，然则人之性恶明矣，其善者伪也。

故枸木必将待檃栝、烝、矫然后直，钝金必将待砻、厉然后利。今人之性恶，必将待师法然后正，得礼义然后治。今人无师法则偏险而不正，无礼义则悖乱而不治。古者圣王以人之性恶，以为偏险而不正，悖乱而不治，是以为之起礼义，制法度，以矫饰人之情性而正之，以扰化人之情性而导之也。始皆出于治，合于道者也。今之人，化师法，积文学，道礼义者为君子；纵性情，安恣睢，而违礼义者为小人。用此观之，然则人之性恶明矣，其善者，伪也。

孟子曰："今之学者，其性善。"

曰：是不然。是不及知人之性，而不察乎人之性、伪之分者也。凡性者，天之就也，不可学，不可事；礼义者，圣人之所生也，人之所学而能，所事而成者也。不可学、不可事而在人者谓之性；可学而能、可事而成之在人者谓之伪。是性、伪之分也。今人之性，目可以见，耳可以听。夫可以见之明不离目，可以听之聪不离耳，目明而耳聪，不可学明矣。

孟子曰："今人之性善，将皆失丧其性故也。"

曰：若是，则过矣。今人之性，生而离其朴，离其资，必失而丧

---

① 荀子（约公元前313—公元前238），名况，字卿，战国末期赵国人。著名思想家、文学家、政治家，时人尊称"荀卿"。西汉时因避汉宣帝刘询讳，因"荀"与"孙"二字古音相通，故又称孙卿。曾三次出任齐国稷下学宫的祭酒，后为楚兰陵（位于今山东兰陵县）令。

之。用此观之，然则人之性恶明矣。所谓性善者，不离其朴而美之，不离其资而利之也。使夫资朴之于美，心意之于善，若夫可以见之明不离目，可以听之聪不离耳，故曰目明而耳聪也。今人之性，饥而欲饱，寒而欲暖，劳而欲休，此人之情性也。今人饥，见长而不敢先食者，将有所让也；劳而不敢求息者，将有所代也。夫子之让乎父，弟之让乎兄，子之代乎父，弟之代乎兄，此二行者，皆反于性而悖于情也。然而孝子之道，礼义之文理也。故顺情性则不辞让矣，辞让则悖于情性矣。用此观之，然则人之性恶明矣，其善者伪也。

问者曰："人之性恶，则礼义恶生？"

应之曰：凡礼义者，是生于圣人之伪，非故生于人之性也。故陶人埏埴而为器，然则器生于工（或为陶）人之伪，非故生于人之性也。故工人斵木而成器，然则器生于工人之伪，非故生于人之性也。圣人积思虑，习伪故，以生礼义而起法度，然则礼义法度者，是生于圣人之伪，非故生于人之性也。若夫目好色，耳好听，口好味，心好利，骨体肤理好愉佚，是皆生于人之情性者也，感而自然，不待事而后生之者也。夫感而不能然，必且待事而后然者，谓之生于伪。是性、伪之所生，其不同之征也。

故圣人化性而起伪，伪起而生礼义，礼义生而制法度。然则礼义法度者，是圣人之所生也。故圣人之所以同于众，其不异于众者，性也；所以异而过众者，伪也。夫好利而欲得者，此人之情性也。假之人有弟兄资财而分者，且顺情性，好利而欲得，若是，则兄弟相拂夺矣；且化礼义之文理，若是则让乎国人矣。故顺情性则弟兄争矣，化礼义则让乎国人矣。

凡人之欲为善者，为性恶也。夫薄愿厚，恶愿美，狭愿广，贫愿富，贱愿贵，苟无之中者，必求于外；故富而不愿财，贵而不愿埶，苟有之中者，必不及于外。用此观之，人之欲为善者，为性恶也。今人之性，固无礼义，故强学而求有之也；性不知礼义，故思虑而求知之也。然则生而已，则人无礼义，不知礼义。人无礼义则乱，不知礼义则悖。然则生而已，则悖乱在己。用此观之，人之性恶明矣，其善者伪也。

孟子曰："人之性善。"

曰：是不然。凡古今天下之所谓善者，正理平治也；所谓恶者，偏险悖乱也。是善恶之分也已。今诚以人之性固正理平治邪？则有恶用圣王，恶用礼义矣哉！虽有圣王礼义，将曷加于正理平治也哉！今不然，人之性恶。故古者圣人以人之性恶，以为偏险而不正，悖乱而不治，故为之立君上之埶以临之，明礼义以化之，起法正以治之，重刑罚以禁之，使天下皆出于治，合于善也。是圣王之治，而礼义之化也。今当试去君上之埶，无礼义之化，去法正之治，无刑罚之禁，倚而观天下民人之相与也，若是，则夫强者害弱而夺之，众者暴寡而哗之，天下悖乱而相亡不待顷矣。用此观之，然则人之性恶明矣，其善者伪也。

故善言古者必有节于今，善言天者必有征于人。凡论者，贵其有辨合，有符验，故坐而言之，起而可设，张而可施行。今孟子曰"人之性善"，无辨合符验，坐而言之，起而不可设，张而不可施行，岂不过甚矣哉！故性善则去圣王，息礼义矣；性恶则与圣王，贵礼义矣。故檃栝之生，为枸木也；绳墨之起，为不直也；立君上，明礼义，为性恶也。用此观之，然则人之性恶明矣，其善者伪也。

直木不待檃栝而直者，其性直也；枸木必将待檃栝、烝、矫然后直者，以其性不直也。今人之性恶，必将待圣王之治，礼义之化，然后皆出于治，合于善也。用此观之，然则人之性恶明矣，其善者伪也。

问者曰："礼义积伪者，是人之性，故圣人能生之也。"

应之曰：是不然。夫陶人埏埴而生瓦，然则瓦埴岂陶人之性也哉？工人斲木而生器，然则器木岂工人之性也哉？夫圣人之于礼义也，辟则陶埏而生之也，然则礼义积伪者，岂人之本性也哉！凡人之性者，尧、舜之与桀、跖，其性一也；君子之与小人，其性一也。今将以礼义积伪为人之性邪？然则有曷贵尧、禹，曷贵君子矣哉！凡贵尧、禹、君子者，能化性，能起伪，伪起而生礼义。然则圣人之于礼义积伪也，亦犹陶埏而生之也。用此观之，然则礼义积伪者，岂人之性也哉？所贱于桀、跖、小人者，从其性，顺其情，安恣睢，以出乎贪利争夺。故人之性恶明矣，其善者伪也。天非私曾、骞、孝己而外众人也，然而曾、骞、孝己独厚于孝之实而全于孝之名者，何也？以綦于礼义故也。天非私齐、鲁之民而外秦人也，然而于父子之义，夫妇之别，不如齐、鲁之孝具敬父者，何也？以秦人从情性，安恣睢，慢于礼义故也。岂其性异矣哉？

“涂之人可以为禹。”曷谓也？

曰：凡禹之所以为禹者，以其为仁义法正也。然则仁义法正有可知可能之理。然而涂之人也，皆有可以知仁义法正之质，皆有可以能仁义法正之具，然则其可以为禹明矣。今以仁义法正为固无可知可能之理邪？然则唯禹不知仁义法正，不能仁义法正也。将使涂之人固无可以知仁义法正之质，而固无可以能仁义法正之具邪？然则涂之人也，且内不可以知父子之义，外不可以知君臣之正。今不然。涂之人者，皆内可以知父子之义，外可以知君臣之正，然则其可以知之质，可以能之具，其在涂之人明矣。今使涂之人者以其可以知之质，可以能之具，本夫仁义之可知之理，可能之具，然则其可以为禹明矣。今使涂之人伏术为学，专心一志，思索孰察，加日县久，积善而不息，则通于神明，参于天地矣。故圣人者，人之所积而致矣。

曰：“圣可积而致，然而皆不可积，何也？”

曰：可以而不可使也。故小人可以为君子而不肯为君子；君子可以为小人而不肯为小人。小人、君子者，未尝不可以相为也，然而不相为者，可以而不可使也。故涂之人可以为禹则然；涂之人能为禹，则未必然也。虽不能为禹，无害可以为禹。足可以遍行天下，然而未尝有遍行天下者也。夫工匠、农、贾，未尝不可以相为事也，然而未尝能相为事也。用此观之，然则可以为，未必能也；虽不能，无害可以为。然则能不能之与可不可，其不同远矣，其不可以相为明矣。

尧问于舜曰：“人情何如？”舜对曰：“人情甚不美，又何问焉？妻子具而孝衰于亲，嗜欲得而信衰于友，爵禄盈而忠衰于君。人之情乎！人之情乎！甚不美，又何问焉？”唯贤者为不然。

有圣人之知者，有士君子之知者，有小人之知者，有役夫之知者：多言则文而类，终日议其所以，言之千举万变，其统类一也，是圣人之知也。少言则径而省，论而法，若佚之以绳，是士君子之知也。其言也谄，其行也悖，其举事多悔，是小人之知也。齐给、便敏而无类，杂能、旁魄而无用，析速、粹孰而不急，不恤是非，不论曲直，以期胜人为意，是役夫之知也。

有上勇者，有中勇者，有下勇者：天下有中，敢直其身；先王有道，敢行其意；上不循于乱世之君，下不俗于乱世之民；仁之所在无贫穷，仁之所亡无富贵；天下知之，则欲与天下同苦乐之，天下不知之，则傀然独立天地之闲而不畏：是上勇也。礼恭而意俭，大齐信焉而轻货财，贤者敢推而尚之，不肖者敢援而废之，是中勇也。轻身而重货，恬祸而广解，苟免，不恤是非、然不然之情，以期胜人为意，是下勇也。

繁弱、钜黍，古之良弓也，然而不得排檠则不能自正。桓公之葱，太公之阙，文王之禄，庄君之曶，阖闾之干将、莫邪、钜阙、辟闾，此皆古之良剑也，然而不加砥厉则不能利，不得人力则不能断。骅骝、骐、骥、纤离、绿耳，此皆古之良马也，然而必前有衔辔之制，后有鞭策之威，加之以造父之驭，然后一日而致千里也。夫人虽有性质美而心辩知，必将求贤师而事之，择良友而友之。得贤师而事之，则所闻者尧、舜、禹、汤之道也；得良友而友之，则所见者忠信敬让之行也。身日进于仁义而不自知也者，靡使然也。今与不善人处，则所闻者欺诬诈伪也，所见者汙漫、婬邪、贪利之行也，身且加于刑戮而不自知者，靡使然也。传曰："不知其子视其友，不知其君视其左右。"靡而已矣，靡而已矣。

劝　学

荀　子

君子曰：学不可以已。

青，取之于蓝而青于蓝；冰，水为之而寒于水。木直中绳，輮以为轮，其曲中规，虽有槁暴，不复挺者，輮使之然也。故木受绳则直，金就砺则利，君子博学而日参省乎己，则知明而行无过矣。

故不登高山，不知天之高也；不临深溪，不知地之厚也；不闻先王之遗言，不知学问之大也。干、越、夷、貉之子，生而同声，长而异俗，教使之然也。诗曰："嗟尔君子，无恒安息。靖共尔位，好是正直。神之听之，介尔景福。"神莫大于化道，福莫长于无祸。

吾尝终日而思矣，不如须臾之所学也，吾尝跂而望矣，不如登高之博见也。登高而招，臂非加长也，而见者远；顺风而呼，声非加疾也，而闻者彰。假舆马者，非利足也，而致千里；假舟楫者，非能水也，而绝江河。君子生非异也，善假于物也。

南方有鸟焉，名曰蒙鸠，以羽为巢而编之以发，系之苇苕，风至苕折，卵破子死。巢非不完也，所系者然也。西方有木焉，名曰射干，茎长四寸，生于高山之上而临百仞之渊；木茎非能长也，所立者然也。蓬生麻中，不扶而直。白沙在涅，与之俱黑。兰槐之根是为芷。其渐之滫，君子不近，庶人不服。其质非不美也，所渐者然也。故君子居必择乡，游必就士，所以防邪僻而近中正也。

物类之起，必有所始。荣辱之来，必象其德。肉腐出虫，鱼枯生蠹。怠慢忘身，祸灾乃作。强自取柱，柔自取束。邪秽在身，怨之所构。施薪若一，火就燥也；平地若一，水就湿也。草木畴生，禽兽群焉，物各从其类也。是故质的张而弓矢至焉，林木茂而斧斤至焉树成荫而众鸟息焉，醯酸而蚋聚焉。故言有招祸也，行有招辱也，君子慎其所立乎！

积土成山，风雨兴焉；积水成渊，蛟龙生焉；积善成德，而神明自得，圣心备焉。故不积跬步，无以至千里；不积小流，无以成江海。骐骐一跃，不能十步；驽马十驾，功在不舍。锲而舍之，朽木不折；锲而不舍，金石可镂。蚓无爪牙之利，筋骨之强，上食埃土，下饮黄泉，用心一也。蟹六跪而二螯，非蛇蟮之穴无可寄托者，用心躁也。

是故无冥冥之志者无昭昭之明；无惛惛之事者无赫赫之功。行衢道者不至，事两君者不容。目不能两视而明，耳不能两听而聪。螣蛇无足而飞，鼫鼠五技而穷。诗曰："尸鸠在桑，其子七兮。淑人君子，其仪一兮。其仪一兮，心如结兮！"故君子结于一也。

昔者瓠巴鼓瑟而流鱼出听，伯牙鼓琴而六马仰秣。故声无小而不闻，行无隐而不形；玉在山而草木润，渊生珠而崖不枯。为善不积邪，安有不闻者乎？

学恶乎始？恶乎终？曰：其数则始乎诵经，终乎读礼；其义则始乎为士，终乎为圣人。真积力久则入，学至乎没而后止也。故学数有终，若其义则不可须臾舍也。为之，人也；舍之，禽兽也。故书者，政事之纪也；诗者，中声之所止也；礼者，法之大分，类之纲纪也。故学至乎礼而止矣。夫是之谓道德之极。礼之敬文也，乐之中和也，诗、书之博也，春秋之微也，在天地之闲者毕矣。君子之学也，入乎耳，箸乎心，布乎四体，形乎动静，端而言，蝡而动，一可以为法则。小人之学也，入乎耳，出乎口。口耳之闲则四寸耳，曷足以美七尺之躯哉！古之学者为己，今之学者为人。君子之学也，以美其身；小人之学也，以为禽犊。故不问而告谓之傲，问一而告二谓之囋。傲，非也；囋，非也；君子如响矣。

学莫便乎近其人。礼、乐法而不说，诗、书故而不切，春秋约而不速。方其人之习君子之说，则尊以遍矣，周于世矣。故曰学莫便乎近其人。

学之经莫速乎好其人，隆礼次之。上不能好其人，下不能隆礼，安特将学杂识志，顺诗、书而已耳，则末世穷年，不免为陋儒而已。将原先王，本仁义，则礼正其经纬蹊径也。若挈裘领，诎五指而顿之，顺者不可胜数也。不道礼宪，以诗、书为之，譬之犹以指测河也，以戈舂黍也，以锥飡壶也，不可以得之矣。故隆礼，虽未明，法士也；不隆礼，虽察辩，散儒也。

问楛者勿告也，告楛者勿问也，说楛者勿听也。有争气者勿与辩也。故必由其道至，然后接之，非其道则避之。故礼恭而后可与言道之方，辞顺而后可与言道之理，色从而后可与言道之致。故未可与言而言谓之傲，可与言而不言谓之隐，不观气色而言谓之瞽。故君子不傲，不隐，不瞽，谨顺其身。诗曰："匪交匪舒，天子所予。"此之谓也。

百发失一，不足谓善射；千里跬步不至，不足谓善御；伦类不通，仁义不一，不足谓善学。学也者，固学一之也。一出焉，一入焉，涂巷之人也。其善者少，不善者多，桀、纣、盗跖也。全之尽之，然后学者也。

君子知夫不全不粹之不足以为美也，故诵数以贯之，思索以通之，为其人以处之，除其害者以持养之，使目非是无欲见也，使耳非是无欲闻也，使口非是无欲言也，使心非是无欲虑也。及至其致好之也，目好之五色，耳好之五声，口好之五味，心利之有天下。是故权利不能倾也，群众不能移也，天下不能荡也。生乎由是，死乎由是，夫是之谓德操。德操然后能定，能定然后能应，能定能应，夫是之谓成人。天见其明，地见其光，君子贵其全也。

识 仁 篇

程 颢

　　学者须先识仁。仁者，浑然与物同体，义、礼、知、信皆仁也。识得此理，以诚敬存之而已，不须防检，不须穷索。若心懈则有防，心苟不懈，何防之有？理有未得，故须穷索。存久自明，安待穷索？此道与物无对，大不足以名之。天地之用皆我之用。孟子言"万物皆备于我"，须反身而诚，乃为大乐。若反身未诚，则犹是二物有对，以己合彼，终未有之，又安得乐？订顽意思，乃备言此体。以此意存之，更有何事？"必有事焉而勿正，心勿忘，勿助长"，未尝致纤毫之力，此其存之之道。若存得，便合有得。盖良知良能元不丧失。以昔日习心未除，却须存习此心，久则可夺旧习。此理至约，惟患不能守。既能体之而乐，亦不患不能守也。

四箴并序

程　颐 [①]

颜渊问克己复礼之目，夫子曰："非礼勿视，非礼勿听，非礼勿言，非礼勿动。"四者身之用也，由乎中而应乎外，制于外所以养其中也。颜渊事斯语，所以进于圣人。后之学圣人者，宜服膺而勿失也。因箴以自警。

视箴：心兮本虚，应物无迹；操之有要，视为之（一作之为）则。蔽交于前，其中则迁；制之于外，以安其内。克己复礼，久而诚矣。

听箴：人有秉彝，本乎天性；知诱物化，遂亡其正。卓彼先觉，知止有定；闲邪存诚，非礼勿听。

言箴：人心之动，因言以宣；发禁躁妄，内斯静专。矧是枢机，兴戎出好；吉凶荣辱，惟其所召。伤易则诞，伤烦则支；己肆物忤，出悖来违。非法不道，钦哉训辞！

动箴：哲人知几，诚之于思；志士励行，守之于为。顺理则裕，从欲惟（一作为）危；造次克念，战兢自持；习与性成，圣贤同归。

---

① 程颐，字正叔，世居中山，后徙为河南府洛阳（今河南洛阳）人，世称伊川先生，北宋理学家、教育家。为程颢之胞弟。历官汝州团练推官、西京国子监教授。元祐元年（1086年）除秘书省校书郎，授崇政殿说书。其著作有《周易程氏传》《遗书》《易传》《经说》，被后人辑录为《程颐文集》。明代后期与程颢合编为《二程全书》，有中华书局校点本《二程集》。

颜子所好何学论

程 颐

圣人之门，其徒三千，独称颜子为好学。夫诗、书六艺，三千子非不习而通也。然则颜子所独好者，何学也？学以至圣人之道也。

圣人可学而至与？曰：然。学之道如何？曰：天地储精，得五行之秀者为人。其本也真而静，其未发也五性具焉，曰仁义礼智信。形既生矣，外物触其形而动于中矣。其中动而七情出焉，曰喜怒哀乐爱恶欲。情既炽而益荡，其性凿矣。是故觉者约其情使合于中，正其心，养其性，故曰性其情。愚者则不知制之，纵其情而至于邪僻，梏其性而亡之，故曰情其性。凡学之道，正其心，养其性而已。中正而诚，则圣矣。君子之学，必先明诸心，知所养，然后力行以求至，所谓自明而诚也。故学必尽其心。尽其心，则知其性，知其性，反而诚之，圣人也。故洪范曰："思曰睿，睿作圣。"诚之之道，在乎信道笃。信道笃则行之果，行之果则守之固：仁义忠信不离乎心，造次必于是，颠沛必于是，出处语默必于是。久而弗失，则居之安，动容周旋中礼，而邪僻之心无自生矣。

故颜子所事，则曰："非礼勿视，非礼勿听，非礼勿言，非礼勿动。"仲尼称之，则曰："得一善，则拳拳服膺而弗失之矣。"又曰："不迁怒，不二过。有不善未尝不知，知之未尝复行也。"此其好之笃，学之之道也。视听言动皆礼矣，所异于圣人者，盖圣人则不思而得，不勉而中，从容中道，颜子则必思而后得，必勉而后中。故曰：颜子之与圣人，相去一息。孟子曰："充实而有光辉之谓大，大而化之之谓圣，圣而不可知之谓神。"颜子之德，可谓充实而有光辉矣，所未至者，守之也，非化之也。以其好学之心，假之以年，则不日而化矣。故仲尼曰："不幸短命死矣！"盖伤其不得至于圣人也。所谓化之者，入于神而自然；不思而得，不勉而中之谓也。孔子曰"七十而从心所欲不逾矩"是也。

或曰："圣人，生而知之者也。今谓可学而至，其有稽乎？"曰：

"然。孟子曰：'尧、舜，性之也；汤、武，反之也。'性之者，生而知之者也。反之者，学而知之者也。"又曰："孔子则生而知也，孟子则学而知也。后人不达，以谓圣本生知，非学可至，而为学之者遂失。不求诸己而求诸外，以博闻强记巧文丽辞为工，荣华其言，鲜有至于道者。则今之学，与颜子所好异矣。"

格物九条

程 颐

程子曰：莫先于正心诚意。然欲诚意，必先致知；而欲致知，又在格物。致，尽也。格，至也。凡有一物，必有一理，穷而致之，所谓格物者也。然而格物亦非一端，如或读书，讲明道义；或论古今人物，而别其是非；或应接事物，而处其当否，皆穷理也。曰：格物者，必物物而格之耶？将止格一物，百万理皆通耶？曰：一物格而万理通，虽颜子亦未至此。惟今日而格一物焉，明日又格一物焉，积习既多、然后脱然有贯通处耳。

又曰：自一身之中，以至万物之理，理会得多，自当豁然有个觉处。

又曰：穷理者，非谓必尽穷天下之理，又非谓止穷得一理便到，但积累多后，自当脱然有悟处。

又曰：格物，非欲尽穷天下之物，但于一事上穷尽，其他可以类推。至于言孝，则当求其所以为孝者如何。若一事上穷不得，且别穷一事，或先其易者，或先其难者，各随人浅深。譬如千蹊万径，皆可以适国，但得一道而入，则可以推类而通其余矣。盖万物各具一理，而万理同出一原，此所以可推而无不通也。

又曰：物必有理，皆所当穷，若天地之所以高深、鬼神之所以幽显是也。若曰天吾知其高而已矣、地吾知其深而已矣、鬼神吾知其幽且显而已矣，则是已然之词，又何理之可穷哉？

又曰：如欲为孝，则当知所以为孝之道，如何而为奉养之宜，如何而为温清之节，莫不穷究，然后能之，非独守夫孝之一字面可得也。

或问：观物察己者，岂因见物而反求诸己乎？曰：不必然也。物我一理，才明彼，即晓此，此合内外之道也。语其大，天地之所以高厚；语其小，至一物之所以然，皆学者所宜致思也。曰：然则先求之四端可乎？曰：求之情性，固切于身，然一草一木，亦皆有理，不可不察。

又曰：致知之要，当知至善之所在，如父止于慈、子止于孝之类。若不务此，而徒欲泛然以观万物之理，则吾恐其如大军之游骑，出太远而无所归也。

又曰：格物，莫若察之于身，其得之尤切。

主 一 箴

张 栻 [①]

张 栻 [①]

伊川先生曰："主一之谓敬。"又曰："无适之谓一。"嗟乎，求仁之方，孰要乎此！因为箴书于坐右，且以谂同志。

人禀天性，其生也直。克顺厥彝，则靡有忒。事物之感，纷纶朝夕。动而无节，生道或息。惟学有要，持敬勿失。验厥操舍，乃知出入。曷为其敬，妙在主一。曷为其一，惟以无适。居无越思，事靡它及。涵泳于中，匪忘匪亟。斯须造次，是保是积。既久而精，乃会于极。勉哉勿倦，圣贤可则。

---

① 张栻，南宋初期学者、教育家。字敬夫，后避讳改字钦夫，又字乐斋，号南轩，学者称南轩先生，谥曰宣，后世又称张宣公。南宋孝宗乾道元年（1165年），主管岳麓书院教事，从学者达数千人，初步奠定了湖湘学派规模，成为一代学宗。

仁　说

朱　熹

　　天地以生物为心者也，而人物之生，又各得夫天地之心以为心者也。故语心之德，虽其总摄贯通无所不备，然一言以蔽之，则曰仁而已矣。请试详之。

　　盖天地之心，其德有四，曰元亨利贞，而元无不统。其运行焉，则为春夏秋冬之序，而春生之气无所不通。故人之为心，其德亦有四，曰仁义礼智，而仁无不包。其发用焉，则为爱恭宜别之情，而恻隐之心无所不贯。故论天地之心者，则曰乾元、坤元，则四德之体用不待悉数而足。论人心之妙者，则曰"仁，人心也"，则四德之体用亦不待遍举而该。盖仁之为道，乃天地生物之心，即物而在。情之未发而此体已具，情之既发而其用不穷，诚能体而存之，则众善之源、百行之本，莫不在是。此孔门之教所以必使学者汲汲于求仁也。其言有曰："克己复礼为仁。"言能克去己私，复乎天理，则此心之体无不在，而此心之用无不行也。又曰："居处恭，执事敬，与人忠，"则亦所以存此心也。又曰："事亲孝，事兄弟，乃物恕。"则亦所以行此心也。又曰："求仁得仁。"则以让国而逃、谏伐而饿为能不失乎此心也。又曰："杀身成仁。"则以欲甚于生、恶甚于死为能不害乎此心也。此心何心也？在天地则块然生物之心，在人则温然爱人利物之心，包四德而贯四端者也。

　　或曰：若子之言，则程子所谓"爱，情；仁，性；不可以爱为仁"者，非欤？曰：不然。程子之所诃，以爱之发而名仁者也。吾之所论，以爱之理而名仁者也。盖所谓情性者，虽其分域之不同，然其脉络之通，各有攸属者，则曷尝判然离绝而不相管哉！吾方病夫学者诵程子之言而不求其意，遂至于判然离爱而言仁，故特论此以发明其遗意，而子顾以为异乎程子之说，不亦误哉！

　　或曰：程氏之徒，言仁多矣，盖有谓爱非仁，而以万物与我为一为仁之体者矣。亦有谓爱非仁，而以心有知觉释仁之名者矣。今子之言若是，然则彼皆非欤？曰：彼谓物我为一者，可以见仁之无不爱矣，而非仁之所以为体之真也；彼谓心有知觉者，可以见仁之包乎智矣，而非仁之所以得名之实也。观孔子答子贡博施济众之问，与程子所谓觉不可以训仁者，则可见矣。子尚安得复以此而论仁哉！抑泛言同体者，使人含胡昏缓而无警切之功，其弊或至于认物为己者有之矣；专言知觉者，使人张皇迫躁而无沉潜之味，其弊或至于认欲为理者有之矣。一忘一助，二者盖胥失之，而知觉之云者，于圣门所示乐山能守之气象，尤不相似。子尚安得复以此而论仁哉！因并记其语，作仁说。

绝 四 记

杨 简 [①]

人心自明，人心自灵，意起我立，必固礙塞，始丧其明，始失其灵。孔子日与门弟子从容问答，其谆谆告戒止绝学者之病，大略有四：曰意，曰必，曰固，曰我。门弟子有一于此，圣人必止绝之。毋者，止绝之辞，知夫人皆有至灵至明、广大圣智之性，不假外求，不由外得，自本自根，自神自明。微生意焉，故蔽之；有必焉，故蔽之；有固焉，故蔽之；有我焉，故蔽之。昏蔽之端，尽由于此，故每每随其病之所形而止绝之，曰毋如此，毋如此。

圣人不能以道与人，能去人之蔽尔。如太虚未始不清明，有云气焉，故蔽之；去其云气，则清明矣。夫清明之性，人之所自有，不求而获，不取而得；故《中庸》曰："诚者自成也，而道自道也。"孟子曰："恻隐之心，人皆有之；羞恶之心，人皆有之；恭敬之心，人皆有之；是非之心，人皆有之。仁义礼智，非由外铄，我固有之也。"

何谓意？微起焉皆谓之意，微止焉皆谓之意。意之为状，不可胜穷，有利有害，有是有非，有进有退，有虚有实，有多有寡，有散有合，有依有违，有前有后，有上有下，有体有用，有本有末，有此有彼，有动有静，有今有古。若此之类，虽穷日之力，穷年之力，纵说横说，广说备说，不可得而尽。然则心与意奚辨？是二者未始不一，蔽者自不一。一则为心，二则为意；直则为心，支则为意；通则为心，阻则为意。直心直用，不识不知，变化云为，岂支岂离？感通无穷，匪思匪为。孟子明心，孔子毋意，意毋则此心明矣。心不必言，亦不可言，不得已而有言。孔子不言心，惟绝学者之意，而犹曰"予欲无言"，则知言亦起病，言亦起意。姑曰毋意，圣人尚不欲言，恐学者又起无意之

① 杨简（1141—1226），南宋学者，字敬仲，号慈湖，慈溪（今属浙江省宁波市）人。告归后筑室德润湖（更名慈湖）居住，世称慈湖先生。年轻时就读太学，宋孝宗乾道五年（1169年）进士。任富阳主簿，先后任乐平知县、温州知府等地方官。最后以耆宿大儒膺宝谟阁直学士。封爵为慈溪县男。谥号"文元"。著述颇多，传世的有《慈湖遗书》18卷，又续集2卷；《慈湖诗传》20卷；《杨氏易传》20卷；《五诰解》等。

意也。离意求心，未脱乎意。直心直意，匪合匪离，诚实无他，道心独妙，匪学匪索，匪粗匪精。一犹赘辞，二何足论！十百千万，至于无穷，无始无终，非众非寡，姑假以言，谓之一贯。愈辨愈支，愈说愈离；不说犹离，况于费辞？善说何辞？实德何为？虽为非为，我自有之。不可度思，矧可射思！周公仰而思之，夜以继日，非意也；孔子临事而惧，好谋而成，非意也。此心之灵，明踰日月，其照临有甚于日月之照临。日月能照容光之地，不能照菩屋之下。此心之神，无所不通；此心之明，无所不照。昭明如鑑，不假致察，美恶自明，洪纤自辨。故孔子曰："不逆诈，不亿，不信"，抑亦先觉。夫不逆不亿而自觉者，光明之所照也，无以逆亿为也。呜呼！孔子亦可谓善于发明道心之妙矣，亦大明白矣，而能领吾孔子之旨者有几？鑑未尝有美恶，而亦未尝无美恶；鑑未尝有洪纤，而亦未尝无洪纤；吾心未尝有是非利害，而亦未尝无是非利害。人心之妙，曲折万变，如四时之错行，如日月之代明，何可胜穷？何可形容？岂与夫费思力索，穷终身之力而茫然者同？

何谓必？必亦意之必。必如此，必不如彼，必欲如彼，必不欲如此。大道无方，奚可指定以为道在此，则不在彼乎？以为道在彼，则不在此乎？必信必果，无乃不可？断断必必，自离自失。

何谓固？固亦意之固。固守而不通，其道必穷；固守而不化，其道亦下。孔子尝曰："我则异于是，无可无不可。"又曰："吾有知乎哉？无知也。"可不可尚无，而况于固乎？尚无所知，而况于固乎？

何为我？我亦意之我。意生故我立，意不生，我亦不立。自幼而乳，曰我乳；长而食，曰我食；衣曰我衣，行我行，坐我坐，读书我读书，仕宦我仕宦，名声我名声，行艺我行艺。牢坚如铁，不亦如块？不亦如气？不亦如虚？不知方意念未作时，洞焉寂焉，无尚不立，何者为我？虽意念既作，至于深切时，亦未尝不洞焉寂焉。无尚不立，何者为我？

盖有学者自以为意必固我咸无，而未免乎行我行，坐我坐，则何以能范围天地，发育万物？非圣人独能范围，而学者不能也；非圣人独能发育，而学者不能也。圣人独得我心之同然尔。圣人先觉，学者后觉尔。一日觉之，此心无体，清明无际，本与天地同范围，无内外，发育无疆界。学者喜动喜进，喜作喜有，不堕于意则堕于必，不堕于固则堕于我。堕此四者之中，不胜其多，故先圣堕其所堕而正救之，止绝之，其诲亦随以多，他日门弟子欲记其事，每事而书则不胜其书，总而记于此。某即其所记推见当日之事情，坦然灼然，而先儒未有发挥其然者，先儒岂不知毋义非无？而必以毋为无者，谓此非学者所及，惟圣人可以当之，故不得不改其义为无，而独归之孔子。先儒不自明己之心，不自信己之心，故亦不信学者之心。吁！贼天下万世之良心，迷惑天下万世至灵至明之心，其罪为大！某大惧先圣朝夕谆谆告戒切至之本旨隐没而不白，使后学意态滋蔓，荆棘滋植，塞万世入道之门，不得已故书。

拔本塞源论

王阳明 [①]

夫拔本塞源之论不明于天下，则天下之学圣人者，将日繁日难，斯人沦于禽兽夷狄而犹自以为圣人之学。吾之说虽或暂明于一时，终将冻解于西而冰坚于东，雾释于前而云滃于后，呶呶焉危困以死，而卒无救于天下之分毫也已。

夫圣人之心以天地万物为一体，其视天下之人，无外内远近，凡有血气，皆其昆弟赤子之亲，莫不欲安全而教养之，以遂其万物一体之念。天下之人心，其始亦非有异于圣人也，特其间于有我之私，隔于物欲之蔽，大者以小，通者以塞，人各有心，至有视其父、子、兄、弟如仇雠者。圣人有忧之，是以推其天地万物一体之仁以教天下，使之皆有以克其私，去其蔽，以复其心体之同然。其教之大端，则尧、舜、禹之相授受，所谓"道心惟微，惟精惟一，允执厥中"；而其节目，则舜之命契，所谓"父子有亲，君臣有义，夫妇有别，长幼有序，朋友有信"五者而已。唐、虞、三代之世，教者惟以此为教，而学者惟以此为学。当是之时，人无异见，家无异习，安此者谓之圣，勉此者谓之贤，而背此者虽其启明如朱，亦谓之不肖。下至闾井田野、农、工、商、贾之贱，莫不皆有是学，而惟以成其德行为务。何者？无有闻见之杂，记诵之烦，辞章之靡滥，功利之驰逐，而但使孝其亲，弟其长，信其朋友，以复其心体之同然。是盖性分之所固有，而非有假于外者，则人亦孰不能之乎？

学校之中惟以成德为事，而才能之异，或有长于礼乐、长于政教、长于水土播植者，则就其成德，而因使益精其能于学校之中。迨夫举德而任，则使之终身居其职而不易。用之者惟知同心一德，以共安天下之

---

① 王阳明（1472—1529），即王守仁，字伯安，号阳明，浙江绍兴府余姚县（今浙江省宁波余姚市）人。明代著名的思想家、哲学家、书法家兼军事家、教育家。弘治十二年（1499年）进士，历任刑部主事、贵州龙场驿丞、庐陵知县等职，晚年官至南京兵部尚书、都察院左都御史。有《王文成公全书》。

民，视才之称否，而不以崇卑为轻重，劳逸为美恶。效用者亦惟知同心一德，以共安天下之民，苟当其能，则终身处于烦剧而不以为劳，安于卑琐而不以为贱。当是之时，天下之人熙熙皞皞，皆相视如一家之亲。其才质之下者，则安其农、工、商、贾之分，各勤其业以相生相养，而无有乎希高慕外之心。其才能之异，若皋、夔、稷、契者，则出而各效其能。若一家之务，或营其衣食，或通其有无，或备其器用，集谋并力，以求遂其仰事俯育之愿，惟恐当其事者之或怠而重己之累也。故稷勤其稼而不耻其不知教，视契之善教即己之善教也；夔司其乐而不耻于不明礼，视夷之通礼即己之通礼也。盖其心学纯明，而有以全其万物一体之仁，故其精神流贯，志气通达，而无有乎人己之分，物我之间。譬之一人之身，目视、耳听、手持、足行，以济一身之用，目不耻其无聪，而耳之所涉，目必营焉；足不耻其无执，而手之所探，足必前焉。盖其元气充周，血脉条畅，是以痒疴呼吸，感触神应，有不言而喻之妙。此圣人之学所以至易至简，易知易从，学易能而才易成者，正以大端惟在复心体之同然，而知识技能非所与论也。

良知问答（节选）

王阳明

来书云："下手工夫，觉此心无时宁静，妄心固动也，照心亦动也。心既恒动，则无刻暂停也。"

（阳明答）是有意于求宁静，是以愈不宁静耳。夫妄心则动也，照心非动也。恒照则恒动恒静，天地之所以恒久而不已也。照心固照也，妄心亦照也。"其为物不贰，则其生物不息。"有刻暂停则息矣，非至诚无息之学矣。

来书云："良知亦有起处。"云云。

（阳明答）此或听之未审。良知者心之本体，即前所谓恒照者也。心之本体，无起无不起。虽妄念之发，而良知未尝不在，但人不知存，则有时而或放耳；虽昏塞之极，而良知未尝不明，但人不知察，则有时而或蔽耳。虽有时而或放，其体实未尝不在也，存之而已耳。虽有时而或蔽，其体实未尝不明也，察之而已耳。若谓良知亦有起处，则是有时而不在也，非其本体之谓矣。

来书云："良知，心之本体，即所谓'性善'也，'未发之中'也，'寂然不动'之体也，'廓然大公'也，何常人皆不能而必待于学邪？中也，寂也，公也，既以属心之体，则良知是矣。今验之于心，知无不良，而中、寂、大公实未有也，岂良知复超然于体用之外乎？"

（阳明答）性无不善，故知无不良。良知即是未发之中，即是廓然大公、寂然不动之本体，人人之所同具者也。但不能不昏蔽于物欲，故须学以去其昏蔽。然于良知之本体，初不能有加损于毫末也。知无不良，而中、寂、大公未能全者，是昏蔽之未尽去，而存之未纯耳。体即良知之体，用即良知之用，宁复有超然于体用之外者乎？

来书云："周子曰'主静'，程子曰'动亦定，静亦定'，先生曰'定者，心之本体'，是静、定也，决非不睹不闻、无思无为之谓。必常知、常存、常主于理之谓也。夫常知、常存、常主于理，明是动也，已发也，何以谓之静？何以谓之本体？岂是静、定也，又有以贯乎心之动静者邪？”

（阳明答）理无动者也。常知、常存、常主于理，即不睹不闻，无思无为之谓也。不睹不闻、无思无为，非槁木死灰之谓也。睹闻思为一于理，而未尝有所睹闻思为，即是动而未尝动也。所谓"动亦定，静亦定"，体用一原者也。

来书云："此心'未发'之体，其在'已发'之前乎？其在'已发'之中而为之主乎？其无前后、内外而浑然之体者乎？今谓心之动静者，其主有事无事面言乎？其主寂然、感通而言乎？其主循理、从欲而言乎？若以循理为静，从欲为动，则于所谓'动中有静，静中有动'，'动极而静，静极而动'者，不可通矣。若以有事而感通为动，无事而寂然为静，则于所谓'动而无动，静而无静'者，不可通矣。若谓'未发'在'已发'之先，静而生动，是至诚有息也，圣人有复也，又不可矣。若谓'未发'在'已发'之中，则不知'未发''已发'俱当主静乎？抑'未发'为静而'已发'为动乎？抑'未发''已发'俱无动无静乎？俱有动有静乎？幸教。"

（阳明答）"未发之中"即良知也，无前后、内外而浑然一体者也。有事、无事可以言动、静，而良知无分于有事、无事也。寂然、感通，可以言动、静，而良知无分于寂然、感通也。动、静者所遇之时，心之本体固无分于动、静也。理无动者也，动即为欲。循理则虽酬酢万变而未尝动也；从欲则虽槁心一念而未尝静也。"动中有静，静中有动"，又何疑乎？有事而感通固可以言动，然而寂然者未尝有增也；无事而寂然固可以言静，然而感通者未尝有减也。"动而无动，静而无静"，又何疑乎？无前后、内外而浑然一体，则至诚有息之疑不待解矣。"未发"在"已发"之中，而"已发"之中未尝另有"未发"者在；"已发"在"未发"之中，而"未发"之中未尝别有"已发"者存。是未尝无动、静，而不可以动、静分者也。

凡观古人言语，在以意逆志而得其大旨，若必拘滞于文义，则"靡有孑遗"者，是周果无遗民也。周子"静极而动"之说，苟不善观，亦未免有病。盖其意从"太极动而生阳，静而生阴"说来。太极生生之理，妙用无息，而常体不易。太极之生生即阴阳之生生，就其生生之中，指其妙用无息者而谓之动，谓之阳之生，非谓动而后生阳也；就其生生之中，指其常体不易者而谓之静，谓之阴之生，非谓静而后生阴也。若果静而后生阴，动而后生阳，则是阴阳、动静截然各自为一物矣。阴阳一气也，一气屈伸而为阴阳；动静一理也，一理隐显而为动静。春夏可以为阳为动，而未尝无阴与静也；秋冬可以为阴为静，而未尝无阳与动也。春夏此不息，秋冬此不息，皆可谓之阳，谓之动也。春夏此常体，秋冬此常体，皆可谓之阴，谓之静也。自元、会、运、世、岁、月、日、时以至刻、秒、忽、微，莫不皆然。所谓"动静无端，阴阳无始"，在知道者默而识之，非可以言语穷也。若只牵文泥句，比拟仿像，则所谓"心从《法华》转，非是转《法华》"矣。

来书云："尝试于心，喜、怒、忧、惧之感发也，虽动气之极，而吾心良知一觉，即阔然消阻，或遏于初，或制于中，或悔于后。然则良知常若居优闲无事之地而为之主，于喜、怒、忧、惧若不与焉者，何欤？"

（阳明答）知此，则知"未发之中""寂然不动"之体，而有发而中节之和、感而遂通之妙矣。然谓"良知常若居于优闲无事之地"，语尚有病。盖良知虽不滞于喜、怒、忧、惧，而喜、怒、忧、惧亦不外于良知也。

来书云："夫子昨以良知为照心。窃谓良知，心之本体也；照心，人所用功，乃戒慎恐惧之心也，犹思也。而遂以戒慎恐惧为良知，何欤？"

（阳明答）能戒慎恐惧者，是良知也。

来书云："先生又曰'照心非动也'，岂以其循理而谓之静欤？'妄心亦照也'，岂以其良知未尝不在于其中、未尝不明于其中，而视听言动之不过则者，皆天理欤？且既曰妄心，则在妄心可谓之照，而在照心则谓之妄矣。妄与息何异？今假妄之照以续至诚之无息，窃所未明，幸再启蒙。"

（阳明答）"照心非动"者，以其发于本体明觉之自然，而未尝有所动也；有所动即妄矣。"妄心亦照"者，以其本体明觉之自然者，未尝不在于其中，但有所动耳；无所动即照矣。无妄、无照，非以妄为照，以照为妄也。照心为照，妄心为妄，是犹有妄、有照也。有妄、有照则犹二也，二则息矣。无妄、无照则不二，不二则不息矣。

来书云："养生以清心寡欲为要。夫清心寡欲，作圣之功毕矣。然欲寡则心自清，清心非舍弃人事而独居求静之谓也，盖欲使此心纯乎天理而无一毫人欲之私耳。今欲为此之功，而随人欲生而克之，则病根常在，未免灭于东而生于西。若欲刊剥洗荡于众欲未萌之先，则又无所用其力，徒使此心之不清。且欲未萌而搜剔以求去之，是犹引犬上堂而逐之也，愈不可矣。"

（阳明答）必欲此心纯乎天理而无一毫人欲之私，此作圣之功也。必欲此心纯乎天理而无一毫人欲之私，非防于未萌之先而克于方萌之际不能也。防于未萌之先而克于方萌之际，此正《中庸》"戒慎恐惧"、《大学》"致知格物"之功，舍此之外无别功矣。夫谓"灭于东而生于西"、"引犬上堂而逐之"者，是自私自利、将迎意必之为累，而非克治洗荡之为患也。今曰"养生以清心寡欲为要"，只"养生"二字便是自私自利、将迎意必之根。有此病根潜伏于中，宜其有"灭于东而生于西"、"引犬上堂而逐之"之患也。

来书云："佛氏于'不思善、不思恶时认本来面目'，于吾儒'随物而格'之功不同。吾若于不思善、不思恶时用致知之功，则已涉于思善矣。欲善恶不思而心之良知清静自在，惟有寐而方醒之时耳，斯正孟子'夜气'之说。但于斯光景不能久，倏忽之际，思虑已生。不知用功久者，其常寐初醒而思未起之时否乎？今澄欲求宁静，愈不宁静；欲念无生，则念愈生。如之何而能使此心前念易灭，后念不生，良知独显而与造物者游乎？"

（阳明答）"不思善、不思恶时认本来面目"，此佛氏为未识本来面目者设此方便。本来面目即吾圣门所谓良知。今既认得良知明白，即已不消如此说矣。"随物而格"，是致知之功，即佛氏之"常惺惺"，亦是常存他本来面目耳。体段功夫大略相似。但佛氏有个自私自利之心，所以便有不同耳。今"欲善恶不思而心之良知清静自在"，此便有自私自利、将迎意必之心，所以有"不思善、不思恶时用致知之功，则已涉于思善"之患。孟子说"夜气"，亦只是为失其良心之人指出个良心萌动处，使他从此培养将去。今已知得良知明白，常用致知之功，即已不消说"夜气"，却是得兔后不知守兔而仍去守株，兔将复失之矣。"欲求宁静"，"欲念无生"，此正是自私自利、将迎意必之病，是以念愈生而愈不宁静。良知只是一个良知，而善恶自辨，更有何善何恶可思？良知之体本自宁静，今却又添一个求宁静；本自生生，今却又添一个欲无生，非独圣门致知之功不如此，虽佛氏之学亦未如此将迎意必也。只是一念良知，彻头彻尾，无始无终，即是前念不灭，后念不生。今却欲前念易灭，而后念不生，是佛氏所谓"断灭种性"，人于槁木死灰之谓矣。

来书云："《大学》以心有好乐、忿懥、忧患、恐惧为不得其正，而程子亦谓'圣人情顺万事而无情'。所谓有者，《传习录》中以病疟譬之，极精切矣。若程子之言，则是圣人之情不生于心而生于物也，何谓耶？且事感而情应，则是是非非可以就格。事或未感时，谓之有则未形也，谓之无则病根在。有无之间，何以致吾知乎？学务无情，累虽轻，而出儒入佛矣，可乎？"

（阳明答）圣人致知之功，至诚无息。其良知之体，皦如明镜，略无纤翳，妍媸之来，随物见形，而明镜曾无留染，所谓"情顺万事而无情"也。"无所住而生其心"，佛氏曾有是言，未为非也。明镜之应物，妍者妍，媸者媸，一照而皆真，即是"生其心"处。妍者妍，媸者媸，一过而不留，即是"无所住"处。病疟之喻，既已见其精切，则此节所问可以释然。病疟之人，疟虽未发，而病根自在，则亦安可以其疟之未发，而遂忘其服药调理之功乎？若必待疟发而服药调理，则既晚矣。致知之功，无间于有事无事，而岂论于病之已发未发邪？大抵原静所疑，前后虽若不一，然皆起于自私自利、将迎意必之为祟。此根一去，则前后所疑，自将冰消雾释，有不待于问辨者矣。

悔过自新说

李　颙[①]

　　天地之性人为贵。人也者，禀天地之气以成身，即得天地之理以为性。此性之量，本輿天地同其大；此性之灵，本典日月合其明。本至善无恶，至粹无瑕；人多为气质所蔽，情欲所牵，习俗所囿，时势所移，知诱物化，旋失厥初。渐剥渐蚀，迁流弗觉，以致卑鄙乖谬，甘心堕落於小人之归，甚至虽具人形，而其所为有不远於禽兽者。此岂性之罪也哉？然虽渝於小人禽兽之域，而其本性之与天地合德、日月合明者，固未始不廓然朗然而常在也；顾人自信不及，故轻弃之耳。辟如明镜蔽於尘垢，而光体未尝不在；又如宝珠陷於粪坑，而宝气未尝不存，诚能加刮磨洗剔之功，则垢尽秽去，光体宝气自尔如初矣，何尝有少损哉！

　　世固有抱美质而不肯进修者，揆厥所由，往往多因一眚自弃。迨其后虽明见有善可迁，有义可徒，必且自诿曰："吾业已如此矣，虽复修善，人谁我谅耶？"殊不知君子小人、人类禽兽之分，只在一转念间耳。苟向来所为是禽兽，从今一旦改图，即为人矣；向来所为是小人，从今一旦改图，即为君子矣。当此之际，不惟亲戚爱我，朋友敬我，一切人服我，即天地鬼神亦且怜我而佑我矣。然则自诿自弃者，殆亦未之思也。

　　古今名儒倡道救世者非一：或以"主敬穷理"标宗，或以"先立乎大"标宗，或以"心之精神为圣"标宗，或以"自然"标宗，或以"复性"标宗，或以"致良知"标宗，或以"随处体认"标宗，或以"正修"标宗，或以"知止"标宗，或以"明德"标宗。虽各家宗旨不同，要之总不出"悔过自新"四字，总是开人以悔过自新的门路，但不曾揭出此四字，所以当时讲学，费许多辞说。愚谓不若直提"悔过自新"四字为说，庶当下便有依据，所谓"心不妄用，功不杂施，丹府一粒，点

---

① 李颙，明末清初周至人，明清之际哲学家，与浙江余姚黄宗羲、直隶蓉城孙奇逢并称为海内三大鸿儒。李颙在理学上的造诣，被称为"海内大儒"。李颙和眉县李柏、富平李因笃统称为"关中三李"。李的著作，康熙、雍正年间均有刻本，光绪时补入《四书反身录》等篇。

铁成金也"。

或曰:"从上诸宗,皆辞旨精深,直趋圣域,且是以圣贤望人;今吾子此宗,辞旨粗浅,去道迂远,且似以有过待人,何不类之甚也?"愚曰:"不然。皎日所以失其照者,浮云蔽之也,云开则日莹矣。吾人所以不得至於圣者,有过累之也,过减则德醇矣。以此优入圣域,不更直捷简易耶?"

疑者曰:"六经、四书,卷帙浩繁,其中精义,难可殚述'悔过自新'宁足括其微奥也?"殊不知易著"风雷"之象,书垂"不吝"之文,诗歌"维新"之什,春秋微显阐幽,以至於礼之所以陶,乐之所以淑,孔曰"勿惮",曾曰"其严",中庸之"寡过",孟氏之"集议",无非欲人复其无过之体,而归于日新之路耳。正如素问、青囊,皆前圣已效之方,而传之以救万世之病,非欲於病除之外,别有所增益也。曰:"经书垂训,实具修齐治平之理,岂专为一身一心,悔遇自新而已乎?"愚谓:"天子能悔过自新,则君极建而天下以之平;诸侯能悔过自新,则侯度贞而国以之治;大夫能悔过自新,则臣道立而家以之齐;士庶人能悔过自新,则德业日隆而身以之修,又何弗包举统摄焉!"

杀人须从咽喉处下刀,学问须从肯綮处着力。悔过自新,乃千圣进修要诀,人无志於做人则已,苟真实有志做人,须从此学则不差。

天地闲道理,有前圣偶见不及而后圣始拈出者,有贤人或见不及而庸人偶拈出者,但取其益身心,便修证,斯已耳。予固庸人也,懵弗知学,且孤苦颠顿,备历穷愁,於凤夜寐旦、苦搜精研中,忽见得此说,若可以安身立命,若可以自利利他,故敢揭之以公同志。倘以言出庸人而漫置之,是犹恶贫女之布而甘自冻者也。

前辈云:"人生仕宦,大都不过三五十年,惟立身行道,千载不朽。"愚谓:"舍悔过自新,必不能立身,亦非所以行道,是在各人自察之耳。"

今人不达福善祸淫之理,每略躬行而资冥福,动谓祈请醮谢,可以获福无量。殊不知天地所最爱者,修德之人也;鬼神所甚庇者,积善之家也。人苟能悔过於明,则明无人非;悔过於幽,则幽无鬼责。从此刮垢磨光,日新月盛,则必浩然於天壤之内,可以上答天心而祈天永命矣,又何福之不臻哉!

吾之德性，欲图所以新之，此际机权，一毫不容旁贷。新舆不新，自心自见，譬如饮水，冷暖自知。久之德充於内，光辉发於外，自有不可得而掩者矣。厥初用功，全在自己策励。

性，吾自性也；德，吾自得也。我固有之也，曷言乎新？新者，复其故之谓也，辟如日之在天，夕而沈，朝而升，光体不增不损，今无异昨，故能常新。若於本体之外，欲有所增加以为新，是喜新好异者之为，而非圣人之所谓新矣。

同志者苟留心此学，必须於起心动念处潜体密验。苟有一念未纯於理，即是过，即当悔而去之；苟有一息稍涉於懈，即非新，即当振而起之。若在未尝学问之人，亦必且先检身过，次检心过，悔其前非，断其后续，亦期至於无一念之不纯，无一息之稍懈而后已。盖人之所造，浅深不同，故其为过，亦巨细各异，接而剔之，存乎其人於以诞登圣域，斯无难矣。

众见之过，犹易惩艾；独处之过，最足障道。何者？过在隐伏，潜而未彰，人於此时最所易忽；且多容养爱护之意，以为鬼神不我觉也。岂知莫见乎隐，莫显乎微，舜跖人禽，於是乎判，故慎独要焉。

几者，事之微，而吉凶之所由以肇端者也。易曰："知几其神乎。"又曰："君子见几而作，不俟终日。"子曰："颜氏之子，其殆庶几乎。有不善未尝不知，知之未尝复行也。"夫"有不善未尝不知"，故可与几也；"知之未尝复行"，故无只悔也。吾侪欲悔过自新，当以颜氏为法。

吾侪既留意此学，复悠悠忽忽，日复一日，与未学者同为驰逐，终不得力，故须静坐。静坐一著，乃古人下工之始基，是故程子见人静姿，便以为善学，何者？天地之理，不翕聚则不能发散；吾人之学，不静极则不能超悟。况过与善界在几微，非至精不能剖析，岂平日一向纷营者所可辨也。

悔过自新，此为中材言之也，而即为上根言之也。上根之人，悟一切诸过皆起於一心，直下便划却根源，故其为力也易；中材之人，用功积久，静极明生，亦成了手，但其为力也难。盖上根之人，顿悟顿修，名为"解悟"；中材之人，渐修渐悟，名为"证悟"。吾人但期於悟，无期於顿可矣。

圣人之学，下学上达，其始不外动静云为日用平常之事，而其究则必曰"穷理书性，以至於命"。人苟有纤微之过，尚留方寸，则性必无由以尽；性既不能尽，则命亦无由以至，而其去圣功远矣。故必悔之又悔，新而又新，以至於尽性至命而后可。

悔而又悔，以至於无过之可悔；新而又新，以极於日新之不已。庶几仰不愧天，俯不怍人；尽不愧鬼影，夜不愧鬼衾；在乾坤为肖子，在宇宙为完人；今日在名教为贤圣，将来在冥漠为神明，岂不快哉！

昔人云："尧舜而知其圣，非圣也，是则尧舜未尝自以为无过也；禹见囚下车而泣，是则禹未尝自以为无过也；汤改过不吝，以放桀为慙德，是则汤未尝自以为无过也；文王望道未见，武王徹几铭牖，周公破斧缺斨，孔子五十学易，是则文、武、周、孔并未尝自以为无过也。等而上之，阳愆阴伏，旱干水溢，即天地亦必且不见以为无过也。"然而两仪无心，即置勿论。至於诸圣，固各有其悔过自新之旨焉。但圣人之悔过处，及其自新处，與凡人自不同耳。盖必至於无一念之不纯於理，无一息之或闲於私，而后为圣人之"悔过"；必至於"与天地合其德，与日月合其明，与四时合其序，与鬼神合其吉凶"，而后为圣人之"自新"。夫卑之虽愚夫妇有可循，高之至於神圣不能外。此悔过自新之学所为括精粗、兼大小、该本末、彻终始而一以贯之者欤！

横渠先生少喜谈兵，尝欲结党取洮西之地。康定中，闻范文正公仲淹为陕西帅，遂上书条陈兵务。仲淹异其气貌，又甚少，惜之，质责之曰："儒者自有名教，何事於兵？"手中庸一编授焉，先生乃大感，归读之，遂翻然志於道。然未知所从入，溺於释、老者累年，后悟其非，始反求之六经。嘉祐初，至京师见程氏二先生，二先生於先生为外兄弟之子，卑属也，而学谐奥渊。先生与语道学之要，厌服之，因涣然信曰："吾道自足，何事旁求！"於是尽弃异学，淳如也。

上蔡先生少博洽，见程子於扶沟，从受学，语次举书史无遗失。程子曰："贤记忆何多也？抑亦可谓玩物丧志矣。"先生惭，汗浃背，面发赤，因请为学之要。程子告以静坐。於是遂时时静坐，又作簿自记日用言动礼与非礼以自绳。其言曰："克己，须从性偏难克处克将去。患恐惧，旦旦於危阶上习之；得善笔爱之，患长爱欲，书令坏乃已；患喜怒，日消除令尽而内自省。大患乃在矜，痛克之。"与程子别，一年来见，问所学，对曰："惟去得一'矜'字。"曰："何谓也？"先生曰：

"怀固蔽自欺之心，长虚骄自大忠气，皆此之由。"程子喜而告人曰：
"是子为切问近思之学者也。"

晦菴先生初年学靡常师，出入於经传，泛滥於释、老。自云："某年十五六时，留心於释，盖尝师其人、尊其道而笃好之。年二十四，始见延平李先生言及学禅。李先生只说"不是"，某倒疑李先生理会此未得，再三质问。李先生为人简重，却不甚会说，只教看圣贤言语。某遂将那禅来权倚阁起，意中道禅亦自在，且将圣人书来读。读来读去，一日复一日，觉得圣贤言语渐渐有味，却回头看释氏之说，渐渐破绽，罅漏百出。自此悔悟力改，无复向来病痛矣。"

草庐先生五岁，日诵数千言，夜读书达旦。母忧其劳过，节膏火调适之。先生伺母寝，辄篝灯诵习，遂博通经传。行省掾元明善以文学自负，问经传奥义，服之，太息曰："与吴先生言，如探渊海，不可测也。"所著易、春秋，尽破传注穿凿，以发其蕴，精明简切。而礼纂言，於礼学为尤切。晚岁颇悔悟，遂专以尊德性为主，作学基、学统二篇，使人知为学之本。其言曰："天之所以生人，人之所以为人，以此德性也。然自圣传不嗣，士学靡宗。汉唐千余年闲，董、韩二子，依稀数语近之，而原本竟昧昧也。逮夫周程张邵兴，始能上通孟氏而为一。程氏四传而至朱，文义之精密，又孟氏以来所未有者，其学徒往往滞於此而溺其心。夫既以世儒记诵词章为俗学矣，而其为学亦未离乎言语文字之末，此则嘉定以后，朱门末学之敝，而未有能救之者也。夫所贵乎圣人之学，以能全天之所以与我者尔。天之与我，德性是也，是为仁义礼智之根株，是为形质血气之主宰。舍此而他求，虽行如司马文正，才如诸葛武侯，亦不免於行不著、习不察，况止於训诂之精，讲说之密，如北溪之陈，双峰之饶，於记诵词章之学，相去何能以寸哉！圣学大明於宋，而踵其后者乃如此，可叹已！澄也钻研於文义，毫分缕析，每以陈为未精，饶为未密也，堕此科臼中垂四十年，而始觉其非。自今以往，一日之内子而亥，一月之内朔而晦，一岁之内春而冬，常见吾德性之昭昭，如天之运转，如日月之往来，不使有须臾之闲断，则於尊之之道，殆庶几乎！"

敬轩先生初欲以诗文鸣世，后从魏、范二公讲周程张朱诸书，叹曰："此道学正脉也。"遂焚所作诗赋，专心於是，至忘寝食。尝曰：

"吾奋然欲造其极而未能者，其病安在？得非旧习有未尽去乎，旧习最害事，吾欲进彼则止吾之进；吾欲新彼则旧吾之新。甚可恶，当刮绝之。"又曰："一毫省察不至，即处事失宜，而悔吝随之，不可不慎。"

近溪先生年十五从新城张洵水学，洵水每谓："人须力追古人，不当埋没於举业，自弃厥身。"於是一意以正学自任。一日，诵敬轩语录云："万起万灭之私，乱吾心久矣，当一切决去，以全吾澄然湛然之体。"遂焚香叩首，矢心力行，数月而体未复。壬辰，闭关临田寺，几上置镜与盂水，对之令心与水镜无二。久之成疾，父忧之，授以传习录一编。循其言求之，病渐愈。庚子，入省赴大会，见颜山农，自述遭危病，生死得失，能不动心。山农不许，曰："是制欲，非体仁也。"先生曰："非制欲安能体仁？"山农曰："子不观孟子之论叫'四端'乎？知皆扩而充之，如火之始然，泉之始达，如此体仁，何等直截。子患当下日用而不知，勿妄疑天性之息也。"先生是时如大梦得醒，遂於稠人中稽首师事焉。后忽遘重病，倚榻而坐，梦一翁来言曰："君身病康矣，心病则未也。"先生不应。翁曰："君自有生以来，遇触而气不动，当倦而目不瞑，扰攘而气不分，梦寐而境不昏，此君心痼也。"先生愕然，曰："随物感通，原无定执，君以宿生操持太甚，遂成结习。君今漫喜无病，不悟天体渐失，岂惟心病，而身亦随之矣。"先生大惊，伏地叩谢，汗下如雨，从是执念渐消。

阳明先生之学凡三变，其为教也亦三变。少之时，驰骋於词章，已而出入二氏，继乃居夷处困，豁然有得於圣贤之旨，是三变而至道也。居贵阳时，首与学者为"知行合一"之说；自滁阳后，多教学者静坐；江右以来，始单提"致良知"三字，直指本体，令学者言下有悟，是教亦三变也。

南瑞泉大吉守绍兴时，从学阳明先生，时时请益焉。尝曰："大吉临政多过，先生何无一言？"阳明曰："何过？"瑞泉历数其事，阳明曰："吾言之矣。"瑞泉曰："何言？"曰："吾不言，何以知之？"曰："良知自知之。"阳明曰："良知却是我言？"瑞泉笑谢而去。居数日，复自数过加密，来告曰："与其过后悔改，不若预言无犯为佳也。"阳明曰："人言不如自悔之真。"瑞泉笑别而去。居数日，复自数过益密，曰："身过可免，心过奈何？"阳明曰："昔镜未开，可得藏垢；今镜明矣，一点之落，自难住脚。此正入圣之机也，勉之！"瑞泉拜谢，由是得学问致力肯綮处。

董萝石澐，年六十有八矣，以能诗闻江湖闲。与其乡之业诗者十数辈为诗社，且夕吟咏，至废寝食，遗生业，以为是天下之至乐也。已游会稽，闻王阳明讲学山中，以杖肩其瓢笠诗卷访之。入门长揖，踞上坐。阳明异其气貌，且年老矣，礼敬之。又询知其董萝石也，与之语，连日夜。萝石退谓何秦曰："吾闻夫子'良知'之说，而忽若大寐之得醒，然后知吾向之所为，日夜弊精劳力者，其与世之营营利禄之徒，特清浊之分，而其闲不能以寸也。幸哉，吾非至於夫子之门，则几於虚此生矣，吾将北面夫子而终身焉，得无以既老而有所不可乎？"秦起拜贺曰："先生之年则老矣，先生之志何壮哉！"入以请於阳明，阳明喟然叹曰："有是哉！吾未或见此翁也。虽然齿长於我矣，师友一也。苟吾言之见信，奚必北面而后为礼乎？"萝石闻之曰："夫子殆以予诚之未积欤？"辞归两月，弃其瓢笠，持一缣而来，谓秦曰："比吾老妻之所织也，吾之诚积，若兹缕矣，夫子其许我乎？"秦入以请，阳明子曰："有是哉！吾未或见此翁也。今之后生晚进，苟知执笔为文辞，稍记习训诂，则已侈然自大，不复知有从师学问之事；闲有或从师问学者，则哄然共非笑，指斥若怪物。翁以能诗训后进，从之避者遍江湖，盖居然先辈矣。一旦闻予言，而弃去其数十年之成业如敝屣，遂求北面而屈礼焉，非天下大勇，其孰能与於此？则如萝石固吾之师也，而吾岂足以师萝石乎！"萝石曰："甚哉！夫子之拒我也！吾不能以俟请矣。"入而强纳拜焉。自是日有闻益，充然有得，欣然乐而忘归也。其乡党之子弟亲友，与其平日之为社者，或笑而非之，或为诗而招之返，且曰："翁老矣，何自苦若是耶！"萝石笑曰："吾方幸逃於苦海，方知悯若之自苦，而乃以吾为苦耶！去矣，吾将从吾之所好。"

杨庭显少精悍，视天下事无不可为者。居常自视无过，视人则有过。一日，自念曰："岂其人则有过，而吾独无过，殆未之思也！"思之，遂知所过；旋又知二三，已而纷然，乃大恐，痛惩力改。读书听言必自省，每见过内讼不置，即梦寐中怨艾深切，至於感泣。念虑智识之差，毫无自恕。嘉言善行，不旷耳目，书之盈室，著之累帙。尝曰："如有樵童牧子谓余曰'吾诲汝'，我亦当敬听之。"其自刻责者，类非形见，独发明以示戒，检身严而安所止，取善博而知所择。人患忿懥，则容物若虚；人患吝啬，则捐财若无。或叹其不可及，庭显曰："昔甚不然，吾改之耳。"

仇览为阳遂亭长，好行教化。有陈元不孝，其母诣览言元。览呼元责以子道，与一卷孝经，使读之。元深自感悟，到母床前谢罪，曰："元少孤，为母所骄。谚云：'孤犊触乳，骄子詈母。'乞今自改。"母子相向而泣。於是元遂修行孝道，究成佳士。

徐庶少好任侠击剑，尝乘忿杀人，白垩突面，披发而走，为吏所得。问其姓字，闭口不言。吏乃於车上立柱维磔之，击鼓以令於市廛，莫敢识者，而其党伍共篡解之得脱。於是感激，弃其刀戟，更练布单衣，折节学问，始诣精舍。诸生闻其前作贼，不肯与共止。乃卑躬早起，常独扫除，动静先意，听习经业，义理精熟。与诸葛亮相友善，俱为一时名士。

周处性凶狠，纵情肆欲，州里患之。一日，问父老曰："今时和岁丰，何苦而不乐耶？"父老叹曰："三害未除，何乐之有！"处曰："何谓也？"答曰："南山白额猛兽、长桥下蛟，并子为三矣。"处曰："若此为患，吾能除之。"乃入山射杀猛兽，因投水搏蛟。蛟或沉或浮，行数十里，而处与之俱，经久之不出。人谓处已死，皆相庆贺。处果杀蛟而反，闻乡里相庆，始知人恶己之甚，乃入吴寻二陆。时机不在，见云，具以情告，曰："欲自修而年已蹉跎，恐将无及。"云曰："古人贵朝闻夕改，君前塗尚可，且患志之不立，何忧名之不彰。"处遂励志好学，志存义烈，言必忠信。期年，州府交辟，卒为节义名臣。

子张，鲁之鄙家也，颜浊聚，梁父之大盗也，学於孔子；段干木，晋国之大驵也，学於子夏；高何、县子石，齐国之暴者也，指於乡曲，学於子墨子；索卢参，东方之巨狡也，学於禽滑黎。此六人者，刑戮死辱之人也，今非徒免於刑戮死辱也，由此为天下名士显人。而吾曹乃多以一眚自弃，惜哉！

横渠四句教

马一浮 ①

今举横渠此言，欲为青年更进解，养成刚大之资，乃可以济塞难。须信实有是理，非是姑为鼓舞之言也。

昔张横渠先生有四句话，今教诸生立志，特为拈出。希望竖起脊梁，猛著精采，依此立志，方能堂堂的做一个人。须知人人有此责任，人人具此力量。切莫自己诿卸，自己菲薄。此便是"仁以为己任"的榜样，亦即是今日讲学的宗旨，慎勿以为空言而忽视之。

为天地立心

《易·大传》曰："《复》，其见天地之心乎。"《剥》、《复》是反对卦。《剥》穷于上，是君子道消。《复》反于下，是君子道长。伊川《易传》以为"动而后见天地之心"。天地之心于何见之？于人心一念之善见之。故《礼运》曰："人者，天地之心也。"《程氏遗书》云："一日之运，即一岁之运。一人之心，即天地之心。"盖人心之善端，即是天地之正理。善端既复，则刚浸而长。可止于至善，以立人极，便与天地合德。故"仁民爱物"，便是"为天地立心"。天地以生物为心，人心以恻隐为本。孟子言四端，首举恻隐，若无恻隐，便是麻木不仁，漫无感觉，以下羞恶、辞让、是非，俱无从发出来。故"天地之大德曰生"，人心之全德曰仁。学者之事，莫要于识仁求仁、好仁恶不仁，能如此，乃是"为天地立心"。

---

① 马一浮（1883—1967），幼名福田，字一佛，后字一浮，号湛翁，别署蠲翁、蠲叟、蠲戏老人。浙江会稽（今浙江绍兴）人，中国现代思想家、诗人和书法家。与梁漱溟、熊十力合称为"现代三圣"（或"新儒家三圣"），现代新儒家的早期代表人物之一，所著后人辑为《马一浮集》。

为生民立命

　　儒者立志，须是令天下无一物不得其所，方为圆成。孟子称伊尹"一夫不获"，"若己推而纳诸沟中"。横渠《西铭》云："凡天下之疲癃、残疾、悍独、鳏寡，皆吾兄弟之颠连而无告者也。"此皆明万物一体之义。圣人吉凶与民同患。未有众人皆忧而己能独乐，众人皆危而己能独安者。万物一体，即是万物同一生命。若人自扼其吭，自残其肢，自剜其腹，而曰吾将以求生，决无是理。孟子曰："夭寿不贰，修身以俟之，所以立命也。"朱子注云："立命谓全其天之所赋，不以人为害之。"又曰："尽其道而死者，正命也。桎梏死者，非正命也。"今人心陷溺，以人为害天赋，不得全其正命者，有甚于桎梏者矣。仁人视此，若疮痏之在身，疾痛之切肤，不可一日安也，故必思所以出水火而登衽席之道，使得全其正命。孔子曰："老者安之，朋友信之，少者怀之。"学者立志，合下便尝有如此气象，此乃是"为生民立命"也。

为往圣继绝学

　　此理不为尧存，不为桀亡，在圣不增，在凡不减。但因人为气习所拘蔽，不肯理会，便成衰绝。其实"人皆可以为尧舜"。颜子曰："舜，何人哉？予，何人哉？有为者亦若是。"学者只是狃于习俗，不知圣贤分上事即吾性分内事，不肯承当。故有终身读书，只为见闻所囿，滞在知识边，便谓已足，不知更有向上事，汨没自性，空过一生。孔子曰："不曰'如之何，如之何'者，吾未如之何也已矣。苟能一日用其力于仁矣乎，吾未见力不足者。"圣人之言剀切如此，道之不明不行，只由于人之自暴自弃。故学者立志，必当确信圣人可学而至。吾人所禀之性，与圣人元无两般。孟子曰："圣人先得我心之所同然者耳。""心之所同然者何也？曰理也，义也。"濂、洛、关、闽诸儒，深明义理之学，真是直接孔孟，远过汉唐。"为往圣继绝学"，在横渠绝非夸词。今当人心晦盲否塞、人欲横流之时，必须研究义理，乃可以自拔于流俗，不致戕贼其天性。学者当知圣学者即是义理之学。切勿以心性为空谈而自安于卑陋也。

为万世开太平

太平不是幻想的乌托邦，乃是实有是理。如尧之"光被四表，格于上下"，文王之"自西自东，自南自北，无思不服"，都是事实。干羽格有苗之顽，不劳兵革；礼让息虞、芮之讼，安用制裁。是故不赏而劝，不怒而威，不言而信，无为而成。《中庸》曰："君子笃恭而天下平。""声色之于以化民末也。"圣人至德渊微，自然之效，斯乃政治之极轨。自帝降而王，王降而霸，霸降而夷狄，天下治日少而乱日多。秦并六国，二世而亡；晋失其驭，五胡交乱。力其可恃乎？中外历史，诸生闻之熟矣，非无一时强大之国，只如飘风骤雨，不可久长。程子曰："王者以道治天下，后世只是以法把持天下。"又曰："三代而下，只是架漏牵补，过了时日。"孟子曰："以力假仁者霸"，"以德行仁者王"，"以力服人者，非心服也，力不赡也。以德服人者，中心悦而诚服也。"从来辨王、霸莫如此言之深切著明。学者须知孔孟之言政治，其要只在贵德而不贵力。然孔孟有德无位，其道不行于当时，而其言则可垂法于万世。故横渠不曰"致"而曰"开"者。"致"是实现之称，"开"则期待之谓。苟非其人，道不虚行，果能率由斯道，亦必有实现之一日也。从前论治，犹知以汉唐为卑，今日论治，乃惟以欧美为极。从前犹以管、商、申、韩为浅陋，今日乃以孟梭里尼、希特勒为豪杰，以马格斯、列宁为圣人。今亦不暇加以评判，诸生但取六经所陈之治道，与今之政论比而观之，则知碔砆不可以为玉，螾蜓不可以为龙，其相去何啻霄壤也。中国今方遭夷狄侵陵，举国之人动心忍性，乃是多难兴邦之会。若曰图存之道，期跂及于现代国家而止，则亦是自己菲薄。今举横渠此言，欲为青年更进一解，养成刚大之资，乃可以济塞难。须信实有是理，非是姑为鼓舞之言也。

岳阳楼记

范仲淹 [1]

江边春水——经典诵读材料选编

庆历四年春，滕子京谪守巴陵郡。越明年，政通人和，百废具兴。乃重修岳阳楼，增其旧制，刻唐贤今人诗赋于其上，属予作文以记之。

予观夫巴陵胜状，在洞庭一湖。衔远山，吞长江，浩浩汤汤，横无际涯，朝晖夕阴，气象万千。此则岳阳楼之大观也，前人之述备矣。然则北通巫峡，南极潇湘，迁客骚人，多会于此，览物之情，得无异乎？

若夫淫雨霏霏，连月不开，阴风怒号，浊浪排空，日星隐曜，山岳潜形；商旅不行，樯倾楫摧，薄暮冥冥，虎啸猿啼。登斯楼也，则有去国怀乡，忧谗畏讥，满目萧然，感极而悲者矣。

至若春和景明，波澜不惊，上下天光，一碧万顷，沙鸥翔集，锦鳞游泳，岸芷汀兰，郁郁青青。而或长烟一空，皓月千里，浮光跃金，静影沉璧，渔歌互答，此乐何极！登斯楼也，则有心旷神怡，宠辱偕忘，把酒临风，其喜洋洋者矣。

嗟夫！予尝求古仁人之心，或异二者之为，何哉？不以物喜，不以己悲，居庙堂之高则忧其民，处江湖之远则忧其君。是进亦忧，退亦忧。然则何时而乐耶？其必曰"先天下之忧而忧，后天下之乐而乐"乎。噫！微斯人，吾谁与归？

时六年九月十五日。

第二部分　国学经典

---

[1] 范仲淹（989—1052），字希文，北宋杰出的思想家、政治家、文学家。苏州吴县人。大中祥符八年（1015年），范仲淹授广德军司理参军，后历任兴化县令、秘阁校理、陈州通判、苏州知州等职，因秉公直言而屡遭贬斥。庆历三年（1043年），出任参知政事，发起"庆历新政"。不久后，新政受挫，范仲淹被贬出京。谥号"文正"，世称范文正公。有《范文正公文集》。

爱 莲 说

周敦颐

　　水陆草木之花，可爱者甚蕃。晋陶渊明独爱菊。自李唐来，世人甚爱牡丹。予独爱莲之出淤泥而不染，濯清涟而不妖，中通外直，不蔓不枝，香远益清，亭亭净植，可远观而不可亵玩焉。

　　予谓菊，花之隐逸者也；牡丹，花之富贵者也；莲，花之君子者也。噫！菊之爱，陶后鲜有闻；莲之爱，同予者何人？牡丹之爱，宜乎众矣！

清华大学王观堂先生纪念碑铭

陈寅恪 [1]

江边春水——经典诵读材料选编

第二部分 国学经典

海宁王先生自沈后二年，清华研究院同人咸怀思不能自已。其弟子受先生之陶冶煦育者有年，尤思有以永其念。金曰：宜铭之贞珉，以昭示于无竟。因以刻石之词命寅恪，数辞不获已，谨举先生之志事，以普告天下后世。其词曰：

士之读书治学，盖将以脱心志于俗谛之桎梏，真理因得以发扬。思想而不自由，毋宁死耳。斯古今仁圣所同殉之精义，夫岂庸鄙之敢望。先生以一死见其独立自由之意志，非所论于一人之恩怨，一姓之兴亡。呜呼！树兹石于讲舍，系哀思而不忘。表哲人之奇节，诉真宰之茫茫。来世不可知者也。先生之著述，或有时而不章。先生之学说，或有时而可商。惟此独立之精神，自由之思想，历千万祀，与天壤而同久，共三光而永光。

---

[1] 陈寅恪（1890—1969），字鹤寿，江西修水人。历史学家、古典文学研究家、语言学家、诗人。著有《隋唐制度渊源略论稿》《唐代政治史述论稿》《元白诗笺证稿》《金明馆丛稿》《柳如是别传》《寒柳堂记梦》等。

《新原人》自序

冯友兰

"为天地立心，为生民立命，为往圣继绝学，为万世开太平。"此哲学家所应自期许者也。况我国家民族值贞元之会，当绝续之交，通天人之际、达古今之变、明内圣外王之道者，岂可不尽所欲言，以为我国家致太平，我亿兆安心立命之用乎？虽不能至，心向往之。非曰能之，愿学焉。此《新理学》、《新事论》、《新世训》及此书所由作也。此书虽写在《新事论》、《新世训》之后，但实为继《新理学》之作，读者宜先观之。书中所征引，多有不及注出处者。盖以乱离颠沛，检查不便。亦以此书非考据之作，其引古人之言，不过以与我今日之见相印证，所谓六经注我，非我注六经也。此书属稿时，与金龙荪先生岳霖同疏散于昆明郊外龙泉镇。汤锡予先生用彤亦时来。承阅全稿，并予批评指正，谨此致谢。书中各章，皆先在《思想与时代》月刊中发表。承允重印，以广流传，亦谨此致谢。书中字句，有与前所刊布不同者，以此为正。昔尝以《新理学》、《新事论》、《新世训》为贞元三书，近觉所欲言者甚多，不能以三书自限，亦不能以四书自限。世变方亟，所见日新，当随时尽所欲言，俟国家大业告成，然后汇此一时所作，总名之曰"贞元之际所著书"，以志艰危，且鸣盛世。

示 菩 儿

熊十力 [1]

古代封建社会之言礼也，以别尊卑、定上下为其中心思想。卑而下者，以安分为志，绝对服从其尊而上者。虽其思想、行动等方面受无理之抑制，亦以为分所当然，安之若素，而无所谓自由与独立。及人类进化，脱去封建之余习，则其制礼也，一本诸独立、自由、平等诸原则，人人各尽其知能、才力，各得分愿。虽为父者，不得以非礼束缚其子，而况其他乎？礼之根本意义即已变古，故仪文节度之间，亦省去古时许多无谓之繁文缛节，唯以简而不失之野为贵耳。今西人之于礼也，简则简矣，然不野则未也。吾国古礼，极其文矣，而未免繁缛。今人效西俗又太野。后有制礼者，当求损益之宜。

独立、自由、平等诸名词，最易误解，今为汝略释之。

独立者，无所倚赖之谓也。明儒陈白沙先生曰："天自信天，地自信地，吾自信吾。"唯自信者，能虚怀以求真理。一切皆顺真理而行，发挥自家力量。大雄大无畏，绝无依傍，绝无瞻徇，绝无退坠，"堂堂巍巍，壁立万仞"，是谓大丈夫，是谓独立。然复须知，此云独立，即是"尽己之谓忠，以实之谓信"。唯尽己，唯以实，故无所依赖，而昂然独立耳。同时亦尊重他人之独立也，而不敢以己陵人，亦与人互相辅助而不忍孤以绝人。故吾夫子曰："德不孤，必有邻也。"古代隐遁之士独善其身，犹不得谓之独立也。

自由者，非猖狂纵欲，以非理、非法破坏一切纪纲，可谓自由也。非颓然放肆，不自奋，不自制，可谓自由也。西人有言：人得自由而必以他人之自由为界，此当然之理也。然最精之义则莫如吾夫子所谓"我欲仁斯仁至矣"，言自由者至此而极矣。夫人而不仁，即非人也。欲仁而仁斯至，自由孰大于是，而人顾不争此自由何耶？

---

① 熊十力（1885—1968），原名继智、升恒、定中，号子真、逸翁，晚年号漆园老人。中国著名哲学家、思想家。与其三弟子（牟宗三、唐君毅、徐复观）和张君劢、梁漱溟、冯友兰、方东美被称为"新儒学八大家"。著有《新唯识论》《原儒》《体用论》《明心篇》《佛教名相通释》《乾坤衍》等书。

平等者，非谓无尊卑上下也。天伦之地，亲尊而子卑，兄尊而弟卑。社会上有先觉先进与后觉后进之分，其尊卑亦秩然也。政界上有上级下级，其统属亦不容紊也。然则平等之义安在耶？曰：以法治言之，在法律上一切平等，国家不得以非法侵犯其人民之思想言论等自由，而况其他乎？以性分言之，人类天性本无差别，故佛说一切众生皆得成佛，孔子曰"当仁不让于师"，言仁德吾所固有，直下担当、虽师之尊，亦不让彼之独成乎仁也。孟子曰"人皆可以为尧舜"，此皆平等义也。而今人迷妄，不解平等真义，顾乃以灭理犯分为平等，人道于是乎大苦矣。

第三部分　古诗词

汉乐府 [1] 二首

长歌行

青青园中葵，朝露待日晞。
阳春布德泽，万物生光辉。
常恐秋节至，焜黄华叶衰。
百川东到海，何时复西归。
少壮不努力，老大徒伤悲。

饮马长城窟行

青青河畔草，绵绵思远道。
远道不可思，宿昔梦见之。
梦见在我傍，忽觉在他乡。
他乡各异县，展转不相见。
枯桑知天风，海水知天寒。
入门各自媚，谁肯相为言？
客从远方来，遗我双鲤鱼。
呼儿烹鲤鱼，中有尺素书。
长跪读素书，书中竟何如？
上言加餐食，下言长相忆。

---

① 汉代乐府是管理宫廷乐舞的机构名称，创立于西汉武帝时期。后代将汉代乐府所搜集、演唱的诗歌统称为"乐府"，于是乐府便由音乐机关名称变为诗体。汉代乐府是我国诗歌史上的宝贵遗产。宋人郭茂倩编集的《乐府诗集》一百卷，是乐府歌辞的总集。

曹操[①]诗三首

短歌行

对酒当歌，人生几何？
譬如朝露，去日苦多。
慨当以慷，忧思难忘。
何以解忧，唯有杜康。
青青子衿，悠悠我心。
但为君故，沉吟至今。
呦呦鹿鸣，食野之苹。
我有嘉宾，鼓瑟吹笙。
明明如月，何时可掇。
忧从中来，不可断绝。
越陌度阡，枉用相存。
契阔谈䜩，心念旧恩。
月明星稀，乌鹊南飞。
绕树三匝，何枝可依。
山不厌高，海不厌深。
周公吐哺，天下归心。

观沧海

东临碣石，以观沧海。
水何澹澹，山岛竦峙。
树木丛生，百草丰茂。
秋风萧瑟，洪波涌起。
日月之行，若出其中；
星汉灿烂，若出其里。

---

① 曹操（155—220），字孟德，沛国谯县（今安徽亳州）人。东汉末年杰出的政治家、军事家、文学家、书法家，三国中曹魏政权的奠基人。

幸甚至哉，歌以咏志。

龟虽寿

神龟虽寿，犹有竟时。

腾蛇乘雾，终为土灰。

老骥伏枥，志在千里；

烈士暮年，壮心不已。

盈缩之期，不但在天；

养怡之福，可得永年。

幸甚至哉，歌以咏志。

陶渊明^①诗二首

饮酒二十首（其五）

结庐在人境，而无车马喧。
问君何能尔，心远地自偏。
采菊东篱下，悠然见南山。
山气日夕佳，飞鸟相与还。
此中有真意，欲辨已忘言。

归园田居五首（其一）

少无适俗韵，性本爱丘山。
误落尘网中，一去三十年。
羁鸟恋旧林，池鱼思故渊。
开荒南野际，守拙归园田。
方宅十余亩，草屋八九间。
榆柳荫后檐，桃李罗堂前。
暧暧远人村，依依墟里烟。
狗吠深巷中，鸡鸣桑树颠。
户庭无尘杂，虚室有余闲。
久在樊笼里，复得返自然。

---

① 陶渊明（365—427），一名潜，字元亮，浔阳柴桑（今江西九江市）人，东晋著名诗人。陶渊明作品的注本，比较通行的本子是陶澍集注《靖节先生集》。

晚登三山还望京邑

谢　朓 ①

灞涘望长安，河阳视京县。

白日丽飞甍，参差皆可见。

余霞散成绮，澄江静如练。

喧鸟覆春洲，杂英满芳甸。

去矣方滞淫，怀哉罢欢宴。

佳期怅何许，泪下如流霰。

有情知望乡，谁能鬒不变？

---

① 谢朓（464—499），字玄晖，陈郡阳夏（今河南太康县）人。南朝世家豪门子弟，年少闻名。谢朓
诗风格秀逸，为当时作家所爱重，著有《谢宣城集》。

蝉

虞世南 [1]

垂緌饮清露，流响出疏桐。
居高声自远，非是藉秋风。

王勃①诗二首

滕王阁诗

滕王高阁临江渚，佩玉鸣鸾罢歌舞。
画栋朝飞南浦云，珠帘暮卷西山雨。
闲云潭影日悠悠，物换星移几度秋。
阁中帝子今何在？槛外长江空自流。

送杜少府之任蜀川

城阙辅三秦，风烟望五津。
与君离别意，同是宦游人。
海内存知己，天涯若比邻。
无为在歧路，儿女共沾巾。

---

① 王勃（650—676），字子安，绛州龙门（今山西河津）人，少时即显露才华，与杨炯、卢照邻、骆
宾王并称"初唐四杰"，著有《王子安集》。

春江花月夜

张若虚 [①]

春江潮水连海平，海上明月共潮生。
滟滟随波千万里，何处春江无月明。
江流宛转绕芳甸，月照花林皆似霰。
空里流霜不觉飞，汀上白沙看不见。
江天一色无纤尘，皎皎空中孤月轮。
江畔何人初见月？江月何年初照人？
人生代代无穷已，江月年年只相似。
不知江月待何人，但见长江送流水。
白云一片去悠悠，青枫浦上不胜愁。
谁家今夜扁舟子？何处相思明月楼？
可怜楼上月徘徊，应照离人妆镜台。
玉户帘中卷不去，捣衣砧上拂还来。
此时相望不相闻，愿逐月华流照君。
鸿雁长飞光不度，鱼龙潜跃水成文。
昨夜闲潭梦落花，可怜春半不还家。
江水流春去欲尽，江潭落月复西斜。
斜月沉沉藏海雾，碣石潇湘无限路。
不知乘月几人归，落月摇情满江树。

---

① 张若虚（约647—约730），字、号不详，唐扬州（今江苏扬州）人。唐中宗时期，与贺知章、万齐
融、邢巨、包融等以"文辞俊秀"而闻名长安。

王之涣[①]诗二首

登鹳雀楼

白日依山尽，黄河入海流。

欲穷千里目，更上一层楼。

凉州词

黄河远上白云间，一片孤城万仞山。

羌笛何须怨杨柳，春风不度玉门关。

---

① 王之涣（688—742），字季凌，唐绛州（今山西新绛）人，唐玄宗开元初为冀州衡水主簿，后被诬陷去职，优游山水，善于描写边塞风光，代表作有《登鹳雀楼》《凉州词》等。

王昌龄^①诗三首

从军行七首（其四）

青海长云暗雪山，孤城遥望玉门关。
黄沙百战穿金甲，不破楼兰终不还。

从军行七首（其五）

大漠风尘日色昏，红旗半卷出辕门。
前军夜战洮河北，已报生擒吐谷浑。

芙蓉楼送辛渐

寒雨连江夜入吴，平明送客楚山孤。
洛阳亲友如相问，一片冰心在玉壶。

---

① 王昌龄（698—757），字少伯，京兆万年（今陕西西安）人，唐代诗人，玄宗开元十五年（727年）
进士，有《王昌龄集》。

金缕衣 [①]

劝君莫惜金缕衣，劝君须惜少年时。
有花堪折直须折，莫待无花空折枝。

江边春水——经典诵读材料选编

第三部分 古诗词

---

① 该诗歌作者不详。

王维^①诗二首

使至塞上

单车欲问边，属国过居延。

征蓬出汉塞，归雁入胡天。

大漠孤烟直，长河落日圆。

萧关逢候骑，都护在燕然。

送元二使安西

渭城朝雨浥轻尘，客舍青青柳色新。

劝君更尽一杯酒，西出阳关无故人。

---

① 王维（701—761），字摩诘，河东蒲州（今山西运城）人，祖籍太原祁（今山西祁县）人，玄宗开
 元九年（721年）中进士。王维是盛唐诗人的代表，著有《王右丞集》。苏轼评价其："味摩诘之
 诗，诗中有画；观摩诘之画，画中有诗。"

李白^①诗六首

行路难三首（其一）

金樽清酒斗十千，玉盘珍羞直万钱。
停杯投箸不能食，拔剑四顾心茫然。
欲渡黄河冰塞川，将登太行雪满山。
闲来垂钓碧溪上，忽复乘舟梦日边。
行路难，行路难，多歧路，今安在？
长风破浪会有时，直挂云帆济沧海！

登金陵凤凰台

凤凰台上凤凰游，凤去台空江自流。
吴宫花草埋幽径，晋代衣冠成古丘。
三山半落青天外，二水中分白鹭洲。
总为浮云能蔽日，长安不见使人愁。

梦游天姥吟留别

海客谈瀛洲，烟涛微茫信难求。
越人语天姥，云霓明灭或可睹。
天姥连天向天横，势拔五岳掩赤城。
天台四万八千丈，对此欲倒东南倾。
我欲因之梦吴越，一夜飞度镜湖月。
湖月照我影，送我至剡溪。
谢公宿处今尚在，渌水荡漾清猿啼。
脚著谢公屐，身登青云梯。
半壁见海日，空中闻天鸡。
千岩万转路不定，迷花倚石忽已暝。

熊咆龙吟殷岩泉，栗深林兮惊层巅。

云青青兮欲雨，水澹澹兮生烟。

列缺霹雳，丘峦崩摧。

洞天石扉，訇然中开。

青冥浩荡不见底，日月照耀金银台。

霓为衣兮风为马，云之君兮纷纷而来下。

虎鼓瑟兮鸾回车，仙之人兮列如麻。

忽魂悸以魄动，恍惊起而长嗟。

惟觉时之枕席，失向来之烟霞。

世间行乐亦如此，古来万事东流水。

别君去兮何时还？且放白鹿青崖间，须行即骑访名山。

安能摧眉折腰事权贵，使我不得开心颜！

宣州谢朓楼饯别校书叔云

弃我去者昨日之日不可留，

乱我心者今日之日多烦忧。

长风万里送秋雁，对此可以酣高楼。

蓬莱文章建安骨，中间小谢又清发。

俱怀逸兴壮思飞，欲上青天揽明月。

抽刀断水水更流，举杯销愁愁更愁。

人生在世不称意，明朝散发弄扁舟。

将进酒

君不见黄河之水天上来，奔流到海不复回。

君不见高堂明镜悲白发，朝如青丝暮成雪。

人生得意须尽欢，莫使金樽空对月。

天生我材必有用，千金散尽还复来。

烹羊宰牛且为乐，会须一饮三百杯。

岑夫子，丹丘生，将进酒，杯莫停。

与君歌一曲，请君为我倾耳听。

钟鼓馔玉不足贵，但愿长醉不复醒。

古来圣贤皆寂寞，惟有饮者留其名。

陈王昔时宴平乐，斗酒十千恣欢谑。

主人何为言少钱，径须沽取对君酌。

五花马，千金裘，呼儿将出换美酒，与尔同销万古愁。

早发白帝城

朝辞白帝彩云间，千里江陵一日还。

两岸猿声啼不住，轻舟已过万重山。

黄 鹤 楼

崔 颢 [①]

昔人已乘黄鹤去，此地空余黄鹤楼。

黄鹤一去不复返，白云千载空悠悠。

晴川历历汉阳树，芳草萋萋鹦鹉洲。

日暮乡关何处是？烟波江上使人愁。

[①] 崔颢（704—754），汴州（今河南开封市）人，唐代诗人。唐玄宗开元十一年（723年）进士。最为人称道便是《黄鹤楼》，有《崔颢集》。

别董大二首（其一）

高 适①

千里黄云白日曛，北风吹雁雪纷纷。
莫愁前路无知己，天下谁人不识君？

① 高适（704—765），字达夫，一字仲武，渤海蓨（今河北景县）人。唐代著名边塞诗人，有《高常侍集》。

江边春水——经典诵读材料选编

第三部分 古诗词

杜甫[①]诗六首

望　岳

岱宗夫如何？齐鲁青未了。
造化钟神秀，阴阳割昏晓。
荡胸生层云，决眦入归鸟。
会当凌绝顶，一览众山小。

春　望

国破山河在，城春草木深。
感时花溅泪，恨别鸟惊心。
烽火连三月，家书抵万金。
白头搔更短，浑欲不胜簪。

闻官军收河南河北

剑外忽传收蓟北，初闻涕泪满衣裳。
却看妻子愁何在，漫卷诗书喜欲狂。
白首放歌须纵酒，青春作伴好还乡。
即从巴峡穿巫峡，便下襄阳向洛阳。

蜀　相

丞相祠堂何处寻，锦官城外柏森森。
映阶碧草自春色，隔叶黄鹂空好音。
三顾频烦天下计，两朝开济老臣心。
出师未捷身先死，长使英雄泪满襟。

---

① 杜甫（712—770），字子美，自号少陵野老，世称"杜工部""杜少陵"等，河南府巩县（今河南省巩义市）人，唐代伟大的现实主义诗人，杜甫被世人尊为"诗圣"，其诗被称为"诗史"。有《杜工部集》。

春夜喜雨

好雨知时节，当春乃发生。

随风潜入夜，润物细无声。

野径云俱黑，江船火独明。

晓看红湿处，花重锦官城。

登　高

风急天高猿啸哀，渚清沙白鸟飞回。

无边落木萧萧下，不尽长江滚滚来。

万里悲秋常作客，百年多病独登台。

艰难苦恨繁霜鬓，潦倒新停浊酒杯。

白雪歌送武判官归京

岑 参[①]

北风卷地白草折，胡天八月即飞雪。

忽如一夜春风来，千树万树梨花开。

散入珠帘湿罗幕，狐裘不暖锦衾薄。

将军角弓不得控，都护铁衣冷难着。

瀚海阑干百丈冰，愁云惨淡万里凝。

中军置酒饮归客，胡琴琵琶与羌笛。

纷纷暮雪下辕门，风掣红旗冻不翻。

轮台东门送君去，去时雪满天山路。

山回路转不见君，雪上空留马行处。

---

① 岑参（715—770），荆州江陵（今属湖北）人，唐玄宗天宝三载（746年）进士及第。边塞诗人，
唐代宗时，官任嘉州刺史（今四川乐山），世称"岑嘉州"，有《岑嘉州集》。

枫桥夜泊

张 继[①]

月落乌啼霜满天，江枫渔火对愁眠。
姑苏城外寒山寺，夜半钟声到客船。

---

① 张继（715—779），字懿孙，襄州人（今湖北襄阳人），唐代诗人。

游 子 吟

孟 郊 ①

慈母手中线，游子身上衣。
临行密密缝，意恐迟迟归。
谁言寸草心，报得三春晖！

① 孟郊（751—814），字东野，湖州武康（今浙江德清）人，贞元十二年（976年）进士及第。唐代
诗人，有《孟东野诗集》。

韩愈[①]诗二首

晚　春

草树知春不久归，百般红紫斗芳菲。

杨花榆荚无才思，惟解漫天作雪飞。

早春呈水部张十八员外二首（其一）

天街小雨润如酥，草色遥看近却无。

最是一年春好处，绝胜烟柳满皇都。

---

① 韩愈（768—824），字退之，河阳（今河南省焦作孟州市）人。郡望河北昌黎，世称韩昌黎。唐德宗贞元八年（792年）进士及第，他与柳宗元同为唐代古文运动的倡导者，明人推他为"唐宋八大家"之首。有《昌黎先生集》。

刘禹锡^①诗三首

秋 词

自古逢秋悲寂寥，我言秋日胜春朝。
晴空一鹤排云上，便引诗情到碧霄。

竹枝词二首（其一）

杨柳青青江水平，闻郎江上唱歌声。
东边日出西边雨，道是无晴却有晴。

酬乐天扬州初逢席上见赠

巴山楚水凄凉地，二十三年弃置身。
怀旧空吟闻笛赋，到乡翻似烂柯人。
沉舟侧畔千帆过，病树前头万木春。
今日听君歌一曲，暂凭杯酒长精神。

---

① 刘禹锡（772—842），字梦得，唐洛阳（今属河南）人，唐德宗贞元九年（793年）进士及第，有
《刘宾客集》。

白居易[①]诗四首

赋得古原草送别

离离原上草，一岁一枯荣。

野火烧不尽，春风吹又生。

远芳侵古道，晴翠接荒城。

又送王孙去，萋萋满别情。

琵琶行

浔阳江头夜送客，枫叶荻花秋瑟瑟。

主人下马客在船，举酒欲饮无管弦。

醉不成欢惨将别，别时茫茫江浸月。

忽闻水上琵琶声，主人忘归客不发。

寻声暗问弹者谁？琵琶声停欲语迟。

移船相近邀相见，添酒回灯重开宴。

千呼万唤始出来，犹抱琵琶半遮面。

转轴拨弦三两声，未成曲调先有情。

弦弦掩抑声声思，似诉平生不得志。

低眉信手续续弹，说尽心中无限事。

轻拢慢撚抹复挑，初为《霓裳》后《六幺》。

大弦嘈嘈如急雨，小弦切切如私语。

嘈嘈切切错杂弹，大珠小珠落玉盘。

间关莺语花底滑，幽咽泉流冰下难。

冰泉冷涩弦凝绝，凝绝不通声渐歇。

别有幽愁暗恨生，此时无声胜有声。

银瓶乍破水浆迸，铁骑突出刀枪鸣。

曲终收拨当心画，四弦一声如裂帛。

---

① 白居易（772—846），字乐天，号香山居士，又号醉吟先生。下邽（今陕西渭南）人。唐德宗贞元
十六年（800年）进士及第，唐代伟大的现实主义诗人，有《白居易集》。

东船西舫悄无言，唯见江心秋月白。

沉吟放拨插弦中，整顿衣裳起敛容。

自言本是京城女，家在虾蟆陵下住。

十三学得琵琶成，名属教坊第一部。

曲罢曾教善才伏，妆成每被秋娘妒。

五陵年少争缠头，一曲红绡不知数。

钿头云篦击节碎，血色罗裙翻酒污。

今年欢笑复明年，秋月春风等闲度。

弟走从军阿姨死，暮去朝来颜色故。

门前冷落车马稀，老大嫁作商人妇。

商人重利轻别离，前月浮梁买茶去。

去来江口守空船，绕船月明江水寒。

夜深忽梦少年事，梦啼妆泪红阑干。

我闻琵琶已叹息，又闻此语重唧唧。

同是天涯沦落人，相逢何必曾相识！

我从去年辞帝京，谪居卧病浔阳城。

浔阳地僻无音乐，终岁不闻丝竹声。

住近湓江地低湿，黄芦苦竹绕宅生。

其间旦暮闻何物，杜鹃啼血猿哀鸣。

春江花朝秋月夜，往往取酒还独倾。

岂无山歌与村笛，呕哑嘲哳难为听。

今夜闻君琵琶语，如听仙乐耳暂明。

莫辞更坐弹一曲，为君翻作《琵琶行》。

感我此言良久立，却坐促弦弦转急。

凄凄不似向前声，满座重闻皆掩泣。

座中泣下谁最多？江州司马青衫湿。

大林寺桃花

人间四月芳菲尽，山寺桃花始盛开。

长恨春归无觅处，不知转入此中来。

钱塘湖春行

孤山寺北贾亭西，水面初平云脚低。

几处早莺争暖树，谁家新燕啄春泥。

乱花渐欲迷人眼，浅草才能没马蹄。

最爱湖东行不足，绿杨阴里白沙堤。

菊 花

元 稹[①]

秋丝绕舍似陶家，遍绕篱边日渐斜。
不是花中偏爱菊，此花开尽更无花。

[①] 元稹（779—831），字微之，别字威明，河南府东都洛阳（今河南洛阳）人，唐朝著名诗人、文学
家，为北魏宗室鲜卑族拓跋部后裔，北魏昭成帝拓跋什翼犍十四世孙。元稹与白居易同科及第，并
结为终生诗友，二人共同倡导新乐府运动，世称"元白"。留世有《元氏长庆集》。

泊 秦 淮

杜 牧 [①]

烟笼寒水月笼沙，夜泊秦淮近酒家。
商女不知亡国恨，隔江犹唱《后庭花》。

[①] 杜牧（803—约852），字牧之，号樊川居士，京兆万年（今陕西西安）人。唐文宗大和二年（828年）进士及第，唐代诗人。晚年居长安南樊川别墅，故后世称"杜樊川"，著有《樊川文集》。

商山早行

温庭筠 [①]

晨起动征铎，客行悲故乡。

鸡声茅店月，人迹板桥霜。

槲叶落山路，枳花明驿墙。

因思杜陵梦，凫雁满回塘。

[①] 温庭筠（约812—866），本名岐，字飞卿，太原祁（今山西祁县）人，晚唐时期词人、诗人。有
《温飞卿诗集》。

李商隐[①]诗三首

夜雨寄北

君问归期未有期，巴山夜雨涨秋池。
何当共剪西窗烛，却话巴山夜雨时。

无　题

相见时难别亦难，东风无力百花残。
春蚕到死丝方尽，蜡炬成灰泪始干。
晓镜但愁云鬓改，夜吟应觉月光寒。
蓬山此去无多路，青鸟殷勤为探看。

锦　瑟

锦瑟无端五十弦，一弦一柱思华年。
庄生晓梦迷蝴蝶，望帝春心托杜鹃。
沧海月明珠有泪，蓝田日暖玉生烟。
此情可待成追忆，只是当时已惘然。

①　李商隐（813—858），字义山，号玉溪生、樊南生，唐郑州（今属河南）人，唐文宗开成二年
（837年）进士及第。有《李义山集》。

柳永[①]词二首

雨霖铃

寒蝉凄切。对长亭晚，骤雨初歇。

都门帐饮无绪，留恋处，兰舟催发。

执手相看泪眼，竟无语凝噎。

念去去，千里烟波，暮霭沉沉楚天阔。

多情自古伤离别，更那堪冷落清秋节！

今宵酒醒何处？杨柳岸，晓风残月。

此去经年，应是良辰好景虚设。

便纵有千种风情，更与何人说？

蝶恋花

伫倚危楼风细细，望极春愁，黯黯生天际。

草色烟光残照里，无言谁会凭阑意。

拟把疏狂图一醉，对酒当歌，强乐还无味。

衣带渐宽终不悔，为伊消得人憔悴。

---

① 柳永（987—1055），宋代词人，原名三变，字景庄，后改名永，祖籍河东（今山西永济），为人放荡不羁，终身潦倒。有《乐章集》一百五十余曲。其词对后世词家及金元戏曲、明清小说有重大影响。

渔 家 傲

范仲淹 [①]

塞下秋来风景异，衡阳雁去无留意。

四面边声连角起。

千嶂里，长烟落日孤城闭。

浊酒一杯家万里，燕然未勒归无计。

羌管悠悠霜满地。

人不寐，将军白发征夫泪！

① 范仲淹（989—1052），字希文，吴县（今江苏苏州）人。宋真宗大中祥符八年（1015年）进士。北宋杰出的思想家、政治家、文学家。有《范文正公文集》。

蝶 恋 花

晏 殊 ①

槛菊愁烟兰泣露，罗幕轻寒，燕子双飞去。
明月不谙离恨苦，斜光到晓穿朱户。
昨夜西风凋碧树，独上高楼，望尽天涯路。
欲寄彩笺兼尺素，山长水阔知何处！

---

① 晏殊（991—1055）字同叔，宋代词人，临川（今江西抚州）人。少有才名，七岁能文章。晏殊以
词著于文坛，风格含蓄婉丽，与其子晏几道，被称为"大晏"和"小晏"，有《珠玉词》三卷。

登飞来峰

王安石 [1]

飞来山上千寻塔，闻说鸡鸣见日升。
不畏浮云遮望眼，自缘身在最高层。

---

[1] 王安石（1021—1086），字介甫，抚州临川（今江西抚州西）人，北宋著名的思想家、政治家、文学家、改革家。北宋仁宗庆历二年（1042年）进士。宋神宗时期主持变法，积极推行新政。有《临川先生集》一百卷，"唐宋八大家"之一。

苏轼[①]词六首

江城子·密州出猎

老夫聊发少年狂，左牵黄，右擎苍，
锦帽貂裘，千骑卷平冈。
为报倾城随太守，亲射虎，看孙郎。
酒酣胸胆尚开张，鬓微霜，又何妨。
持节云中，何日遣冯唐？
会挽雕弓如满月，西北望，射天狼。

水调歌头

丙辰中秋，欢饮达旦，大醉，作此篇。兼怀子由。
明月几时有？把酒问青天。
不知天上宫阙，今夕是何年。
我欲乘风归去，又恐琼楼玉宇，高处不胜寒。
起舞弄清影，何似在人间！
转朱阁，低绮户，照无眠。
不应有恨，何事长向别时圆？
人有悲欢离合，月有阴晴圆缺，此事古难全。
但愿人长久，千里共婵娟。

望江南·超然台作

春未老，风细柳斜斜。
试上超然台上看，半壕春水一城花。
烟雨暗千家。
寒食后，酒醒却咨嗟。

---

① 苏轼（1037—1101），字子瞻，号东坡居士，眉州眉山（今属四川）人，嘉祐二年（1057年）与弟
辙同登进士。北宋词坛豪放派主要作家之一。诗、词、文、书、画均成就斐然，著有《东坡全集》
一百十五卷、《东坡乐府》三卷。"唐宋八大家"之一。

休对故人思故国，且将新火试新茶。

诗酒趁年华。

定风波

莫听穿林打叶声，何妨吟啸且徐行。

竹杖芒鞋轻胜马，谁怕？

一蓑烟雨任平生。

料峭春风吹酒醒，微冷，山头斜照却相迎。

回首向来萧瑟处，归去，也无风雨也无晴。

念奴娇·赤壁怀古

大江东去，浪淘尽，千古风流人物。

故垒西边，人道是，三国周郎赤壁。

乱石穿空，惊涛拍岸，卷起千堆雪。

江山如画，一时多少豪杰。

遥想公瑾当年，小乔初嫁了，雄姿英发。

羽扇纶巾，谈笑间，樯橹灰飞烟灭。

故国神游，多情应笑我，早生华发。

人生如梦，一尊还酹江月。

水调歌头·黄州快哉亭赠张偓佺

落日绣帘卷，亭下水连空。

知君为我新作，窗户湿青红。

长记平山堂上，欹枕江南烟雨，杳杳没孤鸿。

认得醉翁语："山色有无中。"

一千顷，都镜净，倒碧峰。

忽然浪起，掀舞一叶白头翁。

堪笑兰台公子，未解庄生天籁，刚道有雌雄。

一点浩然气，千里快哉风。

满 江 红

岳 飞[①]

怒发冲冠，凭栏处、潇潇雨歇。

抬望眼，仰天长啸，壮怀激烈。

三十功名尘与土，八千里路云和月。

莫等闲、白了少年头，空悲切！

靖康耻，犹未雪。

臣子恨，何时灭！

驾长车，踏破贺兰山缺。

壮志饥餐胡虏肉，笑谈渴饮匈奴血。

待从头收拾旧山河，朝天阙。

---

① 岳飞（1103—1142），字鹏举，相州汤阴县（今河南汤阴县）人，南宋时期抗金名将，中国历史上著名军事家、战略家、书法家、民族英雄，位列南宋中兴四将之首。1140年，完颜兀术毁澶渊之盟，进攻南宋，岳飞挥师北伐，一路收复失地。宋高宗、秦桧却一意求和，以十二道"金字牌"下令退兵，岳飞在孤立无援之下被迫班师。在宋金议和过程中，岳飞遭受秦桧等人诬陷，以"莫须有"的谋反罪名被杀害。宋孝宗时岳飞冤狱被平反。

陆游[①]诗词三首

冬夜读书示子聿

古人学问无遗力，少壮工夫老始成。
纸上得来终觉浅，绝知此事要躬行。

十一月四日风雨大作二首（其二）

僵卧孤村不自哀，尚思为国戍轮台。
夜阑卧听风吹雨，铁马冰河入梦来。

卜算子·咏梅

驿外断桥边，寂寞开无主。
已是黄昏独自愁，更著风和雨。
无意苦争春，一任群芳妒。
零落成泥碾作尘，只有香如故。

---

① 陆游（1125—1210），字务观，号放翁，汉族，越州山阴（今绍兴）人，南宋文学家、史学家、爱
国诗人。宋孝宗年间赐进士出身。陆游一生笔耕不辍，诗词文俱有很高成就，尤以饱含爱国热情对
后世影响深远。

朱熹诗三首

观书有感二首·其一

半亩方塘一鉴开，天光云影共徘徊。
问渠那得清如许？为有源头活水来。

观书有感二首·其二

昨夜江边春水生，艨艟巨舰一毛轻。
向来枉费推移力，此日中流自在行。

春 日

胜日寻芳泗水滨，无边光景一时新。
等闲识得东风面，万紫千红总是春。

辛弃疾^①词五首

菩萨蛮·书江西造口壁

郁孤台下清江水，中间多少行人泪。

西北望长安，可怜无数山。

青山遮不住，毕竟东流去。

江晚正愁余，山深闻鹧鸪。

西江月·夜行黄沙道中

明月别枝惊鹊，清风半夜鸣蝉。

稻花香里说丰年，听取蛙声一片。

七八个星天外，两三点雨山前。

旧时茅店社林边，路转溪桥忽见。

破阵子·为陈同甫赋壮词以寄

醉里挑灯看剑，梦回吹角连营。

八百里分麾下炙，五十弦翻塞外声，

沙场秋点兵。

马作的卢飞快，弓如霹雳弦惊。

了却君王天下事，赢得生前身后名。

可怜白发生！

永遇乐·京口北固亭怀古

千古江山，英雄无觅，孙仲谋处。

舞榭歌台，风流总被，雨打风吹去。

---

① 辛弃疾（1140—1207），原字坦夫，后改字幼安，号稼轩，济南府历城县（今济南市历城区）人。南宋豪放派词人、将领。辛弃疾生于金国，少年抗金归宋，辛弃疾一生以恢复为志，却命运多舛、壮志难酬，遂将满腔激情和对国家兴亡、民族命运的关切、忧虑，全部寄寓于词作之中。有词集《稼轩长短句》传世。

斜阳草树，寻常巷陌，人道寄奴曾住。

想当年，金戈铁马，气吞万里如虎。

元嘉草草，封狼居胥，赢得仓皇北顾。

四十三年，望中犹记，烽火扬州路。

可堪回首，佛狸祠下，一片神鸦社鼓。

凭谁问：廉颇老矣，尚能饭否？

青玉案·元夕

东风夜放花千树。

更吹落，星如雨。

宝马雕车香满路。

凤箫声动，玉壶光转，一夜鱼龙舞。

蛾儿雪柳黄金缕，笑语盈盈暗香去。

众里寻他千百度，——蓦然回首，那人却在，灯火阑珊处。

天净沙·秋思

马致远 ①

枯藤老树昏鸦，
小桥流水人家，
古道西风瘦马。
夕阳西下，
断肠人在天涯。

① 马致远（1251—1321），字千里，晚号东篱，大都（今北京）人，元代著名戏曲家、杂剧家，与关汉卿、郑光祖、白朴并称"元曲四大家"。马致远所作杂剧今知有15种，《汉宫秋》是代表作，散曲120多首，有辑本《东篱乐府》。

山坡羊·潼关怀古

张养浩 [1]

峰峦如聚，波涛如怒，山河表里潼关路。

望西都，意踟蹰。

伤心秦汉经行处，宫阙万间都做了土。

兴，百姓苦！亡，百姓苦！

---

[1] 张养浩（1270—1329），字希孟，号云庄，又称齐东野人，济南（今山东省济南市）人，元代著名政治家、文学家。代表作品有《三事忠告》，散曲《山坡羊·潼关怀古》等。

临江仙·滚滚长江东逝水

杨　慎^①

滚滚长江东逝水，浪花淘尽英雄。
是非成败转头空。
青山依旧在，几度夕阳红。
白发渔樵江渚上，惯看秋月春风。
一壶浊酒喜相逢。
古今多少事，都付笑谈中。

① 杨慎（1488—1559），字用修，初号月溪、升庵，又号逸史氏、博南山人等。四川新都（今成都市新都区）人，祖籍庐陵。明朝著名文学家，后人辑为《升庵集》。

长相思·山一程

纳兰性德[1]

山一程，水一程，身向榆关那畔行，夜深千帐灯。

风一更，雪一更，聒碎乡心梦不成，故园无此声。

---

[1] 纳兰性德（1655—1685），叶赫那拉氏，字容若，号楞伽山人，满洲正黄旗人，清朝初年词人。著有《通志堂集》《侧帽集》《饮水词》等。

竹 石

郑 燮 ①

咬定青山不放松，立根原在破岩中。

千磨万击还坚劲，任尔东西南北风。

---

① 郑燮（1693—1765），字克柔，号理庵，又号板桥，人称板桥先生，江苏兴化人，祖籍苏州。乾隆
元年（1736）进士，是"扬州八怪"重要代表人物，清代有代表性的文人画家。有《郑板桥集》。

己亥杂诗 · 其五

龚自珍[①]

浩荡离愁白日斜，吟鞭东指即天涯。
落红不是无情物，化作春泥更护花。

---

① 龚自珍（1792—1841），字璱人，号定庵。仁和（今浙江杭州）人。晚年居住昆山羽琌山馆，又号羽琌山民。清代思想家、诗人、文学家和改良主义的先驱者。今人辑为《龚自珍全集》。

第四部分 现当代诗歌与散文

毛泽东诗词

沁园春·长沙

独立寒秋，湘江北去，橘子洲头。
看万山红遍，层林尽染；
漫江碧透，百舸争流。
鹰击长空，鱼翔浅底，
万类霜天竞自由。
怅寥廓，问苍茫大地，谁主沉浮？

携来百侣曾游，
忆往昔峥嵘岁月稠。
恰同学少年，风华正茂；
书生意气，挥斥方遒。
指点江山，激扬文字，
粪土当年万户侯。
曾记否，到中流击水，浪遏飞舟？

采桑子·重阳

人生易老天难老，
岁岁重阳。
今又重阳，
战地黄花分外香。

一年一度秋风劲，
不似春光。
胜似春光，
寥廓江天万里霜。

忆秦娥·娄山关

西风烈，

长空雁叫霜晨月。

霜晨月，

马蹄声碎，

喇叭声咽。

雄关漫道真如铁，

而今迈步从头越。

从头越，

苍山如海，

残阳如血。

六言诗·给彭德怀同志

山高路远坑深，

大军纵横驰奔。

谁敢横刀立马？

唯我彭大将军！

七律·长征

红军不怕远征难，

万水千山只等闲。

五岭逶迤腾细浪，

乌蒙磅礴走泥丸。

金沙水拍云崖暖，

大渡桥横铁索寒。

更喜岷山千里雪，

三军过后尽开颜。

沁园春·雪

北国风光，千里冰封，万里雪飘。

望长城内外，惟余莽莽；大河上下，顿失滔滔。
山舞银蛇，原驰蜡象，欲与天公试比高。
须晴日，看红妆素裹，分外妖娆。

江山如此多娇，
引无数英雄竞折腰。
惜秦皇汉武，略输文采；唐宗宋祖，稍逊风骚。
一代天骄，成吉思汗，只识弯弓射大雕。
俱往矣，数风流人物，还看今朝。

七律·人民解放军解放南京

钟山风雨起苍黄，百万雄师过大江。
虎踞龙盘今胜昔，天翻地覆慨而慷。
宜将剩勇追穷寇，不可沽名学霸王。
天若有情天亦老，人间正道是沧桑。

七律·和柳亚子先生

饮茶粤海未能忘，索句渝州叶正黄。
三十一年还旧国，落花时节读华章。
牢骚太盛防肠断，风物长宜放眼量。
莫道昆明池水浅，观鱼胜过富春江。

水调歌头·游泳

才饮长沙水，
又食武昌鱼。
万里长江横渡，
极目楚天舒。
不管风吹浪打，
胜似闲庭信步，
今日得宽馀。
子在川上曰：

逝者如斯夫！

风樯动，
龟蛇静，
起宏图。
一桥飞架南北，
天堑变通途。
更立西江石壁，
截断巫山云雨，
高峡出平湖。
神女应无恙，
当惊世界殊。

四言韵语·养生原则

遇事不怒，
基本吃素，
多多散步，
劳逸适度。

七言·为女民兵题照

飒爽英姿五尺枪，
曙光初照演兵场。
中华儿女多奇志，
不爱红装爱武装。

卜算子·咏梅

读陆游咏梅词，反其意而用之。

风雨送春归，飞雪迎春到。
已是悬崖百丈冰，犹有花枝俏。

俏也不争春，只把春来报。

待到山花烂漫时，她在丛中笑。

水调歌头·重上井冈山

久有凌云志，

重上井冈山。

千里来寻故地，

旧貌变新颜。

到处莺歌燕舞，

更有潺潺流水，

高路入云端。

过了黄洋界，

险处不须看。

风雷动，

旌旗奋，

是人寰。

三十八年过去，

弹指一挥间。

可上九天揽月，

可下五洋捉鳖，

谈笑凯歌还。

世上无难事，

只要肯登攀。

教我如何不想她

刘半农 [①]

天上飘着些微云，
地上吹着些微风。
啊！
微风吹动了我的头发，
教我如何不想她？

月光恋爱着海洋，
海洋恋爱着月光。
啊！
这般蜜也似的银夜。
教我如何不想她？

水面落花慢慢流，
水底鱼儿慢慢游。
啊！
燕子你说些什么话？
教我如何不想她？

枯树在冷风里摇，
野火在暮色中烧。
啊！
西天还有些儿残霞，
教我如何不想她？

---

① 刘半农（1891—1934），江苏江阴人，原名寿彭，后名复，初字半侬，后改半农，晚号曲庵，中国新文化运动先驱，文学家、语言学家和教育家。主要作品有诗集《扬鞭集》《瓦釜集》和《半农杂文》。

红 烛

闻一多 ①

蜡炬成灰泪始干。
——李商隐

红烛啊!
这样红的烛!
诗人啊!
吐出你的心来比比,
可是一般颜色?

红烛啊!
是谁制的蜡——给你躯体?
是谁点的火——点着灵魂?
为何更须烧蜡成灰,
然后才放光出?
一误再误;
矛盾! 冲突!

红烛啊!
不误, 不误!
原是要"烧"出你的光来——
这正是自然底方法。

① 闻一多(1899—1946),本名闻家骅,字友三,生于湖北省黄冈市浠水县。1912年考入清华大学留
美预备学校。1932年任清华大学中文系教授。1946年7月15日在云南昆明被国民党特务暗杀。

红烛啊！
既制了，便烧着！
烧罢！烧罢！
烧破世人底梦，
烧沸世人底血——
也救出他们的灵魂，
也捣破他们的监狱！

红烛啊！
你心火发光之期，
正是泪流开始之日。

红烛啊！
匠人造了你，
原是为烧的。
既已烧着，
又何苦伤心流泪？
哦！我知道了！
是残风来侵你的光芒，
你烧得不稳时，
才着急得流泪！

红烛啊！
流罢！你怎能不流呢？
请将你的脂膏，
不息地流向人间，
培出慰藉底花儿，
结成快乐底果子！

红烛啊！
你流一滴泪，灰一分心。

灰心流泪你的果，
创造光明你的因。

红烛啊！
"莫问收获，但问耕耘。"

徐志摩[①]诗二首

偶　然

我是天空里的一片云，
偶尔投影在你的波心——
你不必讶异，
更无须欢喜——
在转瞬间消灭了踪影。

你我相逢在黑夜的海上，
你有你的，我有我的，方向；
你记得也好，
最好你忘掉，
在这交会时互放的光亮！

再别康桥

轻轻的我走了，
正如我轻轻的来；
我轻轻的招手，
作别西天的云彩。

那河畔的金柳，
是夕阳中的新娘；
波光里的艳影，
在我的心头荡漾。

软泥上的青荇，

---

① 　徐志摩（1897—1931），现代诗人、散文家。原名章垿，字槱森，留学英国时改名志摩。新月派代
表诗人，新月诗社成员。

油油的在水底招摇；
在康河的柔波里，
我甘心做一条水草！

那榆荫下的一潭，
不是清泉，是天上虹；
揉碎在浮藻间，
沉淀着彩虹似的梦。

寻梦？撑一支长篙，
向青草更青处漫溯；
满载一船星辉，
在星辉斑斓里放歌。

但我不能放歌，
悄悄是别离的笙箫；
夏虫也为我沉默，
沉默是今晚的康桥！

悄悄的我走了，
正如我悄悄的来；
我挥一挥衣袖，
不带走一片云彩。

雨　巷

戴望舒[①]

撑着油纸伞，独自
彷徨在悠长，悠长
又寂寥的雨巷，
我希望逢着
一个丁香一样的
结着愁怨的姑娘。

她是有
丁香一样的颜色，
丁香一样的芬芳，
丁香一样的忧愁，
在雨中哀怨，
哀怨又彷徨；

她彷徨在这寂寥的雨巷，
撑着油纸伞
像我一样，
像我一样地
默默行着，
冷漠，凄清，又惆怅。

她静默地走近
走近，又投出
太息一般的眼光，

---

① 戴望舒（1905—1950），名承，字朝安，小名海山，浙江杭州人。中国现代派象征主义诗人、翻译家。

她飘过
像梦一般地，
像梦一般地凄婉迷茫。

像梦中飘过
一枝丁香地，
我身旁飘过这女郎；
她静默地远了，远了，
到了颓圮的篱墙，
走尽这雨巷。

在雨的哀曲里，
消了她的颜色，
散了她的芬芳，
消散了，甚至她的
太息般的眼光，
丁香般的惆怅。

撑着油纸伞，独自
彷徨在悠长，悠长
又寂寥的雨巷，
我希望飘过
一个丁香一样地
结着愁怨的姑娘。

春

朱自清[①]

盼望着，盼望着，东风来了，春天的脚步近了。

一切都像刚睡醒的样子，欣欣然张开了眼。山朗润起来了，水涨起来了，太阳的脸红起来了。

小草偷偷地从土里钻出来，嫩嫩的，绿绿的。园子里，田野里，瞧去，一大片一大片满是的。坐着，躺着，打两个滚，踢几脚球，赛几趟跑，捉几回迷藏。风轻悄悄的，草软绵绵的。

桃树、杏树、梨树，你不让我，我不让你，都开满了花赶趟儿。红的像火，粉的像霞，白的像雪。花里带着甜味儿，闭了眼，树上仿佛已经满是桃儿、杏儿、梨儿。花下成千成百的蜜蜂嗡嗡地闹着，大小的蝴蝶飞来飞去。野花遍地是：杂样儿，有名字的，没名字的，散在草丛里像眼睛，像星星，还眨呀眨的。

"吹面不寒杨柳风"，不错的，像母亲的手抚摸着你。风里带来些新翻的泥土的气息，混着青草味，还有各种花的香，都在微微润湿的空气里酝酿。鸟儿将巢安在繁花嫩叶当中，高兴起来了，呼朋引伴地卖弄清脆的喉咙，唱出宛转的曲子，跟轻风流水应和着。牛背上牧童的短笛，这时候也成天嘹亮地响着。

雨是最寻常的，一下就是三两天。可别恼。看，像牛毛，像花针，像细丝，密密地斜织着，人家屋顶上全笼着一层薄烟。树叶绿得发亮，小草也青得逼你的眼。傍晚时候，上灯了，一点点黄晕的光，烘托出一片安静而和平的夜。在乡下，小路上，石桥边，有撑起伞慢慢走着的人；地里还有工作的农民，披着蓑戴着笠。他们的房屋，稀稀疏疏的，在雨里静默着。

天上风筝渐渐多了，地上孩子也多了。城里乡下，家家户户，老老小小，也赶趟儿似的，一个个都出来了。舒活舒活筋骨，抖擞抖擞精

---

① 朱自清（1898—1948），字佩弦，江苏东海人。文学家、教育家、学者。1925 年起在清华任教，曾任中文系教授、系主任，图书馆馆长。

神，各做各的一份事去。"一年之计在于春"，刚起头儿，有的是工夫，有的是希望。

春天像刚落地的娃娃，从头到脚都是新的，它生长着。

春天像小姑娘，花枝招展的，笑着，走着。

春天像健壮的青年，有铁一般的胳膊和腰脚，领着我们上前去。

北京的春节

老 舍①

  按照北京的老规矩，过农历的新年（春节），差不多在腊月的初旬就开头了。"腊七腊八，冻死寒鸦"，这是一年里最冷的时候。可是，到了严冬，不久便是春天，所以人们并不因为寒冷而减少过年与迎春的热情。在腊八那天，人家里，寺观里，都熬腊八粥。这种特制的粥是为祭祖祭神的。可是细一想，它倒是农业社会一种自傲的表现——这种粥是用所有的各种的米，各种的豆，与各种的干果（杏仁，核桃仁，瓜子，荔枝肉，桂圆肉，莲子，花生米，葡萄干，菱角米……）熬成的。这不是粥，而是小型的农产展览会！

  腊八这天还要泡腊八蒜。把蒜瓣在这天放到高醋里，封起来，为过年吃饺子用的。到年底，蒜泡得色如翡翠，而醋也有了些辣味，色味双美，使人要多吃几个饺子。在北京，过年时，家家吃饺子。

  从腊八起，铺户中就加紧地上年货，街上加多了货摊子——卖春联的、卖年画的、卖蜜供的、卖水仙花的等等都是只在这一季节才会出现的。这些赶年的摊子都教儿童们的心跳得特别快一些。在胡同里，吆喝的声音也比平时更多更复杂起来，其中也有仅在腊月才出现的，像卖宪书的，松枝的，薏仁米的，年糕的等等。

  在有皇帝的时候，学童们到腊月十九日就不上学了，放年假一月。儿童们准备过年，差不多第一件事是买杂拌儿。这是用各种干果（花生，胶枣，榛子，栗子等）与蜜饯掺合成的，普通的带皮，高级的没有皮——例如：普通的用带皮的榛子，高级的就用榛仁儿。儿童们喜吃这些零七八碎儿，即使没有饺子吃，也必须买杂拌儿。他们的第二件大事是买爆竹，特别是男孩子们。恐怕第三件事才是买玩艺儿——风筝，空竹，口琴等——和年画儿。

  儿童们忙乱，大人们也紧张。他们须预备过年吃的使的喝的一切。

---

① 老舍（1899—1966），本名舒庆春，字舍予，满族正红旗人，生于北京，中国现代小说家、著名作家，杰出的语言大师，1951年，被北京市人民政府授予"人民艺术家"称号。

他们也必须给儿童赶做新鞋新衣，好在新年时显出万象更新的气象。

二十三日过小年，差不多就是过新年的"彩排"。在旧社会里，这天晚上家家祭灶王，从一擦黑儿鞭炮就响起来，随着炮声把灶王的纸像焚化，美其名叫送灶王上天。在前几天，街上就有多少多少卖麦芽糖与江米糖的，糖形或为长方块或为大小瓜形。按旧日的说法：有糖粘住灶王的嘴，他到了天上就不会向玉皇报告家庭中的坏事了。现在，还有卖糖的，但是只由大家享用，并不再粘灶王的嘴了。

过了二十三，大家就更忙起来，新年眨眼就到了啊。在除夕以前，家家必须把春联贴好，必须大扫除一次，名曰扫房，必须把肉，鸡，鱼，青菜，年糕什么的都预备充足，至少足够吃用一个星期的——按老习惯，铺户多数关五天门，到正月初六才开张。假若不预备下几天的吃食，临时不容易补充。还有，旧社会里的老妈妈论，讲究在除夕把一切该切出来的东西都切出来，省得在正月初一到初五再动刀，动刀剪是不吉利的。这含有迷信的意思，不过它也表现了我们确是爱和平的人，在一岁之首连切菜刀都不愿动一动。

除夕真热闹。家家赶做年菜，到处是酒肉的香味。老少男女都穿起新衣，门外贴好红红的对联，屋里贴好各色的年画，哪一家都灯火通宵，不许间断，炮声日夜不绝。在外边作事的人，除非万不得已，必定赶回家来，吃团圆饭，祭祖。这一夜，除了很小的孩子，没有什么人睡觉，而都要守岁。

元旦的光景与除夕截然不同：除夕，街上挤满了人；元旦，铺户都上着板子，门前堆着昨夜燃放的爆竹纸皮，全城都在休息。

男人们在午前就出动，到亲戚家，朋友家去拜年。女人们在家中接待客人。同时，城内城外有许多寺院开放，任人游览，小贩们在庙外摆摊，卖茶，食品和各种玩具。北城外的大钟寺，西城外的白云观，南城的火神庙（厂甸）是最有名的。可是，开庙最初的两三天，并不十分热闹，因为人们还正忙着彼此贺年，无暇及此。到了初五六，庙会开始风光起来，小孩们特别热心去逛，为的是到城外看看野景，可以骑毛驴，还能买到那些新年特有的玩具。白云观外的广场上有赛轿车赛马的；在老年间，据说还有赛骆驼的。这些比赛并不争取谁第一谁第二，而是在观众面前表演骡马与骑者的美好姿态与技能。

多数的铺户在初六开张，又放鞭炮，从天亮到清早，全城的炮声不绝。虽然开了张，可是除了卖吃食与其他重要日用品的铺子，大家并不很忙，铺中的伙计们还可以轮流着去逛庙、逛天桥和听戏。

元宵（汤圆）上市，新年的高潮到了——元宵节（从正月十三到十七）。除夕是热闹的，可是没有月光；元宵节呢，恰好是明月当空。元旦是体面的，家家门前贴着鲜红的春联，人们穿着新衣裳，可是它还不够美。元宵节，处处悬灯结彩，整条的大街像是办喜事，火炽而美丽。有名的老铺都要挂出几百盏灯来，有的一律是玻璃的，有的清一色是牛角的，有的都是纱灯；有的各形各色，有的通通彩绘全部红楼梦或水浒传故事。这，在当年，也就是一种广告：灯一悬起，任何人都可以进到铺中参观；晚间灯中都点上烛，观者就更多。这广告可不庸俗。干果店在灯节还要做一批杂拌儿生意，所以每每独出心裁的，制成各样的冰灯，或用麦苗作成一两条碧绿的长龙，把顾客招来。

除了悬灯，广场上还放花盒。在城隍庙里并且燃起火判，火舌由判官的泥像的口，耳，鼻，眼中伸吐出来。公园里放起天灯，像巨星似的飞到天空。

男男女女都出来踏月，看灯，看焰火；街上的人拥挤不动。在旧社会里，女人们轻易不出门，她们可以在灯节里得到些自由。小孩子们买各种花炮燃放，即使不跑到街上去淘气，在家中也照样能有声有光的玩耍。家中也有灯：走马灯——原始的电影——宫灯，各形各色的纸灯，还有纱灯，里边有小铃，到时候就叮叮的响，大家还必须吃汤圆呀。这的确是美好快乐的日子。

眨眼，到了残灯末庙，学生该去上学，大人又去照常作事，新年在正月十九结束了。腊月和正月，在农村社会里正是大家最闲在的时候，而猪牛羊等也正长成，所以大家要杀猪宰羊，酬慰一年的辛苦。过了灯节，天气转暖，大家就又去忙着干活了。北京虽是城市，可是它也跟着农村社会一齐过年，而且过得分外热闹。

在旧社会里，过年是与迷信分不开的。腊八粥，关东糖，除夕的饺子，都须先去供佛，而后人们再享用。除夕要接神；大年初二要祭财神，吃元宝汤（馄饨），而且有的人要到财神庙去借纸元宝，抢烧头股香。正月初八要给老人们顺星，祈寿。因此，那时候最大的一笔浪费是买香蜡纸马的钱。现在，大家都不迷信了，也就省下这笔开销，用到有用的地方去。特别值得提到的是现在的儿童只快活的过年，而不受那迷信的熏染，他们只有快乐，而没有恐惧——怕神怕鬼。也许，现在过年没有以前那么热闹了，可是多么清醒健康呢。以前，人们过年是托神鬼的庇佑；现在是大家劳动终岁，大家也应当快乐的过年。

第四部分　现当代诗歌与散文

荷塘月色

朱自清

　　这几天心里颇不宁静。今晚在院子里坐着乘凉，忽然想起日日走过的荷塘，在这满月的光里，总该另有一番样子吧。月亮渐渐地升高了，墙外马路上孩子们的欢笑，已经听不见了；妻在屋里拍着闰儿，迷迷糊糊地哼着眠歌。我悄悄地披了大衫，带上门出去。

　　沿着荷塘，是一条曲折的小煤屑路，这是一条幽僻的路；白天也少人走，夜晚更加寂寞。荷塘四面，长着许多树，蓊蓊郁郁的。路的一旁，是些杨柳，和一些不知道名字的树。没有月光的晚上，这路上阴森森的，有些怕人。今晚却很好，虽然月光也还是淡淡的。

　　路上只我一个人，背着手踱着。这一片天地好像是我的；我也像超出了平常的自己，到了另一世界里。我爱热闹，也爱冷静；爱群居，也爱独处。像今晚上，一个人在这苍茫的月下，什么都可以想，什么都可以不想，便觉是个自由的人。白天里一定要做的事，一定要说的话，现在都可不理。这是独处的妙处；我且受用这无边的荷香月色好了。

　　曲曲折折的荷塘上面，弥望的是田田的叶子。叶子出水很高，像亭亭的舞女的裙。层层的叶子中间，零星地点缀着些白花，有袅娜地开着的，有羞涩地打着朵儿的；正如一粒粒的明珠，又如碧天里的星星，又如刚出浴的美人。微风过处，送来缕缕清香，仿佛远处高楼上渺茫的歌声似的。这时候叶子与花也有一丝的颤动，像闪电般，霎时传过荷塘的那边去了。叶子本是肩并肩密密地挨着，这便宛然有了一道凝碧的波痕。叶子底下是脉脉的流水，遮住了，不能见一些颜色；而叶子却更见风致了。

　　月光如流水一般，静静地泻在这一片叶子和花上。薄薄的青雾浮起在荷塘里。叶子和花仿佛在牛乳中洗过一样；又像笼着轻纱的梦。虽然是满月，天上却有一层淡淡的云，所以不能朗照；但我以为这恰是到了好处——酣眠固不可少，小睡也别有风味的。月光是隔了树照过来的，高处丛生的灌木，落下参差的斑驳的黑影，峭楞楞如鬼一般；弯弯的杨柳的稀疏的倩影，却又像是画在荷叶上。塘中的月色并不均匀；但光与影有着和谐的旋律，如梵婀玲上奏着的名曲。

荷塘的四面，远远近近，高高低低都是树，而杨柳最多。这些树将一片荷塘重重围住；只在小路一旁，漏着几段空隙，像是特为月光留下的。树色一例是阴阴的，乍看像一团烟雾；但杨柳的丰姿，便在烟雾里也辨得出。树梢上隐隐约约的是一带远山，只有些大意罢了。树缝里也漏着一两点路灯光，没精打采的，是渴睡人的眼。这时候最热闹的，要数树上的蝉声与水里的蛙声；但热闹是它们的，我什么也没有。

忽然想起采莲的事情来了。采莲是江南的旧俗，似乎很早就有，而六朝时为盛；从诗歌里可以约略知道。采莲的是少年的女子，她们是荡着小船，唱着艳歌去的。采莲人不用说很多，还有看采莲的人。那是一个热闹的季节，也是一个风流的季节。梁元帝《采莲赋》里说得好：

> 于是妖童媛女，荡舟心许；鹢首徐回，兼传羽杯；棹将移而藻挂，船欲动而萍开。尔其纤腰束素，迁延顾步；夏始春余，叶嫩花初，恐沾裳而浅笑，畏倾船而敛裾。

可见当时嬉游的光景了。这真是有趣的事，可惜我们现在早已无福消受了。

于是又记起《西洲曲》里的句子：

> 采莲南塘秋，莲花过人头；低头弄莲子，莲子清如水。

今晚若有采莲人，这儿的莲花也算得"过人头"了；只不见一些流水的影子，是不行的。这令我到底惦着江南了。——这样想着，猛一抬头，不觉已是自己的门前；轻轻地推门进去，什么声息也没有，妻已睡熟好久了。

故都的秋

郁达夫 ①

　　秋天，无论在什么地方的秋天，总是好的；可是啊，北国的秋，却特别地来得清，来得静，来得悲凉。我的不远千里，要从杭州赶上青岛，更要从青岛赶上北平来的理由，也不过想饱尝一尝这"秋"，这故都的秋味。

　　江南，秋当然也是有的；但草木凋得慢，空气来得润，天的颜色显得淡，并且又时常多雨而少风；一个人夹在苏州上海杭州，或厦门香港广州的市民中间，浑浑沌沌地过去，只能感到一点点清凉，秋的味，秋的色，秋的意境与姿态，总看不饱，尝不透，赏玩不到十足。秋并不是名花，也并不是美酒，那一种半开，半醉的状态，在领略秋的过程上，是不合适的。

　　不逢北国之秋，已将近十余年了。在南方每年到了秋天，总要想起陶然亭的芦花，钓鱼台的柳影，西山的虫唱，玉泉的夜月，潭柘寺的钟声。在北平即使不出门去罢，就是在皇城人海之中，租人家一椽破屋来住着，早晨起来，泡一碗浓茶，向院子一坐，你也能看得到很高很高的碧绿的天色，听得到青天下驯鸽的飞声。从槐树叶底，朝东细数着一丝一丝漏下来的日光，或在破壁腰中，静对着像喇叭似的牵牛花（朝荣）的蓝朵，自然而然地也能够感觉到十分的秋意。说到了牵牛花，我以为以蓝色或白色者为佳，紫黑色次之，淡红色最下。最好，还要在牵牛花底，教长着几根疏疏落落的尖细且长的秋草，使作陪衬。

　　北国的槐树，也是一种能使人联想起秋来的点缀。像花而又不是花的那一种落蕊，早晨起来，会铺得满地。脚踏上去，声音也没有，气味也没有，只能感出一点点极微细极柔软的触觉。扫街的在树影下一阵扫后，灰土上留下来的一条条扫帚的丝纹，看起来既觉得细腻，又觉得清闲，潜意识下并且还觉得有点儿落寞，古人所说的梧桐一叶而天下知秋

① 郁达夫（1896—1945），原名郁文，字达夫，幼名阿凤，浙江富阳人，中国现代作家。

的遥想，大约也就在这些深沉的地方。

秋蝉的衰弱的残声，更是北国的特产；因为北平处处全长着树，屋子又低，所以无论在什么地方，都听得见它们的啼唱。在南方是非要上郊外或山上去才听得到的。这秋蝉的嘶叫，在北平可和蟋蟀耗子一样，简直像是家家户户都养在家里的家虫。

还有秋雨哩，北方的秋雨，也似乎比南方的下得奇，下得有味，下得更像样。

在灰沈沈的天底下，忽而来一阵凉风，便息列索落地下起雨来了。一层雨过，云渐渐地卷向了西去，天又青了，太阳又露出脸来了；着着很厚的青布单衣或夹袄的都市闲人，咬着烟管，在雨后的斜桥影里，上桥头树底下去一立，遇见熟人，便会用了缓慢悠闲的声调，微叹着互答着的说：

"唉，天可真凉了——"

"可不是么？一层秋雨一层凉了！"

北方人念阵字，总老像是层字，平平仄仄起来，这念错的歧韵，倒来得正好。

北方的果树，到秋来，也是一种奇景。第一是枣子树；屋角，墙头，茅房边上，灶房门口，它都会一株株地长大起来。像橄榄又像鸽蛋似的这枣子颗儿，在小椭圆形的细叶中间，显出淡绿微黄的颜色的时候，正是秋的全盛时期；等枣树叶落，枣子红完，西北风就要起来了，北方便是尘沙灰土的世界，只有这枣子、柿子、葡萄，成熟到八九分的七八月之交，是北国的清秋的佳日，是一年之中最好也没有的 Golden Days。

有些批评家说，中国的文人学士，尤其是诗人，都带着很浓厚的颓废色彩，所以中国的诗文里，颂赞秋的文字特别的多。但外国的诗人，又何尝不然？我虽则外国诗文念得不多，也不想开出账来，做一篇秋的诗歌散文钞，但你若去一翻英德法意等诗人的集子，或各国的诗文的 Anthology 来，总能够看到许多关于秋的歌颂与悲啼。各著名的大诗人的长篇田园诗或四季诗里，也总以关于秋的部分，写得最出色而最有味。足见有感觉的动物，有情趣的人类，对于秋，总是一样的能特别引起深沉，幽远，严厉，萧索的感触来的。不单是诗人，就是被关闭在牢狱里的囚犯，到了秋天，我想也一定会感到一种不能自已的深情；秋之于人，何尝有国别，更何尝有人种阶级的区别呢？不过在中国，文字里有一个"秋士"的成语，读本里又有着很普遍的欧阳子的《秋声》与苏东坡的《赤壁赋》等，就觉得中国的文人，与秋的关系特别深了。可是这秋的深味，尤其是中国的秋的深味，非要在北方，才感受得到底。

南国之秋，当然是也有它的特异的地方的，比如廿四桥的明月，钱塘江的秋潮，普陀山的凉雾，荔枝湾的残荷等等，可是色彩不浓，回味不永。比起北国的秋来，正像是黄酒之与白干，稀饭之与馍馍，鲈鱼之与大蟹，黄犬之与骆驼。

秋天，这北国的秋天，若留得住的话，我愿意把寿命的三分之二折去，换得一个三分之一的零头。

济南的冬天

老　舍

对于一个在北平住惯的人，像我，冬天要是不刮风，便觉得是奇迹；济南的冬天是没有风声的。对于一个刚由伦敦回来的人，像我，冬天要能看得见日光，便觉得是怪事；济南的冬天是响晴的。自然，在热带的地方，日光是永远那么毒，响亮的天气，反有点叫人害怕。可是，在北中国的冬天，而能有温晴的天气，济南真得算个宝地。

设若单单是有阳光，那也算不了出奇。请闭上眼睛想：一个老城，有山有水，全在天底下晒着阳光，暖和安适地睡着，只等春风来把它们唤醒，这是不是个理想的境界？

小山整把济南围了个圈儿，只有北边缺着点口儿。这一圈小山在冬天特别可爱，好像是把济南放在一个小摇篮里，它们安静不动地低声地说："你们放心吧，这儿准保暖和。"真的，济南的人们在冬天是面上含笑的。他们一看那些小山，心中便觉得有了着落，有了依靠。他们由天上看到山上，便不觉地想起："明天也许就是春天了吧？这样的温暖，今天夜里山草也许就绿起来了吧？"就是这点幻想不能一时实现，他们也并不着急，因为这样慈善的冬天，干啥还希望别的呢！

最妙的是下点小雪呀。看吧，山上的矮松越发的青黑，树尖上顶着一髻儿白花，好像日本看护妇。山尖全白了，给蓝天镶上一道银边。山坡上，有的地方雪厚点，有的地方草色还露着；这样，一道儿白，一道儿暗黄，给山们穿上一件带水纹的花衣；看着看着，这件花衣好像被风儿吹动，叫你希望看见一点更美的山的肌肤。等到快日落的时候，微黄的阳光斜射在山腰上，那点薄雪好像忽然害了羞，微微露出点粉色。就是下小雪吧，济南是受不住大雪的，那些小山太秀气！

古老的济南，城里那么狭窄，城外又那么宽敞，山坡上卧着些小村庄，小村庄的房顶上卧着点雪，对，这是张小水墨画，也许是唐代的名手画的吧。

那水呢，不但不结冰，倒反在绿萍上冒着点热气，水藻真绿，把终年贮蓄的绿色全拿出来了。天儿越晴，水藻越绿，就凭这些绿的精神，水也不忍得冻上，况且那些长枝的垂柳还要在水里照个影儿呢！看吧，由澄清的河水慢慢往上看吧，空中，半空中，天上，自上而下全是那么清亮，那么蓝汪汪的，整个的是块空灵的蓝水晶。这块水晶里，包着红屋顶，黄草山，像地毯上的小团花的灰色树影。

这就是冬天的济南。

泰山日出

徐志摩

振铎来信要我在《小说月报》的泰戈尔号上说几句话。我也曾答应了，但这一时游济南游泰山游孔陵，太乐了，一时竟拉不拢心思来做整篇的文字，一直挨到现在期限快到，只得勉强坐下来，把我想得到的话不整齐地写出。

我们在泰山顶上看出太阳。在航过海的人，看太阳从地平线下爬上来，本不是奇事；而且我个人是曾饱饫过江海与印度洋无比的日彩的。但在高山顶上看日出，尤其在泰山顶上，我们无餍的好奇心，当然盼望一种特异的境界，与平原或海上不同的。果然，我们初起时，天还暗沉沉的，西方是一片的铁青，东方些微有些白意，宇宙只是——如用旧词形容——一体莽莽苍苍的。但这是我一面感觉劲烈的晓寒，一面睡眼不曾十分醒豁时约略的印象。等到留心回览时，我不由得大声的狂叫——因为眼前只是一个见所未见的境界。原来昨夜整夜暴风的工程，却砌成一座普遍的云海。除了日观峰与我们所在的玉皇顶以外，东西南北只是平铺着弥漫的云气，在朝旭未露前，宛似无量数厚毳长绒的绵羊，交颈接背的眠着，卷耳与弯角都依稀辨认得出。那时候在这茫茫的云海中，我独自站在雾霭溟蒙的小岛上，发生了奇异的幻想——

我躯体无限的长大，脚下的山峦比例我的身量，只是一块拳石；这巨人披着散发，长发在风里像一面墨色的大旗，飒飒的在飘荡。这巨人竖立在大地的顶尖上，仰面向着东方，平拓着一双长臂，在盼望，在迎接，在催促，在默默的叫唤；在崇拜，在祈祷，在流泪——在流久慕未见而将见悲喜交互的热泪……

这泪不是空流的，这默祷不是不生显应的。

巨人的手，指向着东方——

东方有的，在展露的，是什么？

东方有的是瑰丽荣华的色彩，东方有的是伟大普照的光明——出现了，到了，在这里了……

玫瑰汁、葡萄浆、紫荆液、玛瑙精、霜枫叶——大量的染工，在层累的云底工作；无数蜿蜒的鱼龙，爬进了苍白色的云堆。

　　一方的异彩，揭去了满天的睡意，唤醒了四隅的明霞——光明的神驹，在热奋地驰骋……

　　云海也活了；眠熟了兽形的涛澜，又回复了伟大的呼啸，昂头摇尾的向着我们朝露染青馒形的小岛冲洗，激起了四岸的水沫浪花，震荡着这生命的浮礁，似在报告光明与欢欣之临莅……

　　再看东方——海句力士已经扫荡了他的阻碍，雀屏似的金霞，从无垠的肩上产生，展开在大地的边沿。起……起……用力，用力。纯焰的圆颅，一探再探的跃出了地平，翻登了云背，临照在天空……

　　歌唱呀，赞美呀，这是东方之复活，这是光明的胜利……

　　散发祷祝的巨人，他的身彩横亘在无边的云海上，已经渐渐的消翳在普遍的欢欣里；现在他雄浑的颂美的歌声，也已在霞彩变幻中，普彻了四方八隅……

　　听呀，这普彻的欢声；看呀，这普照的光明！

　　这是我此时回忆泰山日出时的幻想，亦是我想望泰戈尔来华的颂词。

江行的晨暮

朱　湘①

美在任何的地方，即使是古老的城外，一个轮船码头的上面。

等船，在划子上，在暮秋夜里九点钟的时候。有一点冷的风。天与江，都暗了，不过仔细的看去，江水还浮着黄色。中间所横着的一条深黑，那是江的南岸。

在众星的点缀里，长庚星闪耀得像一盏较远的电灯。一条水银色的光带晃动在江水之上。看得见一盏红色的渔灯。

岸上的房屋是一排黑的轮廓。

一条趸船在四五丈以外的地点。模糊的电灯，平时令人不快的，在这时候，在这条趸船上，反而，不仅是悦目，简直是美了。在它的光围下面，聚集着有一些人形的轮廓。不过，并听不见人声，像这条划子上这样。

忽然间，在前面江心里，有一些黝黯的帆船顺流而下，没有声音，像一些巨大的鸟。

一个商埠旁边的清晨。

太阳升上了有二十度；覆碗的月亮与地平线还有四十度的距离。几大片鳞云粘在浅碧的天空里；看来，云好像是在太阳的后面，并且远了不少。

山岭披着古铜色的衣，褶痕是大有画意的。

水汽腾上有两尺多高。有几只肥大的鸥鸟，它们，在阳光之内，暂时的闪白。

月亮是在左舷的这边。

水汽腾上有一尺多高；在这边，它是时隐时显的。在船影之内，它简直是看不见了。

---

① 朱湘（1904—1933），字子沅，安徽太湖人，现代诗人。1920年入清华大学，主要作品有诗集《石门集》《永言集》，散文书信集《中书集》《海外寄霓君》等。

颜色十分清润的，是远洲山上的列树，水平线上的帆船。

江水由船边的黄到中心的铁青到岸边的银灰色。有几只小轮在喷吐着煤烟：在烟囱的端际，它是黑色；在船影里，淡青，米色，苍白；在斜映着的阳光里，棕黄。

清晨时候的江行是色彩的。

书

朱 湘

拿起一本书来，先不必研究它的内容，只是它的外形，就已经很够我们的赏鉴了。那眼睛看来最舒服的黄色毛边纸，单是纸色已经在我们的心目中引起一种幻觉，令我们以为这书是一个逃免了时间之摧残的遗民。它所以能幸免而来与我们相见的这段历史的本身，就已经是一本书，值得我们的思索、感叹，更不须提起它的内含的真或美了。

还有那一个个正方的形状，美丽的单字，每个字的构成，都是一首诗；每个字的沿革，都是一部历史。飙是三条狗的风：在秋高草枯的旷野上，天上是一片青，地上是一片赭，中疾的猎犬风一般快地驰过，嗅着受伤之兽在草中滴下的血腥，顺了方向追去，听到枯草飒索地响，有如秋风卷过去一般。昏是婚的古字：在太阳下了山，对面不见人的时候，有一群人骑着马，擎着红光闪闪的火把，悄悄向一个人家走近。等着到了竹篱柴门之旁的时候，在狗吠声中，趁着门还未闭，一声喊齐拥而入，让新郎从打麦场上挟起惊呼的新娘打马而回。同来的人则抵挡着新娘的父兄，作个不打不成交的亲家。

印书的字体有许多种：宋体挺秀有如柳字，麻沙体夭矫有如欧字，书法体娟秀有如褚字，楷体端方有如颜字。楷体是最常见的了。这里面又分出许多不同的种类来：一种是通行的正方体；还有一种是窄长的楷体，棱角最显；一种是扁短的楷体，浑厚颇有古风。还有写的书：或全体楷体，或半楷体，它们不单看来有一种密切的感觉，并且有时有古代的写本，很足以考证今本的印误，以及文字的假借。

如果在你面前的是一本旧书，则开章第一篇你便将看见许多朱色的印章，有的是雅号，有的是姓名。在这些姓名别号之中，你说不定可以发现古代的收藏家或是名倾一世的文人，那时候你便可以让幻想驰骋于这朱红的方场之中，构成许多缥缈的空中楼阁来。还有那些朱圈，有的圈得豪放，有的圈得森严，你可以就它们的姿态，以及它们的位置，悬想出读这本书的人是一个少年，还是老人；是一个放荡不羁的才子，还是老成持重的儒者。你也能借此揣摩出这主人公的命运：他的书何以流散到了人间？是子孙不肖，将他舍弃了？是遭兵逃反，被一班庸奴偷窃出了他的藏书楼？还是运气不好，家道中衰，自己将它售卖了，来填偿债务，或是支持家庭？书的旧主人是这样。我呢？我这书的今主人呢？他当时对着雕花的端砚，拿起新发的朱笔，在清淡的炉香气息中，圈点这本他心爱的书，那时候，他是决想不到这本书的未来命运。他自己的未来命运，是个怎样结局的；正如这现在读着这本书的我，不能知道我未来的命运将要如何一般。

更进一层，让我们来想象那作书人的命运：他的悲哀，他的失望，无一不自然地流露在这本书的字里行间。让我们读的时候，时而跟着他啼，时而为他扼腕太息。要是，不幸上再加上不幸，遇到秦始皇或是董卓，将他一生心血呕成的文章，一把火烧为乌有；或是像《金瓶梅》《红楼梦》《水浒传》一般命运，被浅见者标作禁书，那更是多么可惜的事情呵！

天下事真是不如意的多。不讲别的，只说书这件东西，它是再与世无争也没有的了，也都要受这种厄运的摧残。至于那琉璃一般脆弱的美人，白鹤一般兀傲的文士，他们的遭忌更是不可言喻了。试想含意未伸的文人，他们在不得意时，有的采樵，有的放牛，不仅无异于庸人，并且备受家人或主子的轻蔑与凌辱；然而他们天生性格倔强，世俗越对他白眼，他却越有精神。他们有的把柴挑在背后，拿书在手里读；有的骑在牛背上，将书挂在牛角上读；有的在蚊声如雷的夏夜，囊了萤照着书读；有的在寒风冻指的冬夜，拿了书映着雪读。然而时光是不等人的，等到他们学问已成的时候，眼光是早已花了，头发是早已白了，只是在他们的额头上新添加了一些深而长的皱纹。

咳！不如趁着眼睛还清朗，鬓发尚未成霜，多读一些"人生"这本书罢！

背　影

朱自清

　　我与父亲不相见已二年余了，我最不能忘记的是他的背影。

　　那年冬天，祖母死了，父亲的差使也交卸了，正是祸不单行的日子。我从北京到徐州，打算跟着父亲奔丧回家。到徐州见着父亲，看见满院狼藉的东西，又想起祖母，不禁簌簌地流下眼泪。父亲说："事已如此，不必难过，好在天无绝人之路！"

　　回家变卖典质，父亲还了亏空；又借钱办了丧事。这些日子，家中光景很是惨淡，一半为了丧事，一半为了父亲赋闲。丧事完毕，父亲要到南京谋事，我也要回北京念书，我们便同行。

　　到南京时，有朋友约去游逛，勾留了一日；第二日上午便须渡江到浦口，下午上车北去。父亲因为事忙，本已说定不送我，叫旅馆里一个熟识的茶房陪我同去。他再三嘱咐茶房，甚是仔细。但他终于不放心，怕茶房不妥帖；颇踌躇了一会。其实我那年已二十岁，北京已来往过两三次，是没有甚么要紧的了。他踌躇了一会，终于决定还是自己送我去。我两三回劝他不必去；他只说："不要紧，他们去不好！"

　　我们过了江，进了车站。我买票，他忙着照看行李。行李太多了，得向脚夫行些小费，才可过去。他便又忙着和他们讲价钱。我那时真是聪明过分，总觉他说话不大漂亮，非自己插嘴不可。但他终于讲定了价钱；就送我上车。他给我拣定了靠车门的一张椅子；我将他给我做的紫毛大衣铺好座位。他嘱我路上小心，夜里要警醒些，不要受凉。又嘱托茶房好好照应我。我心里暗笑他的迂；他们只认得钱，托他们只是白托！而且我这样大年纪的人，难道还不能料理自己么？唉，我现在想想，那时真是太聪明了！

　　我说道："爸爸，你走吧。"他往车外看了看，说："我买几个橘子去。你就在此地，不要走动。"我看那边月台的栅栏外有几个卖东西的等着顾客。走到那边月台，须穿过铁道，须跳下去又爬上去。父亲是一个胖子，走过去自然要费事些。我本来要去的，他不肯，只好让他去。

我看见他戴着黑布小帽，穿着黑布大马褂，深青布棉袍，蹒跚地走到铁道边，慢慢探身下去，尚不大难。可是他穿过铁道，要爬上那边月台，就不容易了。他用两手攀着上面，两脚再向上缩；他肥胖的身子向左微倾，显出努力的样子，这时我看见他的背影，我的泪很快地流下来了。我赶紧拭干了泪，怕他看见，也怕别人看见。我再向外看时，他已抱了朱红的橘子往回走了。过铁道时，他先将橘子散放在地上，自己慢慢爬下，再抱起橘子走。到这边时，我赶紧去搀他。他和我走到车上，将橘子一股脑儿放在我的皮大衣上。于是拍拍衣上的泥土，心里很轻松似的，过一会儿说："我走了；到那边来信！"我望着他走出去。他走了几步，回过头看见我，说："进去吧，里边没人。"等他的背影混入来来往往的人里，再找不着了，我便进来坐下，我的眼泪又来了。

　　近几年来，父亲和我都是东奔西走，家中光景是一日不如一日。他少年出外谋生，独立支持，做了许多大事。哪知老境却如此颓唐！他触目伤怀，自然情不能自已。情郁于中，自然要发之于外；家庭琐屑便往往触他之怒。他待我渐渐不同往日。但最近两年的不见，他终于忘却我的不好，只是惦记着我，惦记着我的儿子。我北来后，他写了一信给我，信中说道："我身体平安，惟膀子疼痛利害，举箸提笔，诸多不便，大约大去之期不远矣。"我读到此处，在晶莹的泪光中，又看见那肥胖的，青布棉袍，黑布马褂的背影。唉！我不知何时再能与他相见！

茶 花 赋

杨 朔 [①]

久在异国他乡，有时难免要怀念祖国的。怀念极了，我也曾想：要能画一幅画儿，画出祖国的面貌特色，时刻挂在眼前，有多好。我把这心思去跟一位擅长丹青的同志商量，求她画。她说："这可是个难题，画什么呢？画点零山碎水，一人一物，都不行。再说，颜色也难调。你就是调尽五颜六色，又怎么画得出祖国的面貌？"我想了想，也是，就搁下这桩心思。

今年二月，我从海外回来，一脚踏进昆明，心都醉了。我是北方人，论季节，北方也许正是搅天风雪，水瘦山寒，云南的春天却脚步儿勤，来得快，到处早像催生婆似的正在催动花事。

花事最盛的去处数着西山华庭寺。不到寺门，远远就闻见一股细细的清香，直渗进人的心肺。这是梅花，有红梅、白梅、绿梅，还有朱砂梅，一树一树的，每一树梅花都是一树诗。白玉兰花略微有点儿残，娇黄的迎春却正当时，那一片春色啊，比起滇池的水来不知还要深多少倍。

究其实这还不是最深的春色。且请看那一树，齐着华庭寺的廊檐一般高，油光碧绿的树叶中间托出千百朵重瓣的大花，那样红艳，每朵花都像一团烧得正旺的火焰。这就是有名的茶花。不见茶花，你是不容易懂得"春深似海"这句诗的妙处的。

想看茶花，正是好时候。我游过华庭寺，又冒着星星点点细雨游了一次黑龙潭，这都是看茶花的名胜地方。原以为茶花一定很少见，不想在游历当中，时时望见竹篱茅屋旁边会闪出一枝猩红的花来。听朋友说："这不算稀奇。要是在大理，差不多家家户户都养茶花。花期一到，各样品种的花儿争奇斗艳，那才美呢。"

我不觉对着茶花沉吟起来。茶花是美啊。凡是生活中美的事物都是

---

① 杨朔（1913—1968），原名杨毓瑨，山东蓬莱人，现代著名作家、散文家、小说家。

劳动创造的。是谁白天黑夜，积年累月，拿自己的汗水浇着花，像抚育自己儿女一样抚育着花秧，终于培养出这样绝色的好花？应该感谢那为我们美化生活的人。

普之仁就是这样一位能工巧匠，我在翠湖边上会到他。翠湖的茶花多，开得也好，红通通的一大片，简直就是那一段彩云落到湖岸上。普之仁领我穿着茶花走，指点着告诉我这叫大玛瑙，那叫雪狮子；这是蝶翅，那是大紫袍……名目花色多得很。后来他攀着一棵茶树的小干枝说："这叫童子面，花期迟，刚打骨朵，开起来颜色深红，倒是最好看的。"

我就问："古语说：看花容易栽花难——栽培茶花一定也很难吧？"

普之仁答道："不很难，也不容易。茶花这东西有点特性，水壤气候，事事都得细心。又怕风，又怕晒，最喜欢半阴半阳。顶讨厌的是虫子。有一种钻心虫，钻进一条去，花就死了。一年四季，不知得操多少心呢。"

我又问道："一棵茶花活不长吧？"

普之仁说："活得可长啦。华庭寺有棵松子鳞，是明朝的，五百多年了，一开花，能开一千多朵。"

我不觉噢了一声：想不到华庭寺见的那棵茶花来历这样大。

普之仁误会我的意思，赶紧说："你不信么？大理地面还有一棵更老的呢，听老人讲，上千年了，开起花来，满树数不清数，都叫万朵茶。树干子那样粗，几个人都搂不过来。"说着他伸出两臂，做个搂抱的姿势。

我热切地望着他的手，那双手满是茧子，沾着新鲜的泥土。我又望着他的脸，他的眼角刻着很深的皱纹，不必多问他的身世，猜得出他是个曾经忧患的中年人。如果他离开你，走进人丛里去，立刻便消逝了，再也不容易寻到他——他就是这样一个极其普通的劳动者。然而正是这样的人，整月整年，劳心劳力，拿出全部精力培植着花木，美化我们的生活。美就是这样创造出来的。

正在这时，恰巧有一群小孩也来看茶花，一个个仰着鲜红的小脸，甜蜜蜜地笑着，唧唧喳喳叫个不休。

我说："童子面茶花开了。"

普之仁愣了愣，立时省悟过来，笑着说："真的呢，再没有比这种童子面更好看的茶花了。"

　　一个念头忽然跳进我的脑子，我得到一幅画的构思。如果用最浓最艳的朱红，画一大朵含露乍开的童子面茶花，岂不正可以象征着祖国的面貌？我把这个简单的构思记下来，寄给远在国外的那位丹青能手，也许她肯再斟酌一番，为我画一幅画儿吧。

从百草园到三味书屋

鲁　迅[①]

　　我家的后面有一个很大的园，相传叫作百草园。现在是早已并屋子一起卖给朱文公的子孙了，连那最末次的相见也已经隔了七八年，其中似乎确凿只有一些野草；但那时却是我的乐园。

　　不必说碧绿的菜畦，光滑的石井栏，高大的皂荚树，紫红的桑椹；也不必说鸣蝉在树叶里长吟，肥胖的黄蜂伏在菜花上，轻捷的叫天子（云雀）忽然从草间直窜向云霄里去了。单是周围的短短的泥墙根一带，就有无限趣味。油蛉在这里低唱，蟋蟀们在这里弹琴。翻开断砖来，有时会遇见蜈蚣；还有斑蝥，倘若用手指按住它的脊梁，便会啪的一声，从后窍喷出一阵烟雾。何首乌藤和木莲藤缠络着，木莲有莲房一般的果实，何首乌有臃肿的根。有人说，何首乌根是有像人形的，吃了便可以成仙，我于是常常拔它起来，牵连不断地拔起来，也曾因此弄坏了泥墙，却从来没有见过有一块根像人样。如果不怕刺，还可以摘到覆盆子，像小珊瑚珠攒成的小球，又酸又甜，色味都比桑椹要好得远。

　　长的草里是不去的，因为相传这园里有一条很大的赤练蛇。

　　长妈妈曾经讲给我一个故事听：先前，有一个读书人住在古庙里用功，晚间，在院子里纳凉的时候，突然听到有人在叫他。答应着，四面看时，却见一个美女的脸露在墙头上，向他一笑，隐去了。他很高兴；但竟给那走来夜谈的老和尚识破了机关。说他脸上有些妖气，一定遇见"美女蛇"了；这是人首蛇身的怪物，能唤人名，倘一答应，夜间便要来吃这人的肉的。他自然吓得要死，而那老和尚却道无妨，给他一个小盒子，说只要放在枕边，便可高枕而卧。他虽然照样办，却总是睡不着，——当然睡不着的。到半夜，果然来了，沙沙沙！门外像是风雨声。他正抖作一团时，却听得豁的一声，一道金光从枕边飞出，外面便什么声音也没有了，那金光也就飞回来，敛在盒子里。后来呢？后来，

[①] 鲁迅（1881—1936），原名周樟寿，后改名周树人，字豫山，后改豫才，浙江绍兴人，著名文学家、思想家、民主战士，五四新文化运动的重要参与者，中国现代文学的奠基人。

老和尚说，这是飞蜈蚣，它能吸蛇的脑髓，美女蛇就被它治死了。

结末的教训是：所以倘有陌生的声音叫你的名字，你万不可答应他。

这故事很使我觉得做人之险，夏夜乘凉，往往有些担心，不敢去看墙上，而且极想得到一盒老和尚那样的飞蜈蚣。走到百草园的草丛旁边时，也常常这样想。但直到现在，总还没有得到，但也没有遇见过赤练蛇和美女蛇。叫我名字的陌生声音自然是常有的，然而都不是美女蛇。

冬天的百草园比较的无味；雪一下，可就两样了。拍雪人（将自己的全形印在雪上）和塑雪罗汉需要人们鉴赏，这是荒园，人迹罕至，所以不相宜，只好来捕鸟。薄薄的雪，是不行的；总须积雪盖了地面一两天，鸟雀们久已无处觅食的时候才好。扫开一块雪，露出地面，用一枝短棒支起一面大的竹筛来，下西撒些秕谷，棒上系一条长绳，人远远地牵着，看鸟雀下来啄食，走到竹筛底下的时候，将绳子一拉，便罩住了。但所得的是麻雀居多，也有白颊的"张飞鸟"，性子很躁，养不过夜的。

这是闰土的父亲所传授的方法，我却不大能用。明明见它们进去了，拉了绳，跑去一看，却什么都没有，费了半天力，捉住的不过三四只。闰土的父亲是小半天便能捕获几十只，装在叉袋里叫着撞着的。我曾经问他得失的缘由，他只静静地笑道：你太性急，来不及等它走到中间去。

我不知道为什么家里的人要将我送进书塾里去了，而且还是全城中称为最严厉的书塾。也许是因为拔何首乌毁了泥墙罢，也许是因为将砖头抛到间壁的梁家去了罢，也许是因为站在石井栏上跳了下来罢，……都无从知道。总而言之：我将不能常到百草园了。Ade，我的蟋蟀们！Ade，我的覆盆子们和木莲们！……

出门向东，不上半里，走过一道石桥，便是我的先生的家了。从一扇黑油的竹门进去，第三间是书房。中间挂着一块扁道：三味书屋；扁下面是一幅画，画着一只很肥大的梅花鹿伏在古树下。没有孔子牌位，我们便对着那扁和鹿行礼。第一次算是拜孔子，第二次算是拜先生。

第二次行礼时，先生便和蔼地在一旁答礼。他是一个高而瘦的老人，须发都花白了，还戴着大眼镜。我对他很恭敬，因为我早听到，他是本城中极方正，质朴，博学的人。

不知从那里听来的，东方朔也很渊博，他认识一种虫，名曰"怪哉"，冤气所化，用酒一浇，就消释了。我很想详细地知道这故事，但阿长是不知道的，因为她毕竟不渊博。现在得到机会了，可以问先生。

"先生，'怪哉'这虫，是怎么一回事？……"我上了生书，将要退下来的时候，赶忙问。

"不知道！"他似乎很不高兴，脸上还有怒色了。

我才知道做学生是不应该问这些事的，只要读书，因为他是渊博的宿儒，决不至于不知道，所谓不知道者，乃是不愿意说。年纪比我大的人，往往如此，我遇见过好几回了。

我就只读书，正午习字，晚上对课。先生最初这几天对我很严厉，后来却好起来了，不过给我读的书渐渐加多，对课也渐渐地加上字去，从三言到五言，终于到七言。

三味书屋后面也有一个园，虽然小，但在那里也可以爬上花坛去折蜡梅花，在地上或桂花树上寻蝉蜕。最好的工作是捉了苍蝇喂蚂蚁，静悄悄地没有声音。然而同窗们到园里的太多，太久，可就不行了，先生在书房里便大叫起来：

"人都到那里去了？！"

人们便一个一个陆续走回去；一同回去，也不行的。他有一条戒尺，但是不常用，也有罚跪的规则，但也不常用，普通总不过瞪几眼，大声道：

"读书！"

于是大家放开喉咙读一阵书，真是人声鼎沸。有念"仁远乎哉我欲仁斯仁至矣"的，有念"笑人齿缺曰狗窦大开"的，有念"上九潜龙勿用"的，有念"厥土下上上错厥贡苞茅橘柚"的……先生自己也念书。后来，我们的声音便低下去，静下去了，只有他还大声朗读着：

"铁如意，指挥倜傥，一座皆惊呢；金叵罗，颠倒淋漓噫，千杯未醉嗬……"

我疑心这是极好的文章，因为读到这里，他总是微笑起来，而且将头仰起，摇着，向后面拗过去，拗过去。

先生读书入神的时候，于我们是很相宜的。有几个便用纸糊的盔甲套在指甲上做戏。我是画画儿，用一种叫作"荆川纸"的，蒙在小说的绣像上一个个描下来，像习字时候的影写一样。读的书多起来，画的画也多起来；书没有读成，画的成绩却不少了，最成片段的是《荡寇志》和《西游记》的绣像，都有一大本。后来，因为要钱用，卖给一个有钱的同窗了。他的父亲是开锡箔店的；听说现在自己已经做了店主，而且快要升到绅士的地位了。这东西早已没有了罢。

参考书目

吴剑平主编：《清华名师谈治学育人》（第二版），北京：清华大学出版社，2009。

闻一多：《最后一次演讲》，北京：中国工人出版社，2016。

张洪编：《钦定四库全书》，北京：中国书店，2015。

阮元校刻：《十三经注疏·礼记正义》，北京：中华书局，1980。

周敦颐：《周敦颐集》，陈克明点校，北京：中华书局，1990。

张载：《乾称篇》，见《张载集》，章锡琛点校，北京：中华书局，1978。

程颐、程颢：《二程集》，北京：中华书局，1981。

朱熹：《朱子全书》，朱杰人、严佐之、刘永翔主编，上海：上海古籍出版社，合肥：安徽教育出版社，2010。

王艮：《王心斋全集》，陈祝生主编，南京：江苏教育出版社，2001。

韩愈：《韩昌黎文集校注》，马其昶校注，上海：上海古籍出版社，1986。

杨伯峻译注：《孟子译注》，北京：中华书局，2010。

杨伯峻译注：《论语译注》，北京：中华书局，2009。

阮元校刻：《十三经注疏·周易正义》，北京：中华书局，1980。

王先谦：《荀子集解》，沈啸寰、王星贤点校，北京：中华书局，1988。

张栻：《张栻集（二）》，邓洪波点校，长沙：岳麓书社，2010。

杨简：《杨简全集　第7册　慈湖先生遗书》，董平校点，杭州：浙江大学出版社，2016。

王阳明：《传习录》，北京：光明日报出版社，2014。

李颙：《二曲集》，北京：中华书局，1996。

马一浮：《马一浮集》第1册，杭州：浙江古籍出版社、浙江教育出版社，1996。

范仲淹：《范文正公集》卷第七，《四部丛刊》初编集部编，景江南图书馆藏明翻元天历本。

陈寅恪：《陈寅恪集·金明馆丛稿二编》，北京：生活·读书·新知三联书店，2001。

冯友兰：《中国哲学简史》，北京：外语教学与研究出版社，2015。

冯友兰：《三松堂全集》第4卷，郑州：河南人民出版社，2001。

熊十力：《十力语要》，北京：中华书局，1996。

吴小如等撰：《汉魏六朝诗鉴赏辞典》，上海：上海辞书出版社，1992。

萧涤非等撰：《唐诗鉴赏辞典》，上海：上海辞书出版社，1983。

夏承焘：《宋词鉴赏辞典》，上海：上海辞书出版社，2003。

王安石：《临川先生文集》，北京：中华书局，1959。

陆游：《剑南诗稿校注》，上海：上海古籍出版社，2005。

缪钺等：《宋诗鉴赏辞典》，上海：上海辞书出版社，1987。

蒋星煜等：《元曲鉴赏辞典》，上海：上海辞书出版社，2014。

杨慎编著：《廿一史弹词注》，北京：中华书局，1938。

纳兰性德：《饮水词笺校》，北京：中华书局，2005。

郑板桥：《郑板桥集》，上海：上海古籍出版社，1979。

龚自珍：《龚自珍全集》，上海：上海人民出版社，1975。

良石、芦白欣编著：《毛泽东诗词书法赏析》，延吉：延边大学出版社，2004。

于海娣主编：《最美的诗歌》，北京：中国华侨出版社，2010。

《现代散文鉴赏辞典》，上海：上海辞书出版社，2003。

费孝通：《社会调查自白》，北京：知识出版社，1985。